U0906749

明
室

Lucida

照亮阅读的人

草中鸽

Tauben im Gras

WOLFGANG KOEPPEN

[德] 沃尔夫冈 · 克彭 著　庄亦男 译

北京联合出版公司
Beijing United Publishing Co.,Ltd.

图书在版编目（CIP）数据

草中鸽 / (德) 沃尔夫冈·克彭著 ; 庄亦男译 . --
北京 : 北京联合出版公司 , 2023.10
ISBN 978-7-5596-7169-1

Ⅰ . ①草… Ⅱ . ①沃… ②庄… Ⅲ . ①长篇小说—德
国—现代 Ⅳ . ① I516.45

中国国家版本馆 CIP 数据核字 (2023) 第 150854 号

Tauben im Gras
First published by Scherz & Goverts Verlag Stuttgart 1951

The translation of this work was supported by a grant from the Goethe-Institut.
本书获得歌德学院（中国）全额翻译资助。

北京市版权局著作权合同登记号 图字：01-2023-4066 号

草中鸽
作　　者：［德］沃尔夫冈·克彭
译　　者：庄亦男
出 品 人：赵红仕
策划机构：明　室
策划编辑：赵　磊
特约编辑：李佳晟
责任编辑：李艳芬
装帧设计：山川制本 workshop

北京联合出版公司出版
（北京市西城区德外大街 83 号楼 9 层　100088）
北京联合天畅文化传播公司发行
北京市十月印刷有限公司印刷　新华书店经销
字数 193 千字　787 毫米 ×1092 毫米　1/32　11.25 印张
2023 年 10 月第 1 版　2023 年 10 月第 1 次印刷
ISBN 978-7-5596-7169-1
定价：65.00 元

唉，草地上的鸽子。

——格特鲁德·斯泰因

小说《草中鸽》的情节与人物均为凭空杜撰。现实中如有人物或事件与之相似，纯粹属于巧合，绝非作者有意为之。

1[1]

飞机飞行在城市上空，预示灾祸的飞鸟。发动机的噪声是雷声，是冰雹，是风暴。风暴、冰雹和雷声，日日夜夜，着陆起飞，对死亡的重复演练，一种空洞的喧嚣，一次震颤，一段废墟里的回忆。飞机的弹药舱仍旧空着。观察飞鸟的占卜官[2]笑而不语。没有人抬头看天。

2

石油从大地的静脉中涌出，原油，水母的血液，恐龙的脂肪，鳄鱼的鳞甲，蕨类森林的浓绿，巨型木贼，沉陷的自然，人类之前的时代，被掩埋的遗

1　片段前的序号为中译者所加。——本书正文脚注均为译者注，附录脚注均为原注

2　古罗马的占卜官依靠观测飞鸟预卜未来。

产。由侏儒看守着，他们吝啬、精通魔法、生性恶劣。传说，童话，魔鬼的宝藏得见天日，为人所用。报纸上说些什么？石油之战，争端尖锐化，人民的意志，把原油还给人民，石油短缺的舰队，针对输油管的袭击，军队守卫钻井架，沙阿[1]完婚，围绕孔雀宝座的阴谋，隐身幕后的俄国人，波斯湾的航空母舰。[2]石油令飞机往来不息，让新闻界无暇喘息，石油带给人恐惧，用不算太猛烈的爆炸驱动着送报人的轻便摩托。报贩们伸出冻僵的手，摸到油墨未干的报纸，闷闷不乐，骂骂咧咧，被风吹得东倒西歪，被雨浇得浑身湿透，啤酒让脑袋变沉，烟草浸透了神经，睡眠不足，噩梦未散，皮肤上留着情人或伴侣的气息，肩膀上的刺痛，膝盖上的风湿。这个春天很冷。那些新鲜事也毫无暖意。紧张关系，争端冲突，仿佛生活在应力场中，东部世界，西部世界，又好像生活在拼缝处，或者是断裂带。时间多么宝贵，战场上喘息的间隙，都来不及好好透口气，备战又开始了，备战让生活变得昂贵，使快乐

---

1 指伊朗沙阿穆罕默德·礼萨·巴列维（1919—1890）。伊朗石油业自20世纪初一直掌控在由英国政府操控的英伊石油公司手中。“二战”后，伊朗国内对石油国有化的呼声越来越高。主张削弱英国影响、反对王权专制主义的民族阵线政党领袖穆罕默德·摩萨台（1882—1967）与美国政府支持的沙阿巴列维陷入了权力斗争。

2 原书中字母全部大写的词句，中译本用楷体表示。

受到限制，到处都藏着火药，足够把这个星球炸上天。新墨西哥的核试验，乌拉尔山的核工厂，他们在仓促修补过的大桥废墟里钻出爆破室，他们讨论着建造又准备着拆除，他们任由已经出现裂痕的东西继续分崩离析：德国分裂成了两块。报纸散发出运转过热的机器的气味，从中还能闻出噩耗，闻出惨烈的死亡、错误的判断、如同儿戏的破产，闻出谎言、锁链和污秽。层层报纸粘在一起，油墨晕开了，连通篇的恐惧都被浸透。新闻标题在大喊大叫：艾森豪威尔视察驻德美军，要求德国做出防务贡献，阿登纳反对中立化[1]，协商陷入僵局，难民怨声载道，数百万人被强迫劳动，德国巨大的步兵潜力。养活各种画刊的是飞行员和军官们的回忆，是那些坚定不移的随波逐流者的忏悔，是各种人的回忆录，勇敢的，正直的，无辜的，被震惊了的，被耍弄了的。越过镶着橡树叶和铁十字的衣领，他们从报刊亭的墙面上投来愤怒的目光。是在推销报纸上的广告版面吗？还是在征召一支军队？而空中轰鸣着的飞机，属于另外一些人。

---

1 冷战背景下，美国提出重新武装联邦德国以对抗苏联，维持西欧的和平与稳定。联邦德国首任总理康拉德·阿登纳（1876—1967）反对中立化，坚决主张重新武装德国以及参加西方军事防务。

3

演员的更衣室里，大公正在生产制造中。这里一块奖章，那里一条缎带，一枚十字章，一枚耀眼的星章，命运的穗绳，权力的项链，闪光的肩章，银色的饰带，金色的羊毛，金羊毛勋章[1]，金羊毛[2]，燧石上的羔羊皮，为赞颂和荣耀救世主、童贞马利亚、圣安德烈而设，为保卫和发扬基督的信仰与神圣的教会而设，为宣扬美德和散播良俗而设。亚历山大开始出汗。恶心折磨着他。白铁皮、圣诞树彩灯、刺绣制服衣领，所有东西都紧箍着他，让他动弹不得。服装师俯在他脚边来回摆弄，为他戴上马刺。在大公那双擦得锃亮的长靴面前，服装师算什么？就是一只蚂蚁，一只尘埃中的蚂蚁。更衣室里亮着电灯，在这个与亚历山大身份不相称的木板隔间里，灯光与黎明的曙色开始了缠斗。又是这样一个早晨！亚历山大的脸在脂粉下白得像奶酪，整副面孔如同一块凝结了的牛奶。烧酒、葡萄酒、不充足的睡眠在亚历山大的血液里发酵、咆哮，不断从内部敲击着他的颅骨。天还没亮他就被带到了这个地方。

---

1 原文为西班牙语。金羊毛勋章由勃艮第公爵菲利普三世于1430年设立，后发展出两个分支，奥地利哈布斯堡王室和西班牙波旁王室一直都在授予不同版本的金羊毛勋章。

2 原文为拉丁语。

那个强壮的女人还躺在床上，梅萨利纳，他的妻子，欲望战马——这是她在夜店里赢得的美称。亚历山大深爱他的女人。考虑到这份爱，这桩婚事就还称得上美好。熟睡的梅萨利纳面容浮肿，睫毛膏已经晕开，眼皮看起来仿佛挨过拳头，毛孔粗大的皮肤与日晒雨淋的马车夫无异，这得归功于酒精的功效。这到底是一种怎样的性格啊！亚历山大便是在这样的性格面前俯首称臣的。他跪倒在床边，向沉睡着的戈耳工[1]俯下身去，亲吻她歪斜的嘴，吸入她呼出的酒气，仿佛吸进了从她唇缝中逸出的一缕经过蒸馏提纯的魂灵。“怎么？你要走了吗？放开我！啊，我不舒服！”这就是她在他面前的模样。往浴室走的时候，他的脚踩到了玻璃碴。沙发上睡着阿尔弗雷多，一个女画家，身形矮小，头发蓬乱，全然不省人事，倒也不失可爱，疲乏和失望在脸上交织，紧闭的双眼被皱纹环绕，一副引人同情的模样。在清醒的时候，阿尔弗雷多是一个有趣的人，一支毫不吝惜自己光亮的火把——她机敏过人，或讥讽揶揄，或娓娓道来，时而轻声细语，时而又一针见血，语惊四座。这是唯一一个还让人笑得出来的人了。墨西哥人是怎么称呼女同性恋来着的？听起来

1　希腊神话中的女妖，会把人变成石头的美杜莎是其中之一。

像“玉米饼”，托提莱拉[1]，大约是一块烘干的扁平蛋糕片。亚历山大没有想起这个字眼。太可惜了！他应该借来用用。浴室里站着另一个女孩，他一时兴起从大街上带回来的，他凭借自己的名望引诱了她，凭借这副家喻户晓的歪斜嘴脸。电影海报的标题：亚历山大饰演大公，德国制造的超级电影，大公和渔女的故事。她被他网住，被他打捞上来，又被他撤下餐桌。她叫什么来着？苏珊！沐浴中的苏撒拿[2]。她已经穿上了衣服，批量生产的廉价连衣裙，丝袜上抽丝的地方抹了肥皂，身上搽了他妻子的娇兰香水，闷闷不乐，满腹牢骚。事后她们向来是这副样子的。“怎么样？感觉好吗？”他并不知道该说些什么。其实他有些尴尬。“混蛋！”每次都是这样。她们都想要他。亚历山大，伟大的情人！知足吧！他得去冲个澡了。楼下的汽车疯狂地鸣笛。他们还得指望他。观众是冲着谁来的？是他。亚历山大，大公情事。人们已经受够了，受够了这个时代，受够了遍地的废墟——他们不想再面对自己的

1 墨西哥玉米饼的西班牙语名称为“tortilla”（托提拉），而tortillera（托提莱拉）是西班牙和拉丁美洲称呼女同性恋最常用的俚语之一，对于后者的词源以及两者间的联系尚无定论。

2 根据《圣经》，两个心术不正的老者企图侵犯独自在花园中洗澡的苏撒拿。苏撒拿不从，老者便诬陷她与人私通，致使苏撒拿被判处死刑。后来，但以理重新审问案件，为苏撒拿恢复清白。参看《但以理书》补篇《苏撒拿传》。

忧虑、自己的恐惧、自己的日常生活，他们不愿照镜子般地看到自己的苦难。亚历山大褪下了睡袍。女孩苏珊看着他满身的松垮疲弱，眼神里混杂着好奇、失望和愤怒。他心想："好好看吧，想说什么就说吧，别人是不会相信你的，我是他们的偶像。"他的鼻腔和喉咙呼噜呼噜地出着气。喷头冲出的冰冷水柱就像鞭子一样打在他松弛的皮肤上。楼下的汽车又在揿喇叭了。他们迫不及待了，他们渴求着他们的大公。房间里传来一个孩子的叫声，希勒贡达，亚历山大的小女儿。那个孩子在喊："埃米！"她是在呼救吗？她的声音里透露着恐惧、绝望和孤单。亚历山大想："我得去管管她，我得抽出点时间，她看起来脸色苍白。"他喊道："希勒，你已经起来了吗？"为什么她这么早就起来了呢？他对着毛巾喷出鼻息，把这个问题一起喷了出去，然后由着它在毛巾上窒息而死。孩子的喊叫声听不见了，或许是被楼下那些汽车愤怒的鸣笛声盖过了。亚历山大踏进了摄影棚。他已经穿戴整齐，脚上蹬着长靴，靴上佩着马刺。他站在摄像机前。所有的聚光灯一齐点亮。各种奖章在上千烛光的灯光照射中熠熠生辉。这位大众偶像摆好了功架。他们把大公搬上银幕，成为一场超级德国制造。

4

钟声催促着人们去做晨祷。可曾听小钟叮当响？泰迪熊竖起了耳朵，玩具娃娃竖起了耳朵，站在红色轮子上的羊毛大象也竖起了耳朵，连同彩色墙纸上的白雪公主和公牛费迪南[1]，全都听见了那悲伤的歌声。那是埃米，照看孩子的保姆，她拖长声调，好似哭灵一般地唱着，同时用粗糙的刷子擦洗着小女孩瘦弱的身体。希勒贡达在心里默念："埃米你把我弄疼了，埃米你划到我了，埃米你扯到我的头发了，埃米你的指甲锉戳到我了。"但是面对这个粗壮的乡下妇女，面对这张牢牢凝固着农民特有的朴素虔敬的宽脸，她不敢说出口：她被弄疼了，她正在承受痛苦。这个保姆的歌声——可曾听小钟叮当响？——俨然一种不绝于耳的劝诫，它说：不要抱怨，不要发问，不要欢喜，不要欢笑，不要玩耍，不要调笑，抓紧时间，因为我们已经落入死亡之手。希勒贡达多希望自己还在睡觉。她多希望自己还在做梦，多希望自己正在和玩具娃娃玩耍，但是埃米说过："当上帝召唤你的时候，你怎么可以玩耍呢？"希勒贡达的父母都是坏人。这也是埃米说的。谁都得为自己父母的罪过忏悔。新的一天就

1 1936年出版的美国童书《公牛费迪南的故事》中的主角。

这样开始了。他们走去教堂。一辆有轨电车急刹在一只小狗面前。狗毛乱糟糟的，脖子上也没有项圈，一条没有主人的狗。保姆在希勒贡达的小手上按了一下，不是友好的、施以援助的揉按，而是一个看守强硬而用力的一抓。希勒贡达望向那条没有主人的小狗。她宁愿追着这只狗奔跑，也不要跟保姆一起去教堂。希勒贡达并紧膝盖，对埃米的恐惧，对教堂的恐惧，对上帝的恐惧，拽扯着她幼小的心脏——她往下沉，她向后缩，眼前通向教堂的路就被拉长了。但是女看守的手钳着她不放。时间还很早。天还很冷。这么早希勒贡达就踏上了去见上帝的路。教堂的大门都是厚实的木板，沉甸甸的木料，铁配件，铜螺栓。上帝也会害怕吗？还是说上帝也被关在里面了？保姆握住了精心锻造的门把手，把门推开了一条缝，恰好容人钻进去见上帝。靠近上帝的地方散发着仿佛圣诞节烟花的气味。奇迹已经准备好了吗？早已被预言了的骇人的奇迹，对罪孽的宽恕，对父母的赦免？“这孩子的父亲是个演戏的。”保姆心里这样想着。她的薄唇没有血色，农民的脸上长了一抹禁欲主义的嘴唇，仿佛一道锐利的意欲不朽的笔画。“埃米我害怕。”孩子心想，“埃米教堂这么大，埃米墙要塌了，埃米我不喜欢你了，埃米亲爱的埃米，埃米我恨你！”保姆把圣水洒在瑟瑟发抖的小孩身上。一个男人从大门的缝隙里挤了进来。他顶着一张过街老鼠的面孔，身后是五十年的操劳、工作和忧虑，还有两场战争。两颗泛黄的牙齿在他持续嚅动的嘴唇后面腐烂着，他陷在一场永不停歇的对话里，他在同自己对话——除了他自己还有谁会听他说话呢？希勒贡达踮着脚跟在保姆身后。立柱幽暗惨淡，墙壁布满伤口一般的裂纹。女孩感觉到了吹在身上的冷风，好像是从坟墓里涌出来的寒气。“埃米不要丢下我，埃米希勒贡达害怕，好埃米，坏埃米，亲爱的埃米！”女孩不断恳求她。“把这个孩子带到上帝面前，上帝会惩罚她的，自父及子，直到第三代第四代。”保姆在心里默念。信徒跪倒在地。从高处往下看，他们就像是一群忧虑憔悴、惴惴不安的老鼠。神父诵念弥撒经文。面包和酒变成耶稣的肉和血。铃敲响了。主宽恕我们。神父感到冷。元素的化体！教会和它的仆人被赋予了力量。炼金术士的徒劳幻梦。空想家和骗子。学者。发明家。实验室，在英国，在美国，在俄国。毁灭。爱因斯坦。窥探上帝的厨房。哥廷根的智者们。被拍摄的原子——成亿倍地放大。自身的清醒与冷静令神父感到苦恼。正在祈祷的老鼠们的窃窃私语像沙粒一样落在他身上。坟墓的沙粒，不是圣墓的沙粒，沙漠里的沙粒，荒漠里的弥撒，荒漠里的布道。圣母马利亚请为我们祈祷。那群老鼠在胸口画了十字。

5

菲利普离开了宾馆，他在那儿过了夜，但是几乎没有睡着。羔羊宾馆，在老城的一条巷子里。他清醒地躺在僵硬的床垫上，出门在外的生意人的床铺，用于交配的无花的草场。菲利普彻底把自己交给了绝望，交给了一桩罪行。命运把他逼进了窄巷。复仇女神厄里倪厄斯[1]的翅膀挟着风雨敲击着窗户。宾馆是一栋新建筑，装修新得像刚出厂一样——上过漆的木料，洁净，卫生，寒酸，节俭。一道窗帘，印满了包豪斯墙纸图案，只是太短了，太窄了，太薄了，不足以把大街上的噪声和光亮挡在外头。

透进房间的光亮规律地闪烁着，那是广告牌的灯光，对面的埃卡泰[2]俱乐部正在招揽客人——一片三叶草缓缓展开它的叶子，把菲利普笼罩在其中，随即又消失了。窗台下有输了钱的赌徒在咒骂。醉醺醺的人摇摇晃晃地走出啤酒坊，他们对着墙根撒尿，嘴里唱着“步兵步兵”[3]，卸了任的、受了挫的征服者。楼梯上不断传出来来往往的脚步声。这家宾馆是魔鬼的蜂箱，这个地狱里的每个人似乎都中

1 希腊神话中的三个复仇女神。她们不分昼夜地追赶有罪者，使之遭受各种苦难，形象特征之一是背后生有翅膀。

2 一种法国双人纸牌游戏，可用于变相赌博。

3 似为《步兵之歌》的开头。此歌曲诞生于20世纪二三十年代，是流行于士兵之间的英语民谣。

了无法入睡的诅咒，在每一道单薄的墙壁后面，叫喊，打嗝，把污物冲掉。过了一会儿，月亮穿透了云层，温柔的卢娜[1]，尸身僵直。

老板问他："您还继续住吗？"他语气粗鲁，冰冷的双眼不信任地打量着菲利普，尖刻的眼神嵌在滑溜油腻的胖脸里，那脂肪里渗着餍足了的食欲、平息了的焦渴、在婚床上发酸了的色欲。昨天晚上，菲利普几乎两手空空地走进这家宾馆。外面在下雨，他的雨伞是湿的，除了一把伞，他什么也没带。他还会再住下去吗？他真的不知道。他说："是啊，是啊。""我会付两个晚上的房费。"他接着说。冰冷尖刻的眼睛放过了他。"您就住在这儿的富克斯大街啊。"老板说，他看过了他的登记表。"这干他什么事？"菲利普心想，"他只要拿到钱，这些事和他又有什么关系？"他回答："我的房子在粉刷。"这是一个可笑的借口，谁都能听出来这只是一个借口。"他会觉得我在隐瞒什么，他会去琢磨我身上发生了什么，他会猜我在躲什么人。"

雨已经不下了。菲利普走出啤酒坊小巷来到制桶匠广场。他在啤酒坊的入口前放慢了脚步，这段闭锁了的食道，在晨光里散发着呕吐物的气味。广场的另一端是嘉美咖啡馆，美国黑人士兵的俱乐部。

1　罗马神话中的月亮女神。

巨大的平面玻璃背后的窗帘被拉到了一边，座椅都架在了桌子上，两个女人把前夜里的垃圾冲刷到马路上。两个老头在清扫广场，他们的扫帚扬起了啤酒杯垫子、彩色纸带、酒鬼的小丑帽、揉皱的香烟盒、破裂的橡皮球。这是一股污秽的洪流，老头的扫帚每挥动一下，它就向菲利普逼近一步。夜晚的气息和灰尘，腐败了的、死去了的声色犬马的残渣，最终把菲利普团团围住。

6

贝伦德夫人感到非常舒适。一段燃木正在壁炉里噼啪作响。管家的女儿端来了牛奶。女孩睡眼惺忪，饥肠辘辘。令她如饥似渴的是她在电影里看到的那种生活，她是一个受到诅咒的公主，迫不得已做着低贱的差事。她期待着她的弥赛亚，期待着王子大救星的汽车喇叭，跑车里的富家公子，鸡尾酒会上的燕尾服舞者，精通技术的天才，拥有远见卓识的设计师，一招降服所有以进步为敌的落后分子的得胜者，年轻的齐格弗里德[1]。她胸腔狭窄，关节有患了软骨病的迹象，肚子上有一道疤痕，嘴唇总

1 中古高地德语史诗《尼伯龙根的指环》中的青年英雄。这个形象后来经过理想化，被塑造成了用于唤起和强化德意志民族意识的青年民族英雄。

是抿得紧紧的。她感觉自己受到了剥削。她抿着嘴，有气无力地说道："牛奶好了，军乐指挥少尉夫人。"

有气无力也好，中气十足也好，这个称呼总能魔法般地使那些光辉岁月的图景重现。身板笔挺的军乐指挥少尉在军团的最前端迈步穿过城市。皮革和金属随着行军的脚步发出铿锵的声音。铃铛叮咚作响。旗帜高悬。小腿高抬。手臂高举。贝伦德先生的肌肉在绷紧的制服布料下鼓胀着。森林音乐亭里的露天音乐会！少尉指挥着乐手演奏《自由射手》[1]。随着他手中指挥棒的伸展和挥动，卡尔·马利亚·冯·韦伯浪漫主义的轻柔乐声如蒸发的水汽般飘上了树梢。贝伦德夫人的胸脯靠在饭店的花园桌旁起起伏伏，仿佛大海的波涛，包裹着蕾丝手套的手，搁在咖啡桌的彩色格纹亚麻布上。在这样一个艺术时刻里，贝伦德夫人感觉自己融入了军官夫人们的社交圈。七弦琴与宝剑，俄耳甫斯与马尔斯[2]结为密友。少校夫人亲切地邀请大家品尝她带来的美食——她亲手烤的蛋糕，三种慕斯的分层蛋糕。她把它推进烤炉的时候，少校正骑在马上，向阅兵场发号施令，"齐步——前进"，同时响起的是

1 《自由射手》是德国作曲家卡尔·马利亚·冯·韦伯（1786—1826）的代表作，取材于关于"魔弹"的德国民间传说，标志着德国民族歌剧的诞生。

2 俄耳甫斯是希腊神话中的诗人、歌手，擅弹七弦琴。马尔斯是罗马神话中的战神。

狼谷[1]的军鼓滚奏。

他们就不能让我们留在和平里吗？贝伦德夫人并不欢迎这场战争。战争污染了男人们。贝多芬的石膏遗容，苍白而严厉，审视着狭小的阁楼。青铜胡子的瓦格纳戴着贝雷帽，愁眉苦脸地在一叠古典钢琴改编谱上保持着平衡。军乐指挥少尉把它们扔在那儿，任由它们慢慢发黄。他曾在某个一度被元首占领的欧洲地区与一个涂脂抹粉的荡妇纠缠不清，现在竟然在一个天知道什么咖啡厅里为黑人和维罗妮卡们弹奏“当我来到阿拉巴马”[2]。

他没有去阿拉巴马。他没有溜之大吉。无法无天的时代结束了，不会再看到这样的报道：党卫队集团领袖在巴勒斯坦假扮拉比，理发师充当妇科医院院长。那些冒名顶替的人被抓住了，他们坐牢了，在铁栅栏后面坐等惩罚结束，那过于仁慈的新惩罚：集中营里关押过的人，被迫害的人，逃兵，顶着博士头衔的骗子。德国又有了法官。军乐指挥少尉得为阁楼付账，为壁炉里的木料、瓶子里的牛奶、罐子里的咖啡付账。他用“阿拉巴马”的不义之财来付账。为声誉缴纳的贡金！有什么用呢？所有东西

1 《自由射手》第二幕第二场的场景。此处为阴森荒凉的森林，是魔鬼的地界。

2 《哦，苏珊》中的歌词。此歌曲创作于1847年，是当时风靡全球的美国乡村民谣。

都变贵了，各种隐秘的途径又冒了出来，纷纷通向舒适安逸的生活。贝伦德夫人喝着麦斯威尔咖啡，她从犹太人那里买来的咖啡。犹太人，那些结结巴巴说着德语的黑发人，不受欢迎的人，异乡客，漂泊者，他们用与黑夜交织在一起、在幽黯中透着光的眼睛充满责备地注视着别人，他们或许还会谈论毒气和坟墓，以及晨曦中的处决场，他们没有讨回他们的债，他们得救了却不知该如何开始被拯救了的生活，只能在被炸毁了的城市的废墟上（为什么轰炸我们？我的老天，为什么打击我们？因为哪条罪行要受到这样的惩罚？维尔茨堡的五间房间，南坡上的家，鸟瞰整座城市，俯视整个山谷，美因河闪着光，朝阳洒在阳台上，元首与领袖[1]会晤，为什么？），在仓促搭起来的木头棚屋里，在透风的临时小店里，出售些走私的或是逃税的货品。“他们什么都没留给我们。”开食品铺子的女人说，“什么都没有，他们要我们去死。”这个女人的别墅里住满了美国佬。他们在这栋被没收了的房子里住了四年。他们把住处从这个人手里转到那个人手里。他们躺在火焰纹桦树料的双人床上，躺在放满她嫁妆的卧室里。他们坐在旧德意志风格的房间里，坐在骑士扶手椅里，两条腿搁在桌子上，被八十年代

1 原文为意大利语，指墨索里尼。

的奢华环绕着，把罐头吃了个精光，流水线上生产的食品——芝加哥每分钟包装一千头公牛——他们报纸上的一声欢呼。花园里有外国小孩在玩耍，购物袋一样的蓝色、蛋黄一样的黄色、火焰一样的红色，穿得就像小丑，七岁的女孩子嘴唇涂得像娼妓，母亲们穿着工装裤，裤管挽到腿肚子，居无定所的群体，生性轻浮的人。食品铺子里的咖啡发霉了，这下算征了关税。课税过重。贝伦德夫人点点头。她从来没有忘记她应向这个女店主讨还的尊敬，她从来没有忘记恐惧，她在配给券时期这所严苛的学校里习得的恐惧，领取六十二点五克软奶酪。现在又什么都有了。不管怎么说，在我们这里是这样。谁能买下这些？四十马克人头费[1]。存款的百分之六升值了，百分之九十四打水漂了。自己的肚子跟自己最亲。整个世界都很艰难。士兵的世界。士兵们卖力地干活。考验自己。重量又精准了。能持续多长时间？白糖从店铺里消失了。英国肉类短缺。胜利者在哪里？我要给他戴上荣誉的桂冠。美国佬有钱。他们管肥肉叫“Bacon”。他们的“Ham”就是我们的火腿。肥美的烟熏肉摆在屠夫施莱克的肉铺的橱窗里。“请给我瘦一点的。”屠夫的刀把黄白相

1 1948年，德国的美英法西部占领区进行了货币改革，采用德国马克作为货币。每个居民获得40德国马克（1马克等于100芬尼）的起步资金，俗称“人头费”。

间的晃动着的脂肪从泛红的瘦肉纤维上分离。胜利者在哪里？我要给他戴上荣誉的桂冠。美国佬有钱。他们的汽车跟轮船一样，归家的哥伦布的三桅帆船。我们发现了他们的大陆。我们在他们的土地上居住。白色人种的团结。与有钱人为伍真是件好事。美国亲戚寄来了包裹。贝伦德夫人打开了那本小册子，昨天在入睡前看了几页。一个扣人心弦的故事，一本十分写实的小说：命运之手伸向汉内洛蕾。贝伦德夫人很想知道，故事接下来会怎么发展。三色印刷的扉页上有一个年轻的女孩，乖巧、动人、无辜，背景里聚集着几个恶棍，正在挖掘他们的陷阱，在命运上打洞的地鼠。生活是危险的，正经人的道路上布满了陷阱，命运之手不只伸向汉内洛蕾。但是在最后一章里，好人取得了胜利。

7

菲利普失去了时间感。一个瞬间就仿佛一幅活人画[1]，凝固了的滑稽题材，浇进石膏里的存在；一股烟，引起一阵咳嗽，袅袅升腾，像讽刺画里的阿拉伯花饰。菲利普是一个穿着基尔海军服的小男孩，

1　一种由活人配合布景和音乐来展现绘画、雕塑等作品的艺术表现形式。在19世纪，它是戏剧表演、节庆典礼、军事阅兵等多种场合的重要组成部分。

帽子上系着印有“陛下之船舰格里勒号”字样的帽带，他坐在某个小城的德意志大厅里，眼前的舞台上站着路易斯社团[1]的女士们，她们正在森林布景前演绎着祖国历史里的一幅幅画面，日耳曼妮娅[2]和她的孩子们，那个时候的人们热衷于这些，或者说他们假装出了热爱的样子。校长的女儿手握平底锅，锅里燃烧的沥青似乎为这个场面增添了几分庄严，令它靠近了永恒，脱离了日常。校长的女儿埃娃早就死了，他曾经把牛蒡果实抛在她的头发上。男孩子们也死了，所有人，德意志大厅里坐在他身边的那些人。这个城市成了一座死城，就和东部的许多其他城市一样，马祖里地区[3]的任何一座城市。人们再也不能跑去火车站，买一张到那个地方的车票。这个城市被抹去了。奇怪——街道上没有人。文理高中的教室里寂静无声，空无一人。窗口有乌鸦筑巢。这是曾经出现在他梦中的场景，他曾经在课堂上梦到的：城市失去了生命，房屋都空了，街道、市场寂静无声，空无一人，只有他，唯一一个留下来的，开着一辆被遗弃在马路边的车，穿过死

---

1 魏玛共和国时期和第三帝国初期的反犹右翼保守妇女组织，得名于普鲁士国王弗里德里希·威廉三世的妻子路易丝王后。

2 产生于古罗马时期的日耳曼人的女神形象。到了德意志帝国时期，这个形象被赋予了更多民族主义特征，并且服务于战争宣传目的。

3 现今位于波兰东北部，1945 年之前属于东普鲁士。

去的城市。梦的场景被搬到了生活里，但是菲利普已不再登台表演。当他想起那些死去的人，死去的场所，还有被掩埋的伙伴时，他会感到痛苦吗？不。知觉与感情僵化了，就像路易斯社团的活人画，那演出总有些浮夸，悲伤而令人反感，用石膏花饰和月桂模型装饰的胜利大道，怎么说都很无聊。与此同时，那时间却又飞奔起来，那一度再次停滞、已经成为“现在”的时间，那几近永恒的延续中的一瞬。若是把时间当成给予尘世中的我们的所有日子的总和，当成光与暗交替的进程，它便倏忽而逝，像一阵风，是某种东西，又什么都不是，费尽心机或许可以对它进行测量，却没人说得出测量的是什么，它拂过周身的皮肤，描摹出人的轮廓，抓不住，拦不下：从哪里来？到哪里去？但是，这时间的进程之外，还站着他，菲利普，虽未完全摆脱洪流的裹挟，却被召唤来履行某种职责，或许算得上一个光荣的任务，因为他受命观察这一切。然而事情比想象得更糟糕，他感到头晕目眩，什么也观察不到，眼前只剩一片惊涛骇浪，几个年份浮光掠影般从中闪现，仿佛某种信号。这已经不是自然的征兆了，而是在时间之海中人为设置的浮标，摇摇晃晃的肉身标记漂在脱缰野马似的海浪上，但大海有时会凝结，从那无尽之水中，便升起一幅冻结的、不知所云的、只能引发哄堂大笑的图景。

8

逃进天使电影院里，大白天就能避开天光。《最后一个亡命之徒》[1]，票房大卖。电影院老板把观影人数用电报发给了电影发行商。影院记录，数字的杂技，与当时的特别报道如出一辙：降低船舶注册总吨数。维格尔、朔尔施、贝内、卡雷、泽普，那时正站在扩音器下面，站在词语的人工瀑布之下，胜利与军号，小小的希特勒男孩，少年团士兵，褐色衬衫，黑色短裤，光裸的腿。他们摇动募捐箱，摇醒了里面的十芬尼硬币，铁皮徽章啪嗒啪嗒作响。“为了冬季援助[2]！为了前线！为了元首！”夜空里空袭警报呼啸着。高射炮一声不吭。到了歼击机出动狩猎的时刻。骑士十字勋章上钻石耀眼。地雷。强光一闪而过。快隐蔽！地窖管道里水声轰鸣。隔壁的房子里淹死了人。所有人都在地窖里淹死了。朔尔施、贝内、卡雷、泽普坐在《最后一个亡命之徒》面前。他们僵硬的屁股陷在坐塌了的空瘪的电影院座位里。他们没有学徒岗位，没有工作。他们没有钱，倒是搞来了几个马克看那个亡命之徒——这对他们

1　1941 年在美国上映的西部片，原名为“比利小子”，20 世纪 50 年代被引入德国。

2　冬季援助事业是纳粹德国福利事业中的一项，即每年冬天向生活困苦的公民提供物资。希特勒青年团和德国少女联盟等组织会在某些周末进行募捐活动。

来说是小菜一碟，他们是原野上被放逐的小鸟。他们从培养手艺人的学校里逃课了，因为他们没有手艺，或者说他们的手艺是学校里学不到的，他们的学习场所是街角，是美钞贩子徘徊的通道，是夫人们居住的深巷，是正义宫的阴影里朋友们整日散步的大道，那是敏捷的指尖技艺，只取不予，是坚固的拳头功夫，殴打盗抢，还有那热烈的手段，那绵软的眼波，摆荡的髋骨，晃动的屁股。维格尔加入了外籍军团，漂洋过海到了远方，和安南人一起待在丛林里，毒蛇和藤蔓，倾颓的神庙，或者和法国人一起待在要塞里，西贡的女孩和红酒，寄宿地蒸腾的热气，炮台上的禁闭室，阳光下的壁虎。都一样。维格尔，他战斗。他歌唱：旗帜高高飘扬。他阵亡，士兵的死亡是最美好的死亡。这句话他听了无数遍，深深印刻在了童年里，由父亲和兄弟做榜样，成了母亲眼泪的安慰，这句话永远也不会被忘记。朔尔施、贝内、卡雷、泽普在等待鼓手。他们在电影院的微光中等待。最后一个亡命之徒。他们已经准备好了，准备好去追随，准备好去战斗，准备好去死。无须成为上帝，就能召唤他们，每一道墙上都贴着海报，一张当下流行的面具，一撇受专利保护的小胡子。不是微笑着的占卜官，而是铁皮冲压出来的机器人面具，一张平均线以下的面孔，眼睛里没有任何许诺，空旷的水面，磨光的镜子，里面永远只能映照出你自己，卡列班[1]，被精灵们抛弃的卡列班。人造的捕鼠人[2]，他在呼唤：经受考验，血，疼痛和死亡，我会把你领到你自己的面前，卡列班，你不用为自己是个面目可憎的怪物而感到羞耻。电影院还立在那儿，钱源源不断地流向票房。市政府还立在那儿，娱乐税还在登记入账。城市还在扩张。

9

城市在扩张。移居禁令被废除。他们如洪流一般涌回了城市。这股洪流曾如潮水般消退，化为细流流入村庄，渗进农家院落。那时，一座座城市腾起火焰，沥青在每天走过的小巷里熔化，化成冥河的水，沸腾着腐蚀一切，不久前还有小鞋子踏在上面，跑向学校，还有新娘和新郎携手走过，迈入教堂。石头的故乡地动山摇。他们躲进了村庄，失去了家产，失去了巢穴，那是他们孕育了后代的地方；他们失去了珍藏已久的东西：曾经的自己，被放逐到橱柜最底层抽屉里的青春，一张儿童画，学校班级，淹死的伙伴，信上褪了色的字迹。别了弗里茨，

---

1 莎士比亚《暴风雨》中相貌丑陋、未经教化的怪物角色。

2 来自德国民间传说“哈默尔恩的捕鼠人”：吹笛子的捕鼠能手用笛声诱拐了小镇上的所有孩子，孩子们跟随他离开哈默尔恩后下落不明。

再见玛丽，这是一首诗，而我呢？我就是在末尾为它押韵的那个名字吗？——

10

一具矮小但结实的躯体躺在那里，规律运动训练的成果，在铺着油布的桌面上，医生的血液从一条手臂的静脉里，以不可见的、无接触的方式流向另一个人的身体。得到新鲜生命之源馈赠的人并没有用温暖的眼神表示感激。白胡德医生只是一个抽象的撒马利亚人，他的血液转化成一个编号，一个化学方程式，由数学的符号语言表述，它流进一个密封的大口瓶，被贴上了一张标签，覆盆子果汁，草莓果酱，血型被标了上去，汁液经过了消毒，库存可以被送出去了，送去任何地方，穿过天空，越过海洋，送到恰好有战场的地方，总能找到一个，一片原本祥和的风景，四季转换的自然，播种与收获的耕地，现在人们踏着整齐的步伐，长途奔波，乘坐飞机赶去那里，为的是互相伤害和残杀。他们面容苍白地躺在那儿的战地担架上，破伤风针刺破了皮肤，白胡德医生的血液被泵入他们破碎的躯体，红十字会的三角旗帜在异域的风里飘动，令人回想起救护车，它们曾拉着警报匆忙穿梭在交通堵塞的城市道路上，那些城市是他们的故乡。这次献血为白胡德医生挣得了十个马克，在诊所的收银台用现金支付。那些年轻的医生曾在第二次世界大战中把士兵的躯体切开、锯断、冲洗、缝合，如今在没有报酬的志愿者或者助手岗位上被迫接受了一个事实：他们是多余的，太多了，太多太多的战地医生，蜂拥而至，前来卖血，这是他们唯一能卖的东西。连白胡德医生也需要这十马克，不过促使他进行这桩交易的，不仅是金额，血液兑换金钱，白胡德医生还想得到净化。这是一种他自愿经受的修士式的自我鞭笞。抽血是一种尝试，就和举哑铃、晨跑、体前屈、呼吸训练一样，在身体和灵魂的力量和需求之间制造一种平衡。躺在输血台油布上的时候，白胡德医生把自我剖析了一遍。他不是大善人，不是捐助者；血液脱离他的身体，就成了一种平凡的药品，可以分发，可以交易，可以救人，这个触动不了他；他净化自己，让自己的身体做好准备。不一会儿他诊所的一个个房间就会被填满，那些人在他这里汲取力量和生活的勇气。这一群半疯的人，热爱他，纠缠他，这些神经症患者，这些撒谎成性的人，不知道为什么要撒谎，这些性无能的人，这些同性恋，这些恋童癖，就好孩童这一口，跟在小裙子后面，裙子下光裸的腿。这些文人，无所适从，这些画家，生活的色彩在他们笔下汇成了几根几何线条，这些演员，窒息在没有生命的话语里，潘神[1]死了，第二次死去，这些人全都涌了过来，他们需要变态情结就像离不开日常的面包，这些吓破了胆的人和没有能耐的人，什么都做不成，甚至没法在医疗保险公司给自己投保，或者支付任何一张账单。——

11

他们保住了自己的生命，一种毫无意义的存在，他们愁苦地栖身于一些小角落，在高山牧场和河谷草地，在茅舍棚屋和农家院落。烟尘逐渐散开，他们隐隐听到了挖掘机的声音，铲斗插进了废墟，他们躲在远处倾听，被隔绝在尼尼微、巴比伦、索多玛之外，这是他们深爱的城市，一度变成了炽热的巨大坩埚。逃亡的人，被迫去乡下避暑；付不出钱的游客，只好忍受农民的白眼，发狂般地思念家乡的石头。他们踏上回家的路，隔离栏杆抬了起来，可恨的移居禁令被废除，驱逐被取消，他们涌回来，他们如潮水般涌入，水位上涨了。城市，住房短缺的重灾区。他们又回到了家里，排起了长队，你推我搡，互占便宜，交易，创造，建造，创立，见证，

1　希腊神话中半人半兽的农牧神，是希腊神话中唯一死去的神。潘神之死为欧洲文学艺术作品的经典题材。

坐在从前的酒馆里，呼吸熟悉的烟雾，监视着自己的地盘、交欢场所、沥青小巷里的后生、邻居的大笑和口角以及他们的收音机。他们死在了市立医院里，被殡仪馆用车拉走，躺在东南十字路口的公墓里，被有轨电车的叮当声和一团团污浊的尾气包围着，在家乡寻得了幸福。*超级炸弹部署在了欧洲。*

12

奥德修斯[1]·科腾离开了火车站。他甩动着手臂，深棕色的手里晃动着一只小箱子。奥德修斯·科腾并不是孤身一人。有个嗓音伴随在他左右。那个声音从箱子里传出来，舒缓，温暖，柔和，一个低沉的嗓音，让人感到惬意的呼吸，天鹅绒般的气息，波纹铁皮小屋里破旧的车罩覆盖着滚烫的皮肤，喊叫声，巨蛙的咆哮声，密西西比河畔的一夜。林奇法官[2]骑马越过田野，噢，葛底斯堡之日，林肯进入里士满，贩奴船已被遗忘，皮肉里刻下的烙印永

1 这个名字来源于荷马史诗《奥德赛》的主角，经历漫游后归家的伊萨卡国王奥德修斯。后文中的“国王奥德修斯”“足智多谋的奥德修斯”都与荷马史诗中的修饰词有关。

2 查尔斯·林奇（1736—1796），美国独立战争时期弗吉尼亚州的治安法官，为了镇压不法之徒和亲英分子的破坏活动，经常使用没有经过诉讼程序的刑罚。据说此人为英语“lynch”（私刑）一词的来源。

远留存，非洲，失落的大地，林间稠密的灌木，女黑人的嗓音。那个声音哼唱着“日日夜夜”[1]，歌声笼罩着提箱子的人，把他与火车站前的广场隔绝了开来，歌声像爱人的四肢一样缠绕着他，在这块陌生的地方为他取暖，像帐幕一样把他包裹。奥德修斯·科腾犹疑地站在那里。他的视线越过一个个出租车站，落在远处的罗恩百货商店，他看到孩子、女人、男人、德国人。他们是谁？他们在想什么？他们怎么做梦、怎么相爱？他们是朋友还是敌人？

13

电话亭厚重的门在菲利普身后关上了。玻璃把他隔绝在火车站广场的熙攘之外，门外的喧嚣现在成了一种窃窃私语，往来的人群是布满凹槽的墙面上的手影游戏。菲利普仍旧不清楚，他该怎么度过这一天。他面前的时刻裂开一道深壑。他感觉自己就是那些空包装袋中的一员，被扫帚归到了垃圾堆里，毫无用处，本来的使命被剥夺了。什么使命？他是被指派了某种职责吗？他把自己从中抽离了出来？真有这样的使命的话，人究竟能不能逃开它？

---

1 歌词出自美国作曲家科尔·波特（1891—1964）在 1932 年为音乐剧《柳暗花明》（*Gay Divorce*）创作的流行歌曲。

占星术的世纪，每周运势，杜鲁门和斯大林的星象。他原本可以回家。他可以回到富克斯大街的家里去。春天已经不可阻挡地到来。别墅荒芜的花园里杂草丛生。回家？一个寄居之处，一个斑斑驳驳、坑坑洼洼的地方：埃米莉亚到了早晨差不多该平静下来了，门上留着踢出的刮痕，墙上有被砸出的小坑，瓷器摔得粉碎。狂怒过后的埃米莉亚精疲力竭，梦境使她虚弱，恐惧把她击倒，她躺在继承来的玫瑰色床榻上，老祖母的临终床榻，及时地活完了风光的一辈子的老祖母，黑林斯多夫，巴黎，尼斯，金本位制，实授枢密商务顾问头衔的光辉。那些狗、猫、鹦鹉，争风吃醋，相互为敌，但在仇恨菲利普的战线上是统一的，它们集结成眼神诡诈的步兵方阵，就像这栋房子里憎恨他的一切，他妻子的亲戚们，那些共同继承人，开裂的四壁，黯淡的拼花地板，缓缓滴水、沙沙作响的暖气管道，年久失修的浴室，动物们盘踞在如碉堡一般的家具上，半阖着眼皮观察着它们女主人的睡眠，它们的猎物在沉睡，它们和她锁在了一起，它们看守着她。菲利普拨通了白胡德医生的电话。徒劳之举！精神科医生还没有回到自己的诊所。菲利普没想过要从白胡德医生那里得到什么，不求解释，不求启发，无关信任，无关勇气，这只是他的一个习惯，去找这个精神科大夫，躺倒在他暗沉沉的诊室里，让各种念头信马由缰，一幅幅画面在他的头脑中横冲直撞，地点和时间像万花筒一样不断转换，与此同时，灵魂的治疗师企图用使人昏昏欲睡的温柔嗓音把他从罪责和忏悔中解放出来。——站在医院诊疗室里的白胡德医生扣上了衬衫纽扣。他的脸在墙上的白框镜子里泛着苍白的光。他的眼睛，那双据说能催眠病人的眼睛，显得浑浊、疲惫、轻微发炎。医院的冰柜里静置着他一百立方厘米的血。

14

日日夜夜。奥德修斯·科腾大笑起来。他很高兴。他摇晃着箱子。他展露出一口熠熠生辉的结实牙齿。他心里充满信任。完整的一天在他的面前展开。这一天同样展现在所有人面前。在火车站的顶棚下等着约瑟夫，为旅客提行李的人。红色的制服帽子严整地、像军帽一样不偏不倚地扣在他光秃秃的脑袋上。什么东西让约瑟夫的背佝偻了？旅客的箱子，几十年的行李，脸上的汗水里浸着半个世纪的面包，亚当的诅咒，短筒军靴里的行军，肩膀上的枪支，腰带，装满手榴弹的背囊，沉重的头盔，沉重的杀戮。凡尔登，阿尔贡森林，贵妇小径，[1] 他活着走了出来，

1　三者皆为一战重要战役的发生地。

然后又是旅行箱，不背枪的旅人，通往山地火车站的旅游线，去往宾馆的游客，奥林匹克运动会，全世界的青年[1]，然后又是旗帜，又是行军。他拖着军官的行李，他的儿子们去而不返，全世界的青年，空袭警报，老伴死了，被战争吞没的孩子们的母亲，美国人来了，背着五颜六色的包，旅行包，轻便的行李，作为硬通货的香烟，新的马克，积蓄全都烟消云散，毫无价值的东西，七十岁就在眼前，最终留下了什么？火车站前的一个座位，帽子上的号码牌。肉体皱缩在了一起，钢架眼镜后面的眼神还算有生气，生动的细小皱纹从眼角延伸开去，最终汇入了年岁带来的花白、日头晒出的深棕，以及啤酒留下的红晕。工友们替代了家人。他们把比较轻松的任务留给了这个老爹，沉重的行李中偶尔出现的一封信、一束鲜花和一个女士提包。约瑟夫谦虚而狡猾地把这些差事揽到自己手里。他会识人。他知道如何为自己争取机会。有些袋子原本不是他的活儿，他也会设法让它们递到自己手里。他相信天数。他看到了奥德修斯·科腾。他看上了那个小箱子，有歌声传出的箱子。他开口道："这位先生，我来提。"他不反感那歌声，那个在奥德修斯周身围起帐幕的

1　1936 年柏林奥运会的会徽奥林匹克钟上有"我号召全世界的青年"字样。

歌声，他闯进这个陌生的世界，日日夜夜的世界，把棕色的手伸进了箱子的拉环，他卑微地、谦逊地、坚定地、友好地挤到这个黑色的巨人跟前，这头金刚矗立在他面前，这片从未被砍伐过的难以捉摸的原始森林。约瑟夫并没有陶醉在这嗓音里，这宽阔、迟缓、暖流般的嗓音，细密编织的嗓音，神秘夜晚的嗓音。只不过是河面上的浮木，一块滑向了另一块。环绕栅栏村庄的图腾动物，围绕种族背叛者的禁忌，约瑟夫没有感觉到任何欢愉或者厌恶，没有受到诱惑也没有遭到恐吓：没有任何力比多的需求，奥德修斯与约瑟夫没有任何情感上的联系，约瑟夫对于奥德修斯来说也不是俄狄浦斯的面具，他们没有受到恨或爱的驱使。约瑟夫猜测这是一个慷慨的人，他跟了上去，谨慎又坚定，他看到了一顿点心，看到了一杯啤酒，日日夜夜——

15

鹦鹉咿咿呀呀地叫着，爱之鸟，伽摩[1]，情爱之神的坐骑。《鹦鹉传奇》[2]里的故事，想象奇诡，伤风败俗，未成年的她从父亲的书架上偷偷取下的

1　印度神话中的爱欲之神，以鹦鹉为坐骑。

2　古代印度民间故事集，其中相当一部分故事涉及男女偷情。

书，被藏进了床底下。描绘圣家庭的古老画作里，鹦鹉是无玷受孕的象征；那是一只富态的玫瑰鹦鹉，丰满得像一位德高望重的女演员，红色、黄色、龙舌兰的绿色、钢铁的青色，交织成全身的羽毛；它暴躁地抖动它的裙袍，自由已经被遗忘，成了一个消失在记忆里的不再真实的梦；鸟儿嘶哑地叫着，并非呼唤自由，只是在控诉透进房间的天光，控诉卷起的百叶窗、拉开的厚重窗帘、被撕碎在房间里的黑暗、被人为延长的黑夜的终结。狗和猫也都不安起来。它们纷纷跳上床，扑向沉睡中的女主人，斗成一团，扯动布满抓痕的丝绸床单，绒毛像雪片一样打着旋儿消失在了房间的黑暗里。埃米莉亚身上仍旧覆盖着黑夜的被单，但室外的黑夜在几小时前已然离开，她的意识仍被遮盖在黑夜之下，她的肢体横陈于黑夜的深处，就像躺在坟墓里。黑色公猫的粉红色舌头舔舐着这个年轻死者的耳朵，埃米莉亚扭动身体，挥着手臂翻了个身，从俯睡变成了仰睡，她把猫咪的毛皮抚摩得沙沙作响，又摸了摸狗的脑袋，从喉咙里含糊地发出声音："怎么了？你又想要干什么？"她从哪里来？来自哪一片睡眠的黑暗深渊？她听到了房子管道永不停歇地簌簌响动，墙上的泥灰崩裂掉落，动物们呼呼地喘着气，咕噜咕噜地示威，脚步声吧嗒吧嗒，尾巴唰唰扫过地面。动物就是她的朋友，是她的生活伴侣，是她已经失去了的幸福童年里的伙伴，是她现在摆脱不了的孤独中的伙伴，它们是玩具和快乐，它们毫无危害，乐于奉献，只关注眼前的一瞬，它们是无害的、只顾当下的造物，没有虚伪也没有算计，而且它们只认识那个好的埃米莉亚，对待动物极其友善的埃米莉亚。坏的埃米莉亚是针对人类的。她猛然坐起来，喊道："菲利普！"她竖起耳朵，脸上的表情徘徊在哭泣和憎恨之间。菲利普把她抛弃在这里了！她打开床头灯，从床上跳了下来，赤裸地穿过房间，旋开了顶灯的开关，银色的烛形灯泡，在覆满铜绿的欧楂树枝间摇晃，墙上的枝形灯架也点亮了，光，在镜子里重复，翻倍，被灯罩染上了颜色，黄色中透着红色，如同泛黄和泛红的阴影落在女人的皮肤上，落在她几乎像是孩童般的身体上，细长的双腿，小巧的胸部，狭窄的髋部，平缓而有弹性的腹部。她跑进菲利普的房间，浑浊的白天的自然光从没有遮挡的窗口闯进来，使她俊俏的脸庞突然苍白失色。这双眼睛闪着抑郁的光，深陷在阴影里，左眼皮半垂着，仿佛丧失了所有的张力，小巧而倔强的额头皱出一条条纹路，皮肤里嵌着些细小的污垢，一缕缕短短的黑发垂到了脸上。她打量着放打字机的写字桌，没有写过字的白色稿纸，工作的必备道具，令她深恶痛绝，又让她心中燃起对奇迹的希冀，声名、财富、安全，一夜之间应有尽有。在某个迷狂的夜里，菲利普写出了重要的作品，是某个夜里，而不是许多个白天，不是在某种工作状态里，不是在永远噼噼啪啪的小打字机上。“无能的男人。我恨你。”她耳语般地说，“我恨你！”他已经走了。他从她身边溜走了。他会再回来的。他能到哪里去？但是他走了，他把她一个人留在了这里。她那么令人难以忍受吗？她赤身裸体地站在他的工作室里，在白日的光线里赤裸着。一列有轨电车驶过，埃米莉亚的肩膀沉了下去，锁骨显露出来，她的肉体失去了新鲜，她的皮肤，她的青春，仿佛被淋了变质结块的牛奶，一瞬间变得像奶酪一样，发酸，易碎。她躺到了布满划痕的皮沙发上，沙发又冷又硬，好像医生的诊疗床一样令她害怕，她在想菲利普，她凭臆想让他出现在了这里，逼迫他回到了这个房间，那个可笑的人，无能的人，不懂生意的人，她的生活伴侣，那个让她又爱又恨的人，那个被玷污了的亵渎者。她把一根手指伸进了嘴里，用舌头环绕着舔它，把它舔湿，一个小女孩，若有所思，形单影只，不知所措。抚摸我。她用这根手指与自己嬉戏，让它闯进自己的身体。她沉入了欲望的深度麻痹之中。虽然已暴露于白天，虽然已被它怀有敌意的天光覆盖，但欲望为她在身体内部留住了一块黑暗，一段隐秘和爱欲，一种延宕——

16

日日夜夜。奥德修斯俯视着行李工的红色帽子，俯视着那块斑斑点点、脆朽不堪的布，他看到了笔直前伸遮住了眼镜和眼睛的帽檐，颇有几分军人气质，他看到了黄铜数字，看清了疲惫的肩膀、外套上褴褛的羊毛、开线的围裙绑带，最后是微凸的肚子，没有哪一处值得一提。奥德修斯笑了起来，笑得像个孩子，一个马上要交到新朋友的孩子。孩子气的他把那个老人认作一个老顽童，认作他大街上的玩伴。奥德修斯欣喜极了，很和善地问候了他的伙伴，他从自己眼下的富足里取出了一部分给他，与他分享了战胜者的姿态，他把箱子交给了他——那音乐，那歌声，现在挂在了那个年迈的行李工的手臂上。约瑟夫脚步坚定地走在高大魁梧的身躯旁，在地上投下了一个矮小单薄的阴影，他们走过火车站广场。箱子里钻出尖锐的声音，嘎嘎作响，混杂着吱吱的尖叫："莱姆豪斯蓝调。"[1] 约瑟夫跟着这个黑色皮肤的男人，跟随着这个解放者，这个征服者，跟随着这股保护和占领的势力进了城。

1　一首创作于 1922 年的英国流行歌曲，后成为诸多爵士音乐人的保留曲目。

17

一个神龛，一幅祭坛画，一道庄重的阴影，被信以为真又遭唾弃的知识的腐烂残渣，一种已被觉察又没被领会的威胁，希望的源泉，饥渴者的虚幻甘泉——张开着两扇门的书橱，文字构成的毫无神圣可言的祭坛三联画。赤裸的埃米莉亚站在它的面前。她在向谁献祭自己？女祭司与牝鹿合二为一，一个堕落的伊菲革涅亚，缺少阿尔忒弥斯的庇护，也没有逃往陶里斯[1]。继承来的书籍，八十年代的华丽精装本，未被触碰过的烫金切口版本，德国古典作家，《人生之海上的灯塔》[2]适合女士们的沙龙，《为罗马而战》[3]以及俾斯麦的《思想与回忆》[4]是给先生们的，再配上装满白兰地和雪茄的抽屉，祖辈的图书馆，他们挣到了钱却没有读过这些书。立在它们旁边的是菲利普带来的藏

---

1 根据古希腊悲剧作家欧里庇得斯的剧本，伊菲革涅亚在被其父阿伽门农献祭给狩猎女神阿尔忒弥斯的最后一刻被女神救下，取而代之的是一头雌鹿。此后伊菲革涅亚便留在陶里斯岛上成为女神的祭司。

2 一本初版于19世纪30年代的世界著名作家、思想家经典作品段落选集。

3 德国历史学家、法学家费利克斯·达恩（1834—1912）创作的历史小说。

4 德意志帝国第一任首相奥托·冯·俾斯麦（1815—1898）辞职后撰写的回忆录。

书，这是个不知疲倦的读书人，他的藏书里写满躁动与解构，裸露的内心，被解剖的本能。面对着这些无人问津、装帧华丽的书卷，这些破旧不堪、毫无裨益的书卷，在它们的面前，确切说是在它们的脚边，倚靠着一丝不挂的女继承人。她的手还放在孩童般的大腿之间，她尝试忘记，忘记人们称之为现实的东西，生活的酷烈，生存斗争，社会融入，还有白胡德所谓的失败的环境适应。总而言之，这是一种糟糕的生活、一个被诅咒的世界，特殊地位的丧失，幸运的出生带来的顺境坦途、精心构筑的巢穴提供的支持、童年里不绝于耳的愚蠢奉承，现在还剩下什么？“你多么富有，小美人，你是继承人，可爱的姑娘，你会继承祖母的遗产，枢密商务顾问的工厂和百万家产。他想着你，饮食节制的枢密商务顾问先生，谋虑深远的一家之主，一早就想着他的孙女，想着还没出生的孩子，赠予她丰厚的财产，有先见之明地立下遗嘱作为保障，保证你生活无忧，孩子，以期家族繁盛、财富日增，你什么都不需要做，他已经做了那么多，你不用再付出努力，他已经如此努力，连同他的八百个工人，为了你。小鸽子。你是漂浮在上游的人。”（漂在水面上的是什么？漂浮在池塘水面上的是什么？青蛙卵，鸟屎，腐烂的木头，斑斓的颜料，油污折射出的颤动着的光谱，淤泥和腐物，年轻恋人的尸体。）“你可以尽情庆祝，孩子，花园宴会，小美人，你永远都是舞会皇后，埃米莉亚！”她想要忘记，忘记那些贬了值的预言、被剥夺的权利、集体证券托管的帝国国库券、抵押契据、废页，忘记无利可图的倾颓的房产、产权负担、卖不掉的墙砖、与各种机关的利益捆绑、没完没了的表格、被批准了又被撤销的款项，还有律师们。她想要忘记，想要逃离所有蒙骗她的东西。太晚了，逃离物质，把自己交付于精神，一直以来被轻视、被忽视的精神，这是一个新的拯救者，它那失重的力量，恶之花[1]，开自虚无的花朵，阁楼里的安慰，我多么憎恨诗人，这些白吃白占的寄生虫，这些等待着免费午餐的老面孔。精神乃倾颓的别墅里的安慰，是的我们曾经非常富有，地狱一季[2]。它仿佛是一个阴森不吉的洗衣池，常有雨水灌注，乌黑肮脏，阴惨惨的[3]，戈特弗里德·贝恩的早期诗歌，陈尸所[4]是——黑暗又

---

1 原文为法语。《恶之花》是法国诗人夏尔·波德莱尔（1821—1867）的诗集。

2 原文为法语。《地狱一季》是法国诗人阿蒂尔·兰波（1854—1891）的诗集。

3 原文为法语。引自兰波的《福音散文》，此句参考王道乾译本。

4 原文为法语，戈特弗里德·贝恩（1886—1956）是德国诗人，著有诗集《陈尸所及其他诗歌》。

甜蜜的手淫[1]，林中路[2]上的人造天堂[3]，林中路上的菲利普，无措地置身于灌木丛中，落入海德格尔的陷阱，和女伴们去远足时尝过但后来再也没吃过的糖果的气味，威尼斯的利多岛，富裕人家的孩子追忆似水年华[4]，薛定谔“生命是什么？”[5]，突变的本质，有机体中的原子运动，有机体不是物理实验室，序的流束，你逃过了无序的生物组织解体，灵魂，是的，灵魂，我已成为上帝[6]，奥义书，有序中产生有序，无序中产生有序，灵魂的轮回，复数化假说，[7]我会变成动物回来，我对动物特别友好，绳索一端的小牛在加米施的屠宰场前尖叫，被抛状态，克尔凯郭尔、恐惧、诱惑者日记，不要和科迪莉亚上床[8]，萨特的恶心[9]我感受不到，我沉浸在黑暗又甜蜜的手淫里，自我，存在和存在主义哲学，百万富婆，曾经，曾经有一次，祖母

1 引自戈特弗里德·贝恩的诗《合成》。

2 《林中路》是德国哲学家马丁·海德格尔（1889—1976）的著作。

3 原文为法语。《人造天堂》是波德莱尔的散文集。

4 原文为法语。《追忆似水年华》是法国作家马塞尔·普鲁斯特（1871—1922）的代表作。

5 原文为英语。《生命是什么》是奥地利物理学家埃尔温·薛定谔（1887—1961）的著作。

6 原文为拉丁语。薛定谔在《生命是什么》中引用了这句拉丁文。

7 此处关于生命本质和自我意识的诸多表达都出自《生命是什么》。

8 《诱惑者日记》是丹麦哲学家索伦·克尔凯郭尔（1813—1855）的小说，女主角名为科迪莉亚。

9 《恶心》是法国哲学家让-保罗·萨特（1905—1980）的小说。

的旅行，实授枢密商务顾问夫人，手淫黑暗又甜蜜，奥尔煤气灯发出嗡嗡声，要是他们把一切都投在黄金上，社会保险的开始，我到这个年纪也该为自己缴社会保险金了，年轻的皇帝，万亿通货膨胀，要是都投了黄金，紧急援助发放，那是在尼斯，手淫，盎格鲁街[1]，白鹭羽毛装饰的帽子，在开罗的牧羊人宾馆，金字塔前的梅纳之家宾馆，实授枢密商务顾问的肾脏疗养之旅，淤塞造成的断流，沙漠气候，照片明信片，明信片[2]"骑在骆驼上的威廉和小莉丝"[3]，祖先，卢克索的百门之城忒拜[4]，古代的大墓地，死者的领域，死者的城市，我会在年轻时死去，他承认[5]，年轻的纪德在比斯克拉，背德者[6]、无名之爱[7]，实授枢密顾问死了，葬礼仪式[8]，百万财产，百万财产没有投黄金，抵押物贬值，

---

1 法国城市尼斯的一条著名海滨步行道。

2 原文为法语。

3 《威廉和小莉丝》是创作于19世纪初的一部二幕轻歌剧。

4 卢克索是埃及古城，荷马史诗中的百门之城忒拜的遗址坐落于此，古埃及法老和权贵在此修建了多座陵墓。

5 原文为法语。

6 原文为法语。《背德者》是法国作家安德烈·纪德（1869—1951）于1902年出版的小说。比斯克拉是阿尔及利亚东北部城市，纪德曾于1895年访问这座城市，它是《背德者》中的重要场景。

7 英国作家奥斯卡·王尔德（1854—1900）在法庭申辩中把同性恋情称为"不敢说出名字的爱"。

8 原文为法语。《葬礼仪式》是法国作家让·热内（1910—1986）的小说。

阿蒙神庙，瓦砾中的某个拉美西斯[1]，斯芬克斯科克托[2]：我爱，谁爱我？基因，受精卵的核心，我用不着反复担心十二次，月亮的作用，不是医生，白胡德很好奇，所有医生都好色，我的子宫，身体属于我，痛苦不属于我，甜蜜又黑暗的堕落——

18

精疲力竭在她的额头上凝结成水珠。每一颗珠子都是地下世界的一个微观宇宙，一簇原子、电子和量子，乔尔丹诺·布鲁诺在火刑柴堆上歌唱宇宙的无垠，波提切利的春天成熟了，变成了夏天，变成了秋天，转眼已是冬天，又一个新的春天？一个春天的胚胎？水珠汇聚起来淌进了头发，浑身摸起来湿漉漉的，呈现在她泛着水光的双眼之前，被那在湿气中浮泛的目光所触及，菲利普的书桌仿佛又成了施展魔法的地点，这个遭人恨的地方，却又可能是创造出奇迹的场所：财富和声望，能把她也笼

---

1 阿蒙神庙为卡纳克神庙的一部分，坐落于卢克索。拉美西斯是古埃及法老名号，拉美西斯一世、拉美西斯二世等都葬于卢克索帝王谷。

2 根据古希腊悲剧作家索福克勒斯的剧本，俄狄浦斯在忒拜城外的悬崖上破解了狮身人面怪物斯芬克斯的谜语。法国诗人、剧作家让·科克托（1889—1963）以俄狄浦斯传说为题材创作了剧本《地狱机器》。

罩在其中的显赫财富，以及安全保障！她脚步踉跄。时代从她那里夺走了安全保障，早已宣布了的遗产，日积月累却又不断贬值的遗产拒绝向她提供安全保障，那些房子也不再是她的依靠，墙壁上的裂缝，物质上的千疮百孔，这像伪君子一样登场又像伪君子一样被揭穿的安全保障。虚弱、身无分文、被心悸和头晕折磨着的菲利普能为她带来这种已经失落了的安全保障吗？这样一个（对她来说毕竟是新鲜的）与不可见的东西为伍的人，与思想、精神、艺术为伍的人，把事业建筑在虚无之上[1]的人，也许在精神的领域真有些许积蓄？可就目前而言，所有安全保障都消失了。菲利普说从来就不曾存在什么安全保障。他撒谎！他不想和她分享自己的财富罢了。没有安全保障他怎么活？旧的安全保障崩溃了，它的怀抱曾庇护了两代人安逸的生活，这不是埃米莉亚的错。她要问责！她向任何比她年长的人索要她的遗产。她在夜里跑过整栋房子，一个矮小羸弱的复仇女神，身后跟着她的宠物，它们不会说话，它们是无辜的宝贝。昨天，当菲利普准备逃避的时候，当他表示无法忍受她的尖叫的时候，她毫无意义地奋力反抗，楼上楼下地狂奔，冲向地下室里的

---

1 引自沃尔夫冈·冯·歌德（1749—1832）的诗《虚无！虚无中的虚无！》。

看门人，用脚和拳头砸响紧闭的门：“你们这些纳粹，为什么选择了他，为什么选择苦难，为什么选择深渊，为什么选择堕落，为什么选择战争，为什么选择把财产往天上射，我原来是有钱的，你们这些纳粹。”（看门人躺在闭锁的房门后，屏住呼吸，一动不动，心想：“等一下，会过去的，像这天气一样，一会儿就过去了，她会冷静下来的。”）其余的纳粹躲在其他的门后面，她父亲的房门上插着插销，一个共同继承人。“你这个纳粹，你这个白痴，败家子，你不也得去行军，也得跟着上前线，随大流，你就是墙头草，你胸口上有万字符，钱都没了，你们这些人就不能消停一下吗？你们必须像狗一样吠叫个不停吗？”（她父亲坐在门后，对尖叫声充耳不闻，不去面对控诉，无论它是否公正，只是把各种文件摊在自己面前，银行票据、抵押票据、存托凭证，一一计算，“这些还是我的，还有这部分和那部分，相邻的房子还有五分之一，也许还有柏林房产抵押贷款，但是在东边，谁知道会怎样”。美国反对预防性战争。）为什么菲利普不担心？也许是因为他同样啃食着她还拥有的东西，依赖祖父母的上帝而活，而他自己的上帝是虚假的上帝？但愿能知道这一切的答案！她苍白的脸抽搐了一下。她踉踉跄跄，光着身子跌跌撞撞地走到办公桌前，从没有写过字的白纸堆里，从没有如期而至的分娩所留下的那片纯洁中，取出了一张纸，夹在那台小机器里，用一根手指小心地打字：“不要生气。我爱你，菲利普。留在我身边。”

19

他根本不爱他们。他为什么要爱他们？亲属关系不再让他感到骄傲。填满他内心的只有无动于衷。他为什么应该感动？没有什么特殊的感受能让他胸口憋闷或者让他心胸舒展。那下面住着的人并不比其他的古老民族更让他牵挂——从表面上看。他是在出公差；不，“出公差”是下面那些人才会用的词，那些练兵场上出身的人，那些年迈的王侯侍者会这么说，而他是出于功利目的来到此地，受到国家和时代的委托，而且他相信，现在的时代属于他的国家——各种本能受到了净化的世纪，有益的秩序，规划，管理和务实。在公务之外，这首先会是一趟带有反讽意味与浪漫色彩的观光，看看这个世界，看看那些城堡。除了不偏不倚，他们还能在他身上期待些什么呢？这对他们来说是个机遇。奥古斯都不是作为希腊人的大善人率战船进入希腊的。历史驱使着奥古斯都，去掌控希腊人那杂乱无章的局势。他创造了秩序。他管束成群结队的狂热分子、城市里的空想家以及爱国者，他扶植理性、节制、资本、各种学派，他容忍那些神经错乱者、智者、鸡奸者。这对他来说是利益，对他们来说是机遇。理查德感觉自己早已摆脱了敌意和偏见，丝毫不受憎恨和鄙夷的困扰。负面的情绪就是毒素，被文明征服的疾病，比如瘟疫、霍乱、天花。理查德已经接种了疫苗，他是在卫生的环境里被抚养长大的，排清了身体里的废渣。或许他会显得有几分纡尊降贵，虽然他没想这样做,但是他还年轻,年轻气盛,居高临下；他确确实实从空中俯视着那些人,俯视他们的国家,他们的国王，他们的国境线，他们的冲突，他们的哲学家，他们的墓地，他们整个审美、教育、思想的土壤，他们永恒的战争和革命，他俯视着那孤零零的可笑的战场，处在飞机下方的大地如同躺在一张手术台上——被割得支离破碎。当然他眼前的真实景象并非如此，他看不到国王也看不到国境线，那儿暂时只有大雾和黑夜，他的想象力也不足以描绘出这样的图景，是学校里教的知识把这样一块土地呈现在他的眼前。历史是过往，昨日的世界，书里的纪年，都是对小孩子的折磨，但是每一天同时也在构筑历史，新的历史，当下的历史，这意味着在场、生成、成长、行动以及飞行。人们并不总能知道要飞往哪里。一切要到明天才能被冠以它们在历史上的名称,连同这些名称才获得了自身的意义，然后就成为真正的历史，在学校的教材里变得越来越古老，而这一天，这个今天，这个清晨，以后就会成为理查德的“我的青春”。他还年轻，他很好奇，他会去好好审视这个父辈们的国度。这是一趟东方之旅。他们是秩序的十字军，理性的骑士，守护实用性和适度公民自由的骑士——他们寻找的不是圣墓。他们抵达这块大陆的时候还是黑夜，在他们的眼前，明净的天空上闪耀着一道寒冷的光：启明星，福斯福洛斯，路西法，古代世界的光明使者，然后成了黑暗的王。[1]夜与雾笼罩着比利时，笼罩着布鲁日、布鲁塞尔和根特。科隆大教堂从黎明的昏暗中凸显出来。朝霞像蛋壳一样被从这个世界剥离了——新的一天诞生了。他们飞到了莱茵河上方。亲爱的祖国，您放心，我们坚定不移地守卫莱茵[2]——他父亲十八岁时唱的歌，威廉·基尔希在学校课堂上唱的歌，在军营宿舍里，在阅兵场上，在行军途中，父亲的守望，祖父的守望，曾祖父的守望，守卫莱茵河，兄弟的守望，表亲的守望，守卫莱茵河，祖先的坟墓，血亲的坟墓，莱茵河畔的守望，未完成的守望，被误解的守望，

---

1 福斯福洛斯是希腊神话中带来光明的启明星之神，他在罗马神话中的名字是路西法。大约从4世纪开始，路西法这个名字在基督教文化中与撒旦有了联系，渐渐演变成了魔鬼的名字。

2 《保卫莱茵河》的歌词。此歌曲为创作于1854年的一首进行曲，在普法战争后广为传唱，成为德军军歌之一。

他们不该拥有它[1]。谁？法国人，谁拥有了它？河边的人，船夫、渔夫、园丁、酒农、商人、工厂主、恋人、诗人海涅。谁该拥有它？无论谁愿意，无论谁在场，眼下莱茵河落入了他的手里，理查德·基尔希，美国空军士兵，十八岁，正从空中将它尽收眼底。或许他现在再次担负起了保卫莱茵河的重任，就像那些心怀坚定信念的人们？或许他再次掉入了陷阱，又一次误解了这个历史性的时刻？他想："如果我再大几岁，二十四岁而不是十八岁，那么十八岁的时候我就可以在这里翱翔，在这里轰炸，在这里死去，我们会运来炸弹，我们会把炸弹都投下去，我们会像点亮一棵圣诞树一样点燃这块大地，我们会铺开一层地毯，我们会成为他们的死神，我们会在他们的探照灯下隐入夜空。哪里还会发生这样的事？我要到哪里去施展我学到的那些东西？我会在哪里投下炸弹？我会炸死谁？在这儿？这些人？再往前？另一些？再往回走？又是另一些？"在巴伐利亚的上空，大地又遁入了一片昏暗。他们飞过了云团。他们着陆了，大地散发着潮湿的气味。机场闻起来有青草味、汽油味、废气味、金属味，还有新事物的味道、异乡的味道，还有烤面包的味道、

1 《莱茵之歌》的歌词。此歌曲由创作于 1840 年德法莱茵危机期间的爱国诗歌改编而成。

面皮发酵的味道、酵母和酒精的味道，勾起食欲，令人兴奋，整座城市弥漫着从大酿酒厂里冒出来的啤酒麦芽浆的味道。

20

他们穿过一条条街道，奥德修斯走在前面，一个伟大的国王，一个平凡的胜利者，年轻，身腰健硕，清白无辜，就像一头兽。约瑟夫跟在他身后，皱缩着，佝偻着，衰老，疲惫，但也透着狡猾；他那双狡黠的小眼睛，透过医疗保险报销的廉价眼镜，盯着那黑色的背影，满含希望，满含信任。行李一点也不重，一桩好买卖，播放着音乐的小箱子，巴哈马的乔[1]和他的乐声，巴哈马的乔噼啪作响的音乐，喋喋不休的人声，巴哈马的乔和他小号的阻塞音，鼓声，叮叮咚咚，吱吱呀呀，啸叫声，节奏向四下里扩散，抓住了女孩们的注意力。那些女孩心里想："这个黑鬼，这个厚脸皮的黑鬼，这个可怕的黑鬼。不，我不会上钩的。"巴哈马的乔。另一些女孩心想："他们有钱，这么多钱，一个黑人士兵赚得比我们的高

1 《巴哈马的乔》是非裔美国爵士乐与节奏布鲁斯音乐家路易斯·乔丹（1908—1975）在1944年创作的"跳跃布鲁斯"风格的歌曲。

级警司还多，美国大兵[1]，我们女孩子也学了我们该学的英语，德国少女联盟[2]，能嫁给黑人吗？美国没有种族法，但是总有排斥，没有宾馆会接待你，一半黑人血统的孩子，占领区的婴儿，可怜的小家伙，不知道自己属于哪一边，他们是无辜的，不，我不会那样做！”巴哈马的乔，萨克斯管花哨的装饰音。一个女人站在一家鞋店前，她从橱窗的反光里看到了路过的黑人，心想："这双坡跟凉鞋倒是不错，如果能买上一双的话。那些小伙子有身材，一看就很阳刚，我看过爸爸打拳击比赛，打完人都累得不行了，那个黑人肯定就不会。”巴哈马的乔。他们经过禁止盟军士兵光顾的酒摊，没有座位的摊位，拉皮条的、换外汇的、伸手乞讨的，纷纷从木头棚屋里爬了出来："嘿，乔，有美元吗？乔，有汽油吗？乔，要女孩吗？”那些女孩就坐在摊位里，仿佛被兜售的货物，喝着柠檬水，喝着可口可乐、劣质的咖啡、发臭的肉汤；床铺的气味、前一天拥抱的气味，都还没有洗掉；斑斑点点的皮肤上扑了粉，漂染过度的玩具娃娃假头发像稻草一般捆扎起来；她们在等待，每日都有新鲜家禽可供选购，她们透过窗户朝外看，那些拉皮条的在搞什么呢，有没有向她们

1 原文为英语。

2 纳粹德国希特勒青年团的青年女性分支组织，成员年龄在14至18岁之间。

招手呢？一个黑人，本质不坏，出手还大方，难道不应该这样吗？这些劣等的家伙，下身都被他们撕碎了。“能搞到个白人女人，一定特别高兴吧，我们算是丢份儿了，倒也不坏，就是有点儿恶心。”“嘿，乔，你有东西能给我吗？”——“嘿，乔，你要买什么东西吗？”——“乔，我给！”——“乔，我要！”一群人像蜜蜂一样围住他俩。肥肉上的蛆虫，白得像奶酪一样的脸色，饥饿的面孔，被上帝遗忘的面孔，老鼠、鲨鱼、鬣狗、两栖动物，披着的人皮几乎掩饰不了真面目，带衬垫的肩膀，格子夹克，脏兮兮的战壕风衣，五颜六色的袜子，油腻的绒面革鞋子下鼓起的鞋底，大洋对岸歌舞片风格的漫画，还有一无所有的可怜虫，无家可归的人，流离失所的人，战争的牺牲品。他们转向约瑟夫，巴哈马的乔：“你的黑鬼需要德国钱吗？”——“我们给你的黑鬼换钱。”——“他想跟人上床吗？你三个马克。可以在旁边看，老头，放点音乐。”巴哈马的乔，清脆的乐声。约瑟夫和奥德修斯的耳边充斥着窃窃私语，但他们没去听。巴哈马的乔，他们快步甩开那些凑到耳边说话的人，嘶嘶吐着信子的蛇，奥德修斯把他们推了回去，温柔地，有力地，像鲸鱼一样，把他们推到一边，猥琐卑微的小流氓，长满粉刺的脸，发臭的鼻子，被掏空了的家伙。约瑟夫跟在强大的奥德修斯身后，步履蹒跚地被他的吸引力牵扯着。巴哈马的乔，他们继续往前走，经过了电影院的新大楼，不灭的激情、感人肺腑的故事、医生的命运，经过了宾馆的新大楼，可以俯视废墟的屋顶花园鸡尾酒会，身上沾满了石灰粉，落满了泥灰。他们穿过了建在瓦砾上的商店街，左右两边搭满了简易平房，镀铬装饰条闪着光，霓虹灯和玻璃橱窗：巴黎的香水，杜邦尼龙，加利福尼亚的菠萝，苏格兰威士忌，五颜六色的报摊——一千万吨煤炭短缺。红灯亮了起来，挡住了他们的去路。电车、汽车、骑自行车的人、摇晃的三轮车和重型美国军用卡车，拥挤着从十字路口穿过。

21

红灯拦住了埃米莉亚的去路。她要去典当行，那儿到中午就关门了；然后要到潮湿的拱顶地窖里去找那个叫翁弗尔拉赫特的旧货商，就是那个会把手伸到她裙子下面去的男人；她还要去找牢骚满腹的古董商德沃斯夫人，德沃斯夫人是什么都不会买的，只不过住在翁弗尔拉赫特的铺子附近罢了；最后她还是意识到，或者说她本来就清楚地知道，那串珍珠最终会被牺牲，就是那条镶嵌着各种珠宝、月光般皎洁的珍珠项链，她必须去找那个叫舍拉克的珠宝商。她穿着造型优雅的鞋子，蛇皮材质，但鞋跟已经被踩得歪斜。腿上的丝袜用的是最薄的面料，因为菲利普对这种皮肤般纤薄的丝袜情有独钟，尤其是在冬天的严寒里，当她迈着冻得冰凉的小腿踏进家门时，他尤其显得温情脉脉。可是，哎呀，这号称不会脱丝的精心编织的物件，丝线已经从膝盖松垂到脚踝，像一条条涓涓细流。裙子的褶边上开了一个三角形的口子——谁该来把它缝上呢？她身上的皮草外套，在这个季节穿已经显得太厚了，用的虽是最上乘的灰鼠皮，但毛皮蓬乱、多处破损，这有什么关系呢？埃米莉亚用它替代了过渡季节的外套，她没有这样的外套。她稚气未脱的唇上涂了口红，胭脂多少驱散了些脸颊上的苍白，头发被裹挟着雨水的风吹得乱七八糟。她把随身携带的东西都塞在了一个英国格子呢旅行包里，是威廉·布施[1]的插画或者《飞页周刊》[2]里的绅士淑女们的行李包。这老派幽默作家的最爱让埃米莉亚有些不堪重负。每一份负重都会让她患了风湿的肩头隐隐作痛，每一丝隐痛都把她推向崩溃的边缘，往她的胸腔里填塞进执拗和愤恨。她闷闷不乐地站在红灯下，阴郁的目光追随着大街上的车流。

---

1 威廉·布施（1832—1908），德国画家、诗人，以带有讽刺性的故事插画闻名。

2 1845年创刊于慕尼黑的一种德国幽默讽刺周刊。

22

在领事的车里，在悄无声息、平稳滑行着的凯迪拉克里，在富人的出行工具里，在富人、政客、名流以及精于谋划的经理人的簇拥下，不，别让表象蒙蔽了双眼，是在一口宽敞舒适、黑得发亮的棺材里，埃德温先生驾车驶过了十字路口。他感觉疲劳。高卧却无眠的旅途让他筋疲力尽。他沮丧地望着这阴沉的日子，这陌生的街道。这是歌德的国度，普拉滕的国度，温克尔曼的国度，斯特凡·格奥尔格曾经踏过的广场。埃德温先生感到冷。他看到自己一下子成了一件残余物，孤单，年迈，古老，像他本身该有的那样老。他那本质上极其苍老的肉体，却仍然保持着青年的精干。他让这身体更深地沉入汽车柔软的座椅。一种躲藏的姿势。黑色礼帽的帽檐抵到了靠枕，他便把这顶帽子——羽毛般轻盈的邦德街[1]制品——放在了膝盖上。他那张高贵的脸，被禁欲、自律、沉静支配着的脸，变换出愤怒的神情。小心翼翼向两边梳开的柔滑灰白的长发下，露出了贪婪的老秃鹫般锐利的五官。被派到火车站接站的领事

1　位于伦敦的一条历史悠久的高档购物街。

秘书和美国之家[1]的文学经纪人坐在埃德温先生前面的折叠座位上，不得不回过身来靠近他说话。他们深觉自己肩负重任，须令这位大名鼎鼎、屡获殊荣的稀世人物感到愉悦。他们介绍着这座城市里各处所谓的景点，大谈特谈组织这场讲座的过程，喋喋不休——听起来好像清洁女工在尘土飞扬的地板上不知疲倦地挥动湿毛巾。埃德温先生发现这些先生说的都是些粗俗的大白话。真是令人不快。某些时候，尤其是当他与美人为伍的时候，埃德温先生并不讨厌俚俗用语，但在这里，和这些跟他来自同一个社会阶层的体面绅士一起，“我的社会阶层？哪个阶层？不带成见地看待每个人，不属于任何阶层的局外人，与任何团体都没有关系，没有”，这些俚俗用语，这嚼起来像口香糖一样的美式英语，只显得尴尬、沉闷、败兴。埃德温更深地陷入汽车的角落里。他给这个国家带来了什么？歌德、温克尔曼、普拉滕？他带来了什么东西？他们或许非常敏感，或许很容易被打动，这些吃了败仗的人，他们会很警醒，他们已经被不幸唤醒，他们的直觉会很敏锐，他们更靠近深渊，更熟悉死亡。他带来了

1　美国新闻署下属机构，自20世纪40年代末起先后开设于德国多个城市，提供图书阅览等公益服务，常举办观影、讲座等各种活动，旨在为德国公民提供更多接触美国文化以及民主思想的机会。

什么消息吗？他带来了安慰吗？他能解释痛苦吗？他应该讲不朽，讲精神的永恒，西方的不朽灵魂。而现在呢？现在他怀疑了。他的消息是冰冷的，他的知识是精选的，双重意义上的精选，精选自书本，也精选自千年的精神，精选，出自千言万语，神圣的精神，倾注于语言，精选，珍贵，精华中的精华，闪光的，提纯的，甜的，苦的，有毒的，治愈的，近乎一种开示，但其实只是对历史的解释，这解释自身也很可疑，结构优美、笔触巧妙的诗节，敏锐善感的反应。然而，他还是空手而来，没有礼物，没有安慰，没有希望、悲伤、疲倦，不是懒惰，只是内心空洞。他不应该沉默吗？他早就目睹了战争中的满目疮痍，哪个欧洲人不熟悉这些？在伦敦、在法国、在意大利，一座座城市里裸露着的可怖伤口，但在这里，在他的整个漫游中灾难最深重的地方，坐在一尘不染的领事专车里，感受着橡胶、压缩空气和巧妙的减震装置共同制造的轻柔摇摆，透过车窗向外望去，他看到的一切都是清理过的、整理过的、拼凑修补好的、重新树立起来的，因而愈加可怕、破败——这一切不可能完好如初。他本该把欧洲作为话题，为欧洲辩护，但他是否在暗地里希冀着一种毁坏，想要为这块他在精神上深爱着的大陆撕毁那层遮掩着的外袍？或许，他，埃德温先生，推辞良久才踏上这样的旅途，才把迟来的，而且还是建立在某种误解之上的盛名收入囊中，才愿意接受众人的拥戴，这是因为他参透了消亡的意义，因为他是不死鸟的同类，不得不投身于烈火，不得不踏入灰烬，踏入斑斓的羽毛，靠近那些店铺、那些人，情急之下什么都可以，包括他车里的俚俗闲话——荒唐：他该对他们说什么？也许他会死在这座城市里，成为一条消息，晚报上的一则简讯，伦敦、巴黎、纽约的几篇纪念文章。这辆黑色的凯迪拉克就是一口棺材。突然，他们擦碰到了一个骑自行车的人。“天哪，他要摔倒了，还好他稳住了。”——

23

他稳住了。他维持着平衡，又踢又蹬，把自行车引向了车流中的空隙。白胡德医生，精神病学和神经病学专家，他踩着踏板，继续前行，今晚他要去美国之家听埃德温先生的演讲，有关西方精神的话题，关于精神力量的讲话：精神战胜物质，精神攻克疾病，因为灵魂原因而导致病态，以心理学方式医治痛苦。白胡德医生头晕目眩。这次抽血使他变得虚弱。或许他过于频繁地让人在自己身上扎洞放血了。世界需要血液。白胡德医生需要钱。物质战胜精神。他是不是该立刻拐弯？丢下自行车？找个酒吧？喝上一杯？让自己开心起来？他在车流中沉浮。他感觉到了头痛，在面对病人的时候他忽略了这一点。他又骑了起来，去找施纳肯巴赫，那个永远困倦的职业学校老师，对着公式咬文嚼字的天才，夜大学里的爱因斯坦，一个沉迷于柏飞丁和苯齐巨林[1]的影子。白胡德后悔昨天没答应施纳肯巴赫，没给他开足够的药丸以保持清醒。现在白胡德决定把药方送到他家去，让他暂时过足瘾头，让他那悲哀的生活暂时变得可以忍受，让他的生活最终被摧毁得更为彻底。他倒是很想去看看埃米莉亚。他喜欢她，并且认为她的处境比菲利普的更加危险，“他什么都能经受住，他连这段婚姻都忍得下去，一颗强韧的心脏，神经症，肯定就是神经症，一点假性心绞痛，诸如此类，但终究是一颗强韧的心脏，你从他外表上是看不出来的”，埃米莉亚却从没去找过他，他去拜访菲利普的时候，她也不露面。此刻他没有注意到，埃米莉亚正在十字路口等待绿灯，就在他骑自行车经过的十字路口。他伏在车把上，右手握着刹车，左手食指按铃：按错铃会杀人，说错话会暴露，骗人的夜间铃声[2]，他懂卡夫卡吗？——

1 柏飞丁是一种去氧黄麻碱（冰毒）产品的商品名，功效类似肾上腺素，在纳粹德国被当成提神醒脑的灵药，在全社会大力推广。苯齐巨林是一种兴奋剂。

2 引自奥地利作家弗朗茨·卡夫卡（1883—1924）的短篇小说《乡村医生》。

24

华盛顿·普莱斯开着天际蓝的豪华轿车驶过十字路口。他该去做吗？他不该去做吗？他知道车库里的油罐车有不为人知的旋塞阀门。风险很小。钱和油罐车司机对半分就行了。他要做的就是把车开到每个卡车司机都知道的某个德国加油站，然后让人放掉几加仑[1]的油。安全好赚的钱。他需要钱。他不想屈居人下。他想要卡拉，他想要卡拉的孩子。他的记录清清白白。正派规矩是他的信仰。每个公民都有自己的机会。即使是黑人也有属于自己的机会。华盛顿·普莱斯陆军中士。华盛顿必须富有。他必须富有，哪怕是暂时的，至少就在这儿，就在今天，他必须富有。他的财富能换取卡拉的信任。比起他说的话，她更信任他的钱。卡拉不想把他的孩子生下来。她很害怕。我的天，为什么要害怕呢？华盛顿是著名的红星队中最好、最强、最快的明星跑垒员。但他不再是最年轻的了。这绕着球场要人命的跑动！这令他劳累不堪。他喘不上气了。但一年两年，他还是可以坚持的。他还是会在竞技场上大显身手的。一阵风湿的疼痛掠过他的手臂，这是一个警告。他突然不再打汽油的主意了。他必须去

1　英制 1 加仑等于 4.546 升，美制 1 加仑等于 3.785 升。

趟中央市集。他必须给卡拉买一件礼物。他必须打个电话。他需要钱。正在这时——

25

正在这时她从6路电车换到了11路电车。她应该能遇到弗拉姆医生了。比接诊时间略晚一点，这样也好，弗拉姆能有时间接待她了。她必须摆脱掉孩子。一刻也不能耽搁。华盛顿是个好人。她当时是多么害怕！她到黑人军营的第一天，中尉对她说："我不敢确定，您会不会留下来。"他们挤在大门的窗口前，扁平的鼻头像橡皮泥一样粘在玻璃上，一张脸挨着另一张脸。关在笼子里的是谁？谁代表着自己的种群被关在动物园？玻璃后面的他们，还是玻璃这一边的她？从德国国防军办公室，场地指挥官的女秘书，到美国运输部队的黑人士兵，这条路有多长？她开始打字，她十分流畅地敲着英语，她埋头打字，不去看那些异域的人种，不去看黑色的皮肤，不去看乌木般的身体展现出的柔韧，也不去看面前的男人，不去听他喉咙深处发出的声音，只专注于那些内容，那些向她口述的内容。她必须工作，她不能留在母亲身边，不能留在贝伦德夫人身边，她不认为自己有理由谴责军乐指挥少尉；她必须为自己的儿子打算，他的父亲留在了伏尔加河边，大概沉进了水里，大概埋进了土里，在荒原里失去了踪影，她再也不用向斯大林格勒送去问候；她必须搞些物资，大家都在挨饿，糟糕的年月，四五年，四六年，四七年，几乎食不果腹；她必须如此，她有什么理由不这样做？他们不也是人吗？一天的工作结束了，她看到他站在那里。“我送您回家。”他领着她穿过军营走廊。她难道没穿衣服吗？那些男人站在走廊两边，黑沉沉地融在走廊的暮色中，他们的眼睛就像是不安分的白蝙蝠，他们的视线就像吸盘一样粘在她身上。他坐在她旁边，坐在吉普车的方向盘前。“您住在哪里？”她告诉了他地址。他开车时没有说话。他把车停在了她家门前。他打开车门。他递给她巧克力、罐头食品、香烟——在那样的日子里称得上相当丰厚。“再见。”仅此而已。每天晚上。他到办公室接她，带着她从那些等候在走廊里的深色皮肤男人面前走过，从他们直勾勾的视线里穿过，载着她回家，一声不吭地坐在她身旁，给她带一些东西，然后说：“再见。”有时候，他们会把车停在家门前，在车里待上一个小时——一言不发，一动不动。当时的大街上还堆着空袭后的建筑物残骸。风扬起尘土。废墟如同一片死者的领域，脱离了夜色中的每一丝现实，它们是庞贝、赫库兰尼姆、特洛伊，沉没的世界。一堵摇摇晃晃的墙倒塌了，新的烟尘如乌云一般笼住了吉普车。到了第六周，卡拉再也受不了了。她梦见了黑人。她梦见自己被强奸了。黑色的手臂伸向她——它们像蛇一样从一处处废墟的地窖里爬上来。她说："我不能再这样继续下去了。"他跟着她进了房间。如同一场溺水。是伏尔加河的水吗？并非冰冷而是炽热的水流。第二天邻居们来了，熟人们来了，前国防军的老领导来了，他们都来了，要香烟、罐头、咖啡、巧克力。"告诉你男朋友，卡拉""你男朋友可以去中央市集，去美国百货公司,卡拉""如果你男朋友能想起来,卡拉,还有肥皂"——华盛顿·普莱斯一样样去找，去买，带回来。朋友们轻描淡写地道谢。这仿佛是卡拉上交的贡品。朋友们不记得美国仓库的商品也是一分钱一分货的。是不是很好笑？是不是挺不错？是不是应该为此感到骄傲？卡拉成了慈善家？很快她自己也搞不清楚了，思索让她疲劳。她放弃了运输部队营地的工作，搬进了另一栋房子，里面有另一些女孩跟另一些男人交往。她和华盛顿生活在了一起，对他保持忠诚，尽管现在她有数不清的机会跟别人睡觉，因为每个人，不管是黑人还是白人，是德国人还是外国人，现在都相信，既然她能和华盛顿住在一起，她就会和所有人上床，这个念头让他们性欲高涨。而卡拉并不清楚自己的感受，她问自己："你爱他吗？你真的爱他吗？

陌生，很陌生，但我对他是忠诚的，忠诚，这是我欠他的，不欠别人。”百无聊赖之中，她的眼睛已经习惯了各种美国杂志上的精美图片，美国女人的生活图景，全自动厨房，洗衣助手和洗碗机，在你背靠躺椅看电视的时候，帮你清洁一切，宾·克罗斯比[1]在每个家庭里露脸，维也纳童声合唱团在电气炉前欢呼，普尔曼豪华车厢[2]里的乘客坐在柔软的座椅上从东部驶向西部，流线型轿车里的人们在傍晚时分享受着旧金山湾区的灿烂灯火和茂盛棕榈，制药工厂和保险公司提供各种安全保障，噩梦的恐吓也不复存在，因为美宝牌镁乳“让你今夜酣睡整晚”[3]，女人就是女王，一切都服务于她们，一切都拜倒在她们脚下，女人是“创建家庭的恩赐”[4]，还有为孩子们准备的玩具娃娃，会流出真实眼泪的娃娃——这是这个天堂里唯一的眼泪。卡拉想要嫁给华盛顿，她愿意跟随他去美国。通过她过去的上司，昔日的场地指挥官，如今的律师事务所办公室主任，她为自己在伏尔加河上失踪的丈夫开出了死亡证明。就在这个时候，孩子来了，一个黑色的生命，在她的身体里蠕动，不速之客，

1 宾·克罗斯比（1903—1977），美国歌手和演员。

2 由美国普尔曼豪华车厢公司制造的车厢，后成为豪华交通工具的代名词。

3 原文为英语。

4 原文为英语。

让她恶心。不，她不想要，弗拉姆医生必须帮助她，必须把他打掉，马上——

26

“您在这里看到的城市中心当时完全被摧毁了。五年来，民主管理的重建工作和盟国的理解支持使这个城市再次成为繁荣的贸易中心和工业中心。”马歇尔计划同样针对德国，欧洲复兴计划资金削减，参议员塔夫脱[1]对此项支出提出批评。马萨诸塞州女教师旅游团的巴士经过了十字路口。旅途中的她们披着一层自己也没有意识到的伪装。任何一个德国人看到这些车窗后面的女人都不会想到她们是教师。这些女士坐在红色的皮座椅上，穿着考究，妆容精美，朝气蓬勃，也确实很年轻，至少在别人看来是这样，有钱、衣冠楚楚、不用为生活奔忙、靠城市观光来打发时间的女士。“要不是你们让这座城市陷入大火，这里就不会是现在这个样子，你们根本就不会出现在这里，士兵们，好吧，现在还有这些女人，统统算在占领军费用里，纯粹是一群寄生虫。”一个美国女老师赚得——她能赚

1　罗伯特·塔夫脱（1889—1953），美国共和党参议员，反对美国提出的对受战争破坏的西欧各国进行经济援助的欧洲复兴计划，即马歇尔计划。

多少？——啊，远比她在施塔恩贝格的德国同行要多得多，德国女教师是腼腆的可怜女人。“小心不要招来任何反感，脸上搽一点粉，教区助理神父就会给你记上一条负面评价，学校督察先生就能把它写进你的人事档案。”在德国，教育是一件严肃而灰暗的事情，远离任何一种生活乐趣，对花花世界嗤之以鼻。你无法想象，在德国的讲台上看到一位女士化了妆、喷了香水，去巴黎度假，去纽约和马萨诸塞州的波士顿考察。我的天啊，想象一下就感觉毛骨悚然。我们是一个贫穷的国家，这就是我们的美德。凯坐在凯瑟琳·韦斯科特旁边。凯二十一岁，凯瑟琳三十八岁。“你爱上了凯的绿眼睛。”米尔德丽德·伯内特说，“绿眼睛，猫眼，会说谎的眼睛。”米尔德丽德四十五岁，坐在她们前面。她们有一天的时间在市里游览，另外两天参观美国在德国的占领区。凯瑟琳记录着那个站在司机旁边的人讲述的每一句话，那个来自美国运通公司的人。她想：“我可以把它们用到历史课上，这就是一堂历史课，美国在德国，星条旗在欧洲，我亲眼看到了，我亲身经历了。”凯已经放弃了，她不打算一边游览一边记笔记了，本来就看不到太多东西。她到了宾馆之后才从凯瑟琳的速记中挑了些最重要的资料抄到自己的旅行日记里。凯很失望。浪漫的德国？一片晦暗。文学家和思想家的国度，音乐和歌曲的国度？

他们看起来和一般人没有区别。十字路口还站着一个黑人。一个小收音机箱子播放着“巴哈马的乔”。这和波士顿有什么区别？就像在波士顿的某个郊区。另一个德国可能只是大学里德文系教授的发明。我们有一个姓凯泽的教授，三三年之前一直住在柏林，三三年之后他被驱逐了。“也许他一直在思念家乡。”凯想，“这是他的祖国，在他眼里与在我眼里自然是不同的，美国入不了他的眼，而这里的每个人在他眼里都是文学家，这些人不像我们那里的人一样热衷于生意,但他们把他赶走了。为什么呢？他是个好人。在美国我们也有文学家，凯泽说他们是作家，重要的作家，但他仍把他们与德国的文学家加以区别：海明威、福克纳、沃尔夫、奥尼尔、怀尔德。埃德温住在欧洲，他背弃了我们，埃兹拉·庞德也一样，在波士顿我们有桑塔亚纳，托马斯·曼是德国人，但他也和我们在一起，德国人同样驱逐了他。真是滑稽，他们曾经有很多，他们过去有歌德、席勒、克莱斯特、荷尔德林、霍夫曼斯塔尔，荷尔德林和霍夫曼斯塔尔是凯泽博士最喜欢的诗人，里尔克的哀歌，里尔克在二六年死了。他们现在有谁？坐在迦太基的废墟上哭泣[1]。我得想办

1　根据阿庇安的《罗马史》，小西庇阿率罗马大军攻陷迦太基城后，曾面对被焚毁的古城流泪哀叹，并为罗马未来的命运而担忧。

法摆脱我们这个旅行团，也许我能结识什么人，一个文学家，我会和他畅谈一番，我，一个美国女人，我会对他说，不要伤心。但凯瑟琳管着我，太烦人了，我是个成年人，她不希望我读《过河》[1]，她说他们根本就不该出版这样的书。为什么不呢？因为青春年少的伯爵夫人？我也会那么快就与谁坠入爱河吗？”——“这个城市是没有颜色的。”米尔德丽德心想，“女人们穿得也很糟糕。”凯瑟琳在笔记里写道：“对女性的压迫仍然随处可见，女人无法与男人平起平坐。”她会在马萨诸塞州的妇女俱乐部里谈论这件事。米尔德丽德想：“跟着一群女人旅行真是太蠢了，我们一定很让人讨厌，女人，柔弱的生物，这趟旅程把人累个半死，又能看到什么呢？什么也没有，每年都要说服我参加，危险的嚼酸菜的家伙，犹太人屠杀者，每个德国人头上都顶着钢盔，我什么也没看到，老实太平的人，或许很穷，一个全民皆兵的民族，警惕“我不参与”的宣传[2]，凯瑟琳不喜欢海明威，这个蠢女人，每当凯想读那本书时就小题大做，一本可怕的书，伯爵夫人和老上校上了床，凯也会和海明威上床，但这儿并没有

1 指美国作家欧内斯特·海明威（1899—1961）创作于1950年的小说《过河入林》。下文提到的老上校和年轻的伯爵夫人均为小说中的人物。

2 “我不参与”是战后联邦德国发起的和平运动，运动参与者对阿登纳政府关于重新武装的主张持反对态度。

海明威，凯瑟琳只会给她巧克力充当睡前甜品，凯这个可爱的小姑娘，她的绿色眼睛把凯瑟琳给迷住了。我这会儿看到了什么？好吧，一个小便池，我从来注意不到纪念碑，总是这样的，我是不是要找人分析一下自己？有什么用？太晚了，在巴黎的这些地方，用波纹铁皮板遮挡一下，就像霍屯督人的短裙一样，这些人就不会尴尬吗？”

27

绿灯亮了。她被梅萨利纳发现了，亚历山大那欲求不满的妻子。埃米莉亚想避开她，躲进厕所之类的地方，但她失算了——街角只有一个男人的小便池。等先生们一边提上裤子一边迎面向她走来，埃米莉亚才注意到。她吓了一跳，脚下跌跌撞撞，被刺鼻的氨气和沥青气味冲得晕头转向，她那沉甸甸的格纹包，漫画家们钟爱的滑稽可笑的格纹包，几乎撞在那些正在撒尿的男人们的背上，他们转过脑袋来，若有所思的眼神对着虚空，朴实的脸上慢慢浮现出惊讶的表情。梅萨利纳并没有放过撞进她手里的猎物。她打发走了出租车，她本来该坐着这辆车去做头发，把头发染成浅色，然后像鸟儿张开羽毛一样竖起来，而现在她正等在厕所门口。埃米莉亚从男人的庇护所跑了出来，脸烧得通红。梅萨利纳喊道："埃米莉宝贝你是想找小白脸吗？我可以把小汉斯介绍给你，他是杰克的朋友，你知道杰克是谁吧，他们经常在我那儿碰头。你好呀，怎么样啊？让我亲亲你，你的气色真是好，脸蛋红扑扑的。你就是活动参加得太少了，今晚来找我吧，我要开个派对，也许那个大文学家埃德温会来，他应该就在城里，我不认识他，不知道他写过什么东西，他应该是得了个什么奖。杰克可能会带他来，他也应该和小汉斯认识认识，会是桩好事儿！"梅萨利纳叫她埃米莉宝贝的时候，埃米莉亚整个身体都缩在了一起，她同样讨厌从梅萨利纳嘴里听到菲利普，梅萨利纳的每句话对她都是冒犯，都只会令她颜面扫地。她看得很清楚，亚历山大家里的这位女主人就是个体形巨大的下流混蛋，一个强大而残暴的女人，一尊华丽而怪诞的女人雕像。她面对这个打扮得如同恶魔、体格如同摔跤手的女人的穷追不舍，总是表现得仿佛惊弓之鸟一般，她几乎成了一个膝盖打战的小女孩，抬着头仰视这尊雕像，沉浸在让人头晕目眩的叹服中，表现出精雕细琢的礼貌，而这一切反过来倒让梅萨利纳更加垂涎于她。梅萨利纳心想："她很有魅力，她为什么要和菲利普生活在一起？那就只能是她爱他了，没有别的可能了，奇怪，我一直没搞懂这件事，说不定是他取走了她的贞操，一定有这样的关系，第一个男人。我可不敢问她，落魄的姑娘，浑身上下破破烂烂，她的身材，她的头颅，多么精致，掩盖不住的美，那褴褛的皮草，灰鼠皮，破落户的公主，她在床上会些什么呢？肯定不差，她已经让杰克神魂颠倒了，小男孩一样的身体，她要是和亚历山大在一起会怎样？但是她不会来找我的，或许她会和菲利普一起来，他真是毁了这个女孩，谁来救她一把，他剥削她，一事无成的废物，亚历山大让他写个电影，他写了什么？什么都没有，只有尴尬的笑容，躲着不再现身，故作高深，被误解的天才，柏林罗曼咖啡馆、巴黎圆顶咖啡馆的咖啡馆文人，一脸严肃、色厉内荏的稻草人。那个漂亮的小人儿太可惜了，那张嘴多么性感。”埃米莉亚心想：“我怎么这么倒霉，会遇上她，每次我带着什么东西走在半路上，就要遇上什么人，太难为情了，这个愚蠢的格纹包，她显然看出来了，我又不得不卖掉什么东西，我又在去典当行的路上，去找古董商的路上，怎么可能逃过她的眼睛，瞎子都能看出来，又要阴阳怪气地问起菲利普，她下一秒就会打听他写了什么书。家里铺满了空白的稿纸，怎么说得出口，我知道他能够写书的，他就是写不出来，发动进攻意味着世界大战，她明白什么？埃德温对于她来说就是报纸上的一个名字，他写的东西她连一行字也没有读过，她收集名人，神医格罗宁[1]也是她的座上宾，亚历山大和其他女人搞在一起，她还会殴打他，也不知道是真是假，她懂什么？我得快点，绿灯了。”——

28

绿灯了。他俩继续往前走，巴哈马的乔。约瑟夫用眼神指了指古老的大钟酒馆，它在战火中烧得只剩墙基，如今又原地立起了一间板房。约瑟夫拽了拽黑人老爷的袖子：“先生，要不要喝啤酒？这里的啤酒非常好。”他的眼睛里充满了期待。“噢，Beer。”奥德修斯说。他笑了，巴哈马的乔，笑声让他宽阔的胸膛起起伏伏——密西西比河的波浪。他拍了拍约瑟夫的肩膀，震得他膝盖一软。“Beer！”——“啤酒！”他们走了进去，走进了著名的、古老的、被毁坏了的，又重新立起来的大钟，手挽着手，巴哈马的乔，他们畅饮起来——泡沫像雪片一样落在他们的嘴唇上。

1 布鲁诺·格罗宁（1906—1959），在战后德国极受欢迎的所谓“神医”。他到处举办精神治疗讲座，被追随者称为“奇迹治疗师”。

29

在打字机商店门口，菲利普犹豫了。他打量着橱窗里陈列的商品。这是个错误。他不敢进去。枯瘦的女伯爵安妮——她是一位非常善于经商、没有良心、冷酷无情的女士，出身于举世闻名的政治家族，在幕后帮助希特勒登上了帝国总理的宝座，而后者上了台后转身就把整个家族连根拔除，只留了这个瘦骨嶙峋的安妮，一个持有法西斯主义受害者身份证明的女纳粹分子，纳粹是她的本性，身份证明她也拿得理直气壮——枯瘦的女伯爵安妮与菲利普，这个写了一本在第三帝国被禁并在第三帝国之后被遗忘的书的作家，在一个气氛悲伤的咖啡馆里悲惨地相遇。她还总想着搞一番事业，又健谈得很，因此也和菲利普搭上了话。不过是单方面地。纯粹单方面地。“我的上帝，她想要干什么？”——“您不能放逐自己。”她说，“菲利普，您瞧瞧您自己！一个有才华的男人！您不能让您的妻子养活。您必须振作起来，菲利普。您为什么不写电影？您认识亚历山大。您有这层关系。梅萨利纳对您有着很高的期待！”但菲利普心想：“我应该写哪部电影？她在说什么？为亚历山大写电影？为梅萨利纳写电影？摄影棚里的《大公情事》，我写不了，不管她能不能理解，我写不了，我不懂这些，大公情事，对我而言有什么意义？虚假的感受，真正的虚假感受，没有调动起任何感官，谁会来看这种东西？有人会说，所有人都爱看，可我不相信，我不懂，我不想！”——“但是如果您不愿意，”女伯爵说，“那就干点别的吧，菲利普，去卖抢手货，我有一种专利黏合剂的特许经销权，大大小小的店铺都需要这种东西，您拿去推销。如今每种包装都少不了这种专利胶水，它既节省时间又节省材料，您所要做的就是任意找一家附近的商店，走进去，立刻，您就赚了两个马克了。一天里卖出二十到三十包没有问题，您自己算一算！”这就是他和安妮的全部谈话内容，枯瘦的、想干大事的、循循善诱且喋喋不休的安妮。眼下他如坐针毡，确切地说，是揣着那些糨糊站在店铺门口。他推开了门。一个警报装置响了起来，吓了他一跳。他像小偷一样畏首畏尾。他的左手在大衣口袋里攥紧了女伯爵的专利胶水。打字机在霓虹灯下一阵阵闪着光，菲利普感觉那一个个按键正对着他咧嘴狞笑——连成排的字母构成了一张挂着讥笑的嘴，露出的字母就是一颗颗要咬他皮肉的牙齿。菲利普不是作家吗？不是驱使书写工具的主人吗？一位尊贵的主人！只要他开口，念出一句咒语，这些按键就应该噼里啪啦地劳动起来，它们是甘愿效劳的仆人。可菲利普想不起咒语了。他已经忘记了。他什么也说不出来。他对门外经过的那些人也无话可说。他们被判了刑。他也被判了刑。他受到了另一种形式的刑罚，与门外经过的那些人不同。但他确实也被判了刑。时代审判了这个地方。时代判处它保持喧嚣和沉默。谁还在说话？他在说些什么？埃米是如何邂逅赫尔曼·戈林的，花哨的招贴画在所有墙壁上呼喊着。一个世纪的喧嚣。菲利普在这儿能做什么？他是多余的。他是胆怯的。他根本没有勇气，在那个身着优雅西装的店主面前——他的西装比菲利普的要新得多——拿出女伯爵的专利胶水，眼下菲利普觉得这是一样顶可笑而无用的东西。“我对于现实毫无意义，我不是一个正经人，这儿的店主才是正经人，人人都为谋生而奔忙，我不觉得这有什么意义，要我向这个男人兜售东西，这也太滑稽了，当然我也鼓不起这个勇气，他爱用什么粘他的包装盒就用什么，和我有什么关系？他为什么要粘包装盒？为了寄送他的打字机，他为什么要寄送打字机？为了赚钱，为了吃好，穿好，还为了睡好，埃米莉亚不如嫁给这个男人算了，那些买他机器的人又拿那些机器做什么呢？他们想用它来赚钱，过上好日子，他们雇用女秘书，一边偷看她们的小腿一边口述商务信件‘尊敬的先生们，我们确认您昨天的，向您提供我们今天的’。我真想对着他们的脸冷笑一声，当然他们也嘲笑我，他们说得对，我是个一败涂地的人，对埃米莉亚来说就是个罪犯，无能、懦弱、多余——一个德国作家。”——“我可以给这位先生展示些什么呢？”衣着优雅的店主向菲利普欠了欠身，他本人也让这件事情变得更加棘手。菲利普的目光在货架上徘徊，那些闪着光的、上了油的机器，那些恶意的发明，随时准备着帮人捣鬼的机器，人把自己的思想、消息、公告、战争宣言都托付给了它们。这时候他看到了一台口述录音机。这是一个用来录音的箱子，可以把自己的话预先录在磁带上，他在之前的两次电台朗读会上用过这个东西。机器上写着一个英语词“Reporter”。Reporter 就是通讯员的意思。“我是一个通讯员吗？”菲利普自问，“我可以用这个设备做报道，报道自己太懦弱、太无能，连糨糊也卖不出去，报道自己太自视清高，不愿为亚历山大写一部迎合门外那些过路人的电影，报道我不相信自己能够扭转人们的品味，这就是原因。我这个人，多余又滑稽，我看自己多余且滑稽，但我看其他人，比如这个以为可以卖给我什么东西的店主，而实际上我却不敢向他兜售糨糊，我并不觉得他们比我少一分多余和滑稽！”店主满怀期待地看着菲利普。“我对那个录音机很感兴趣。”菲利普说。“这是市面上最好的设计。”优雅的绅士回答道。他非常殷勤。“一流的设备。绝对物有所值。您可以随时随地口述您的信件，无论是在旅行中、在车里，还是在床上。您可以试试……”他按开了箱子上的按钮并且递给菲利普一个小麦克风。磁带转动起来，从一个卷轴跑向另一个卷轴。菲利普对着麦克风开口道：“《新页报》希望我去采访埃德温。我可以带上这台设备，把我们的谈话记录下来。以一个记者的身份去拜访埃德温，我肯定会表现得相当狼狈。他可能害怕记者。他势必会说些无关痛痒、冠冕堂皇的东西。这只会令我难堪。我会感到拘束。当然他并不认识我。话说回来，我确实很期待见到埃德温。我很欣赏他。说不定这会是一次美好的会面。我可以和埃德温一起去公园散步。或者，我还不如把糨糊……”他吓了一跳，立刻就此打住。店主礼貌地微笑道：“这位先生是记者？已经有很多记者来买了我们的‘通讯员’……”他说着把磁带倒了回去，菲利普顿时听到自己的声音、自己的思想、自己采访埃德温的计划弥漫在整个空间里。这个声音让他感到陌生。这个声音说的话语让他感到羞耻。这简直是一种露阴行为，一种智识上的露阴行为。还不如脱光他的衣服。菲利普被自己的声音以及这个声音吐出的话语吓坏了，吓得落荒而逃。

30

——就像雪片落在嘴唇上。他们擦掉了这泡沫，再次把嘴唇没入陶制的啤酒杯，烈性黑啤酒漫进了他们的口腔，然后从喉咙里缓缓淌下，又甜，又苦，黏稠，芬芳。“Beer”——“啤酒”：奥德修斯和约瑟夫举杯对饮。小收音机搁在约瑟夫身旁的椅子上。它现在正播放着“甜心”[1]。甜心我的宝贝叫甜心。几英里[2]外的某个地方唱片转动着，音乐无声无形地穿过空气，酒馆的椅子上就冒出了一个矫揉造作的感伤嗓音，凭借这副油腻的歌喉赚了不少钱的胖男人，唱着歌词：甜心我的宝贝叫甜心。大钟酒馆顾客盈门。穿着洛登厚呢外套的乡下人，在附近开了店的生意人，都在吃白香肠，一个想在城里买东西，一个想向乡下人卖东西。理发师克莱特用手指剥下肠衣，把白香肠塞进嘴里，塞得满满当当。甜心我的宝贝叫甜心。克莱特咂巴着嘴，发出满足的哼哼声。他的手刚刚还放在梅萨利纳的头发上。“梅萨利纳，演员的妻子。亚历山大出演《大公情事》，一部精彩绝伦的电影即将问世。”“您的头发有点脆，尊贵的夫人，精油按摩或许正适合您。您丈夫穿制服，我太期待了，《大公情事》，德国电影是最好的，这一点他们是不得不承认的。”这会儿梅萨利纳正坐在烘发机罩子下。还有五分钟。再吃一根白香肠

1　1944 年发行的美国流行歌曲。下文中的歌词“甜心我的宝贝叫甜心”均为英语。

2　1 英里等于 1.609 千米。

吗？鲜嫩的肉，手指上的汁水。甜心我的宝贝叫甜心。一群希腊人围着桌子掷骰子，看起来马上就要互相掐起脖子打成一团。做戏！“嘿，乔，来赌一把吗？五倍赌注怎么样？”——“他们不是好人，先生，他们有刀。”约瑟夫从啤酒杯上抬起头，忠心耿耿地对着他的奥德修斯老爷眨了眨眼。奥德修斯抖动胸脯放声大笑，密西西比河波涛汹涌，谁能拿他怎么样？“Beer”——“啤酒”。大钟酒馆的气氛令人惬意。意大利商人在测量一卷一卷的布匹，用小巧灵活的剪刀从上面剪下一段段料子——盖有英国印戳的人造羊毛。两个虔诚的犹太人不遵守摩西戒律。他们吃着违反犹太教规的不洁食物，不过好歹没有吃烤猪肉，可以被宽恕，在旅途中可以被宽恕，在漂泊中可以被宽恕，永远在漂泊，永远在去往以色列的路上，总是在污泥尘土之中，加利利湖边战役打响，阿拉伯联盟需要约旦。一个男人向另一个讲述跟随迪特尔登陆纳尔维克[1]的经历：“我们靠近北极圈了。”另一个人提到了昔兰尼加，提到了利比亚沙漠，“骄阳隆美尔”[2]，他们到过世界上的许多地方，长驱直入，势不可当，老战友们，往

1　纳尔维克是位于北极圈内的挪威港口小镇。1940 年 6 月，德军少将爱德华·迪特尔率山地师占领了纳尔维克港。

2　1941—1942 年间，德军将领埃尔温·隆美尔率非洲军团占领北非利比亚东部地区昔兰尼加。

事从遗忘中翻涌上来。还有一个当时在党卫队的男人说:“在塔诺波尔[1],老天,班长一吹口哨我跟你们说他们就全粉身碎骨了。”——“闭嘴,把酒喝干,去他妈的。”他们用手臂搂着彼此的肩膀,放声歌唱:这是一朵雪绒花[2]。“Beer”——“啤酒”。女孩们在周围游荡,胖乎乎的女孩,面孔粗糙的女孩,甜心我——

31

我要给美国打电话![3]中央市集巨大的邮件收发室里,有一个布置了软垫的电话亭,华盛顿·普莱斯现在就在那里。他大汗淋漓地站在封闭的电话亭里,擦着额头上的汗水,手帕在电话亭昏暗的灯泡下挥舞,就像笼子里一只不安的白鸟。华盛顿拨的是巴吞鲁日的号码,他在路易斯安那州的家乡。巴吞鲁日凌晨四点,太阳还没有升起。电话铃把他们从睡梦中惊醒,这么早,一定没有什么好事,说不定是个噩耗。他们惊恐地站在整洁的小房子的走廊上,林荫道两旁的树木沙沙作

---

1 1941年7月,德军占领苏维埃乌克兰控制下的塔诺波尔,党卫队随即发动了一场犹太人大屠杀。

2 德国军乐作曲家赫尔姆斯·尼尔(1888—1954)在1941年创作的德国军歌。

3 原文为英语。

响，晨风飒飒地穿梭在榆树的树梢之间，火车驶向粮仓，载着小麦的驳船滑进码头，拖船鸣响了汽笛。华盛顿看到了他们，两个老人，一个穿着条纹睡衣，一个赶紧系上了围裙。他在自己的脑海里看到了他们，看到他们犹犹豫豫，看到他们战战兢兢，一个已经把手伸向听筒，另一个却拉住了那只手，凌晨的消息，不祥的预感，降临在他们苦心维持着、守护着的家宅里，汤姆叔叔的小屋，一座石头房子，有色公民的家园，一个受人尊敬的男人的家园。但是电话里的男声从遥远的地方传来，白人世界的来电，敌方世界的来电，让人心惊胆战的声音，却也是日夜期盼的声音，他们一开始就听出来了，早在听筒里传来沙沙声之前就听出来了，是真的，他的声音，儿子的声音，他为什么还待在外面？这个浪子，没有肥牛犊可以为他宰杀[1]，他自己怕是要被宰杀，待战争也结束了，待使命也完成了，还待在军队里，这关他什么事？德国，欧洲，他们的争斗离得那么远，俄罗斯人，为什么俄罗斯人不去？我们的儿子是中士，他穿制服的照片就摆在碗柜上镍银杯子的旁边，收音机的旁边，红色攻势，孩子们都

1 《圣经》中有父亲宰杀牛犊欢迎浪子归家的故事。参见《路加福音》第 15 章第 11—32 节。

爱卢登润喉糖。他想要什么？哎呀，他们能猜出来，他也知道他们能猜出来——这就是羁绊。老头拿起听筒，接通了电话。他的父亲是粮仓的管理人，华盛顿在粮食里玩耍，在粮食里透不过气，一个穿着红白条纹工作服的孩子，一个黑色的看家护院的小矮人，在泛滥的粮食洪流中，在黄色谷物的海洋里——面包。“喂？”现在他该道出实情了：卡拉，白种女人，还有一个孩子，他不回家，他要娶白种女人，他需要钱，用来结婚，用来救下那个孩子。他不能对他们说，卡拉用医生威胁他，他要拿走老人的积蓄，他告诉他们他打算结婚，告诉他们他有了孩子，他们知道什么？他们知道。羁绊，他们的儿子身处困境。不是什么好兆头——罪。或许不是在神面前犯下的罪，而是对人犯了罪。他们看到那个陌生的姑娘出现在巴吞鲁日的黑人区里，看到那个肤色不同的女人，来自另一边的女人，深沟对面过来的女人，看到有色人种专用的车厢隔间，种族隔离的街道；他打算怎样与她一起生活？在她哭的时候他要怎样快活起来？房子不够宽敞，黑人隔离区的房子，汤姆叔叔整洁的小屋和行道树的沙沙声，缓缓流淌的河水，宽阔而深沉，河底一片宁静，邻居家的音乐声，嘈嘈切切的说话声，傍晚时分黑沉沉的说话声。她会受不了的，太多的声音，却又只有一种声音，太窄，太密，太近，太深，黑暗、夜晚、空气、身躯、嗓音，像一道布满褶皱的天鹅绒幕布把白天遮了起来。到了晚上，他会带她去拿破仑小酒馆跳舞吗？华盛顿知道，他和那两个老人，那两个站在房子走廊里的好心老人一样知道得清清楚楚，在沙沙作响的树下，在潺潺流动的河畔，在夜晚的天鹅绒褶皱中，就在踏进舞池之前，在这个敌方女人、敌方女友、敌方心上人面前——她竟不是他俘获来的，而是他挣来的，就像雅各迎娶拉结[1]——拿破仑小酒馆的门口会竖起一块告示板，没有人会去看那块告示板，但所有人都认得上面的字，每个人的眼睛都认得它：不欢迎白人。华盛顿正在打电话，横跨大洋交谈着，他的声音匆匆忙忙地追赶着黎明，他父亲的声音怏怏不悦地躲避着黑夜，电话亭的门上，华盛顿身后紧闭着的门上，曾经写着犹太人禁用。罗斯福总统当时从外交官和记者的报告中听说了这块标牌，他在壁炉边谈起了代表着苦难的大卫之星，炉边谈话通过无线电波从镍银杯子旁边的收音机里传出来，回荡在汤姆叔叔的小屋里，舒展在听众们的心里。华盛顿去当了兵，上了战场，奋勇前行，

1 根据《圣经》，雅各为了娶到舅舅拉班的小女儿拉结，为舅舅服务了两个七年。参见《创世记》第 29 章第 16—30 节。

基督的精兵[1]，在德国，臭名昭著的规定消失了，令所有人蒙羞的非法标牌被拆除，被焚烧，被隐藏。华盛顿被授予了勋章，他的祖国用绶带和奖牌表彰了他的勇敢，但恰恰是在他的祖国，那些傲慢的告示板还在大行其道，那些关于劣等人的思想，无论是否张贴出来，仍旧根深蒂固，黑人禁用。羁绊，华盛顿无法从中脱身。在和父母谈起心上人的时候（哦，可爱！她可爱吗？这算自命不凡吗？对他来说是一种自负吗？华盛顿力排众议？骑士华盛顿反抗偏见和排斥？），他做起了梦，在梦里他拥有了一家小酒馆，一家温馨舒适的小酒馆，五颜六色的灯泡组成的花环永远在大门上闪烁，花环里写着欢迎所有人——那就是华盛顿的小酒馆。他该怎么让他们明白？他远在德国，他们远在密西西比河畔，世界如此广阔、如此自由，世界如此邪恶，世界充满仇恨，世界上暴力横行。为什么？因为每个人都身处恐惧。华盛顿擦干汗津津的脸，挥舞的手帕是困在笼中的白鸟。他们会把钱寄给他的，好心的父母，用来结婚的钱，用来买婴儿床的钱：是辛苦，是汗水，是沉重的盛满谷物的每一铲子，是面包，是新的羁绊，而灾祸则是我们如影随形的伴侣——

1　19 世纪的英国基督教赞美诗《信徒精兵歌》中的句子。

32

但孩子在她的身体里活动，她也害怕可见和不可见的各种征兆，尼布甲尼撒的梦[1]，伯沙撒的字[2]，就能协力把她从全自动厨房和避孕药保障的天堂里驱赶出来，不受欢迎的白色人种，不受欢迎的黑色人种，她是两者兼备，而她儿子的父亲，则是冲着不受欢迎的犹太人上了战场，当然他可能并不知情或者并不情愿。这个新得的胎儿同样不受她欢迎，这个带着污点的黑色孩子，还一无所知地蜷在自己的洞穴里，不知道自己是一颗野果，被园丁丢弃，背负着罪孽和谴责。此刻她站在检查室里，赶在招致罪孽和谴责之前。他还有什么好检查的？她心里十分清楚，没必要再坐上那张椅子了，她需要的是手术，是刮宫，他应该把孩子打掉，这难道不是他该为她做的吗？他都收过些什么？咖啡、香烟、昂贵的威士忌，在这样一个缺乏咖啡、香烟，也没有烈酒的年头里，连最劣质的烧酒也无处可寻，他凭什么拿到了这些东西？就凭冲洗、触诊、药方？

---

1 根据《圣经》，巴比伦国王尼布甲尼撒做了奇异的梦，神借先知但以理的解梦，预言了未来列国兴盛和衰败的过程。参见《但以理书》第 4 章。

2 根据《圣经》，尼布甲尼撒的儿子伯沙撒在宴饮时看到墙上有用指头写的字，但以理为他解读文字，预言了他的国家的终结。参见《但以理书》第 5 章。

“他握住了我的乳房，现在该为我做些什么了。”而他，弗拉姆医生，妇科和外科专家，也很清楚该做什么，并不需要她说出口，他很清楚凸出的肚子意味着什么，他心想：“希波克拉底的誓言，切不可夺走他人的生命，现在他们又想拿这条誓言做什么文章？谁想出来的？实施安乐死之后的借酒浇愁，对精神病患者的谋杀，对腹中胎儿的谋杀。哥特字体书写的誓言就挂在我诊室前的走廊上，走廊里有点暗，倒让这段箴言看起来更加庄严，生命是什么？量子和生命，物理学家眼下都在用生物学折磨自己，我看不懂他们的书，太多的数学、公式、抽象知识，脑力的杂耍。身体不再是身体，具象性消解在了新派画家的作品里，我从中看不出任何东西。我是个医生，可能修养不够，可能时间不够，专业书都来不及看，不断出现新的东西，到了晚上我已经疲惫不堪，我的妻子想去看电影，亚历山大主演的电影，他在我眼里就是个花花公子，但是在女人们眼里呢？生命的起源是从精液开始的吗？还是卵子？那还有淋病预防用品呢，神父当然会说灵魂，他们应该去看看把人切开是什么样的，希波克拉底，他是法定医保医生吗？他在大城市里有诊所吗？斯巴达人把畸形儿扔进塔吉图斯山谷，军事独裁和专制国家当然应该受到谴责。还是雅典好，哲学和男风，但希波克拉底呢？他应该找个时间到我这儿来好好听听，‘我要杀了我自己’——‘如果您不管，医生’——‘我自己把他弄掉’，然后了解一下她们转身去了哪里，非法堕胎，成千上万的死亡，小铺子的女售货员，女秘书，养活自己都成问题，发展下去会变成什么样？救济餐、机构看护、家庭领养、失业、监狱、战争。我当过野战医生，血肉模糊地摔在桌子上的是什么，仿佛又一次从娘胎里出来，四肢残缺不全，出生是为了面对死亡，才十八岁，不如从来没被生下来过，黑人孩子还能有什么期待？应该禁止他们性交，没什么指望，他们永远不会放弃做这件事，早知道就不用为人口流失想什么对策。马尔萨斯，要是有人看到他们到我的诊室都来干些什么，我就该给自己另外谋个差事了。医疗保险公司的蠢驴，保险公司造起富丽堂皇的办公楼，而我们只能分到几分钱。好心的医生叔叔，我父亲驾着马车穿越乡村，夏天里马儿还会戴一顶草帽，我父亲给他们带去了什么？拍拍他们的肚子，开些椴花茶，今天每个医生都会写没人能看懂、能读出来的化学式，森林巫医的秘密符号。我和他们不是一路人，心理咨询师也是这么一群人，妻子闭经是因为丈夫对办公室里跑腿的男孩心生爱慕却又无计可施，老掉牙的去疣咒语，病人总是热衷于最新的技术，今天用超声波，明天搞什么核裂变，全是从画报上看来的。候诊室里就放着这些画报，所有这些设备，光洁锃亮，流水线上的疾病治疗，谁买单？医生叔叔，交给工业的贡金，汽车的分期付款，她和她的黑人在一起会非常开心的，到了巴黎可就更疯狂了，黑人化，种族监察员的战争宣传，背叛种族，他们捍卫种族纯洁最终求得了什么？一个居住在防空洞里的种族。堕胎手术的社会理由不怎么行得通，优生学理由不再被允许，黑人和白人也能生出漂亮的孩子。我的妻子会说什么呢，如果我接受了这样一个孩子？至于医学理由……”——“请您让我检查一下。”——“很健康，您得给我们留个名字，违背从医保密义务。”——“有持续呕吐的症状？”——“这会儿依靠注射几乎不行了，您可以到舒尔特医院接受手术，设备很好，护士们也很专业，跟我合作得很好，我们还得谈谈费用，只有叫花子才谦逊嘛[1],用歌德的话来说。”——“卡拉女士，我们最好立刻到医院去做。”——

33

“挑个最好的礼物给卡拉。”华盛顿现在身处中央市集的大购物厅里。他朝女士用品柜台走去。他想找什么？“挑个最好的礼物给卡拉。”德国女售

1 引自歌德作词的一首饮酒歌《辩解》。

货员们都很友好。有两位女士正在挑选睡衣。她们是军官的妻子，她们的睡衣是玫红色和草绿色的真丝双绉长袍，她们会像丰腴的希腊女神一样卧于床榻之上。女售货员让女士们慢慢挑选睡衣，然后转过身来对着华盛顿微笑。他想要什么？空气里仍有窸窸窣窣的声响。他感觉电话听筒还贴在耳边，大洋彼岸传来的说话声还在回响。技术的魔法让他置身于巴吞鲁日的家中，又是什么魔法让他站在了一个德国城市的中央市集里？他想要什么？他要结婚，这是一件好事，又是一件可耻的事。他要给谁带来痛苦？想让谁变得不幸？每一步都如履薄冰吗？这里也一样吗？在巴吞鲁日他们会打死他的。女售货员心想："他真害羞，这些大个子总是很害羞，他们来给女朋友买内衣，又不敢说他们想要什么。"于是她把自认为最适合他的东西都摆到了他的面前：小内裤和小胸衣，轻柔精致的遮羞物，完全和妓女们的款式一样，"最适合年轻姑娘的内衣"，轻盈如影，与其说是遮掩，不如说是挑逗。女售货员也穿着同样的款式。"我其实可以展示给他看。"她默默地想。华盛顿不想要这些内衣。他开口了："童装。"女售货员在心里暗暗叫道："哎呀，天哪，他已经跟她生过孩子了。"——"他们应该都是好父亲。"她又想，"但我并不想跟他们生孩子。"华盛顿在想："现在得考虑考虑孩子用的东西了，一切都得趁早准备，但还是得让卡拉自己来选，我选好带给她，她一定会生气的。”——“不不，不要童装了。”他说。他到底想要什么？他犹犹豫豫地指着那些充满情欲诱惑的轻薄织物。军官的妻子们挑好了她们的睡衣，正气鼓鼓地瞪着华盛顿。她们在找售货员。“他要让她怀着孩子独守空房。”女售货员心想，“他又有了一个新娘，他要送她这些卖弄风情的内衣，这些人就是这样，不管是黑皮肤还是白皮肤。”她撇下华盛顿，去为军官们的妻子填写销售单。华盛顿用他棕色的大手按住一块黄色的丝绸。那丝绸像一只被困住的蝴蝶，消失在了他的手掌之下。

34

奥德修斯的黑手，希腊人泛黄的脏手，先后抓起骰子，扔向桌布，让它们弹跳、滚动。奥德修斯赢了。约瑟夫扯了扯他的夹克说：“先生，我们走吧，他们不是好人。”希腊人把他挤开了。约瑟夫把手提箱紧紧抓在手里。他担心有人要把这个小箱子偷走。乐声已经停了一会儿，有个男人的声音在播报新闻。约瑟夫听不明白他在说什么，但他能听懂几个词，杜鲁门、斯大林、铁托、朝鲜。这个声音在约瑟夫手里谈论战争，谈论冲突，谈论恐惧。骰子又落了下来。奥德修斯输了。他惊讶地看着希腊人的手，那是变着戏法把他的钱塞进自己口袋的手。大钟酒馆的铜管乐队开始了他们的午间工作。他们吹奏起一支轰隆作响的热门进行曲。“没人能够模仿我们。”人群嗡嗡地跟随着进行曲哼了起来。有些人用啤酒杯敲打起节拍。人们忘记了警报，忘记了防空洞，忘记了倒塌的房屋，男人们不再去想军士的咆哮，把他们逼进练兵场淤泥里的咆哮，不去想壕沟、前线救护站、连珠似的炮火、包围、撤退，他们只想着军队开进和旗帜飘扬。“巴黎，我们到了那儿战争就应该结束了，战争不在那里结束真是没天理。”他们被人骗走了胜利。奥德修斯又一次输了。骰子的点数对他不利。变戏法的手再次施展魔术。这是作弊。奥德修斯要拆穿这个花招。他可不是任人愚弄的。新军国主义不能抬头，但防御准备不可松懈。约瑟夫在铜管乐队的喧闹声中把奥德修斯的手提箱举到了耳边。箱子里的声音有什么要向行李工约瑟夫传达的吗？眼下这声音十分急切，一阵急切的沙沙声。约瑟夫偶尔才能听懂一两个词，城市名，远方的名字，陌生的名字，用外国腔发音的名字，莫斯科，柏林，东京，巴黎——

35

巴黎阳光明媚。巴黎未被战火摧毁。如果不怀疑眼前的景象，那么第二次世界大战似乎就从未发生过。克里斯托弗·加拉格尔正在与巴黎连线。他站在电话亭里，华盛顿·普莱斯先前就是在这里往巴吞鲁日打的电话。克里斯托弗手里也拿着一条手帕。他用手帕擦了擦鼻子。鼻子毛孔粗大，鼻头微微发红。他脸上的皮肤相当粗糙，头发火红，看起来就像个水手，但他其实是一名税务律师。他正在同亨丽埃特讲话。亨丽埃特是他的妻子。他们住在加利福尼亚的圣安娜。他们的房子就在太平洋边。你可以想象，从房子的窗户望出去，能一直看到对面的中国。眼下亨丽埃特在巴黎。克里斯托弗在德国。克里斯托弗想念亨丽埃特。之前他没有料到自己会想念她。他如此想她。他后悔没带她一起来。他特别希望此刻她能在德国陪自己。他心想："我们在一起的时候总是如此相敬如宾，到底是什么原因？我是爱她的。"亨丽埃特正坐在宾馆的房间里，伏尔泰码头边的一家宾馆。塞纳河从宾馆门前流过。河的另一边是杜伊勒里花园，一幅经常出现在画家笔下和摄影师镜头中的画面，一幅总是令人心醉神迷的画面。克里斯托弗的嗓门很大。他的声音穿过听筒，像是一阵阵咆哮。他一遍又一遍地咆哮着同样的句子："我理解你。但相信我，你会喜欢的。你一定会喜欢的。你会非常喜欢的。我也很喜欢。"而她也一直重复着相同的话："不。我不能。你知道的。我不能。"他确实知道，但不能理解。或者说他也能懂，只不过就如同听懂了别人对梦境的叙述，然后说上一句："忘了它吧！"亨丽埃特和克里斯托弗通话的时候就一直注视着塞纳河，她看到阳光下的杜伊勒里宫，看到招人喜爱的巴黎春日，窗前的风景就像雷诺阿的画作，但她又觉得仿佛有另一幅画正从底色中凸显出来，一幅更晦暗的画作。塞纳河变成了施普雷河，亨丽埃特站在了库普弗格拉本运河旁边一栋房子的窗前，对面就是博物馆岛[1]，普鲁士的古希腊神庙，永远在建造中的神庙。她看到了她的父亲清早步行上班，跨过通向博物馆的桥，他走路的身影就像门采尔[2]笔下的人物，身姿笔挺，无可指摘，一尘不染，黑色的硬礼帽端正地架在金色的夹鼻眼镜上。他不是艺术史学家，他和那些画并没有什么直接的关系，但他对其中的每一幅都了如指掌，他是管理总局的高级行政专员，是维护馆内秩序的管理者，但他把那儿当成了自己

---

1 柏林的博物馆岛位于施普雷河和库普弗格拉本运河之间，由五座博物馆组成。实际建造时间在 1830 年到 1930 年之间。

2 阿道夫・冯・门采尔（1815—1905），德国现实主义艺术家，以素描、版画和油画著称。博物馆岛的老国家画廊收藏了大量门采尔的作品。

的博物馆，即使在假日里也从不让博物馆离开自己的视线，每一位精通艺术史的负责人在他眼里都是乳臭未干的孩子，都是只知道博观众一笑的艺术家，他们的所作所为和夸夸其谈都不能当真。他拒绝搬到新西部的住宅区，不愿让博物馆脱离自己的视野。他一直住在库普弗格拉本运河边的公寓里，那个普鲁士气氛浓厚但有些萧索的地方（甚至在他被开除后也一直守在那里，直到有一天他们把他带走，他和他那羞涩的妻子，亨丽埃特的母亲，一个在普鲁士精神的浓重阴影下不知独立自主和自我意识为何物的瘦弱妇女）。小时候，亨丽埃特在弗里德里希皇帝博物馆的台阶上玩耍，在“三月皇帝”[1]英姿勃发的战马铜像下玩耍，和奥兰尼安贝格大街上脏兮兮、闹哄哄的野丫头一起玩，和蒙比茹广场上的淘气鬼一起玩，再后来，她从女子中学毕业了，拜在德意志剧院的莱因哈特[2]门下学习表演，她跨过了桥来到卡尔大街，那些少男少女们，昔日的玩伴，如今在皇帝铜像的战马铁蹄下偷偷摸摸地拥抱，他们温柔地喊她“亨丽”，她陶醉地挥挥手，喊他们

1 指普鲁士国王兼德意志皇帝弗里德里希三世（1831—1888），1888年3月至同年6月在位仅99日，故称“百日皇帝”或“三月皇帝”。

2 马克斯·莱因哈特（1873—1943），奥地利著名导演、戏剧家。1905年接手柏林德意志剧院，同年创建了德意志剧院附属戏剧学校。

“弗里茨”和“保勒”，而无可指摘、一尘不染的高级行政专员说：“亨丽埃特，不可以这样。”什么是可以的，什么又是不可以的？她可以作为同届中最优秀的学生在柏林获得莱因哈特奖，但不可以在受聘去南方后扮演艾兴多夫《追求者》[1]里多情的女主角。她可以被侮辱，但不可以保留聘用关系。她可以过着颠沛流离的生活，跟着一个移民团体辗转于苏黎世、布拉格、阿姆斯特丹和纽约做巡回演出，但不可以在任何地方获得无限期的居留许可、工作许可或者任何一个国家的永久签证。她可以和巡演队伍里的其他成员一同被德意志帝国剥夺国籍，而她父亲，无可指摘的高级行政专员，不可以继续在博物馆工作，不可以使用电话和公园里的长椅。她可以在洛杉矶的一家餐厅里洗盘子，而他不可以从柏林寄钱给他的女儿，好让她在好莱坞等到一个电影角色。她可以连洗碗工的工作都丢了，站在一条无比陌生的街道上，饿着肚子接受一个陌生男人的邀请，而他碰巧是个基督徒，他娶了她，克里斯托弗·加拉格尔，他对这桩婚姻感到后悔吗？不，他并不后悔。她父亲不可以保留自己的名字——弗里德里希·威廉·科恩，他可以被人叫作伊斯拉埃尔·科

1 德国浪漫主义作家约瑟夫·冯·艾兴多夫（1788—1857）发表于1833年的剧本。

恩[1]。门采尔笔下的形象,普鲁士官员和其羞涩的妻子，不可以继续留在他们的出生地柏林，他们可以作为第一批犹太人被遣送。他们最后一次走出库普弗格拉本运河边的公寓，在暮色中登上了一辆警车，伊斯拉埃尔·弗里德里希·威廉，无可指摘，一尘不染，平静地彰显着一种弗里德里希大帝时代的教养，搀扶自己的妻子——正在哭泣的萨拉·格蕾琴——登上了车，然后警车的门就关上了,后来就再也没有他们的消息了。直到战后，各种消息铺天盖地，但里面看不到个体，一片混沌包含了所有人，命运没有一张具体的脸，死亡是普遍的——这就足够了。克里斯托弗拔高的嗓音传了过来:“所以你要留在巴黎？”她说:“理解我。”他喊道:“当然，我理解你。但你会喜欢的。你会很喜欢的。一切都变了。我很喜欢。”她告诉他:“去啤酒坊看看吧。对面有个咖啡馆。嘉美咖啡馆。以前我总是在那儿琢磨我的角色。”他喊道:“当然。我肯定要去。但你会喜欢的。”看到她坚持留在巴黎,他生出了几分怒气。他想念她。她爱巴黎吗？她现在又看到了雷诺阿，看到了塞纳河，看到了杜伊勒里宫，看到了明快的光亮。无疑，她喜欢

1　德意志第三帝国在1938年颁布条例，规定德国犹太人必须使用典型的犹太人名字以示区别。原名无法区别的人必须在姓名中加入“伊斯拉埃尔”或“萨拉”。

眼前的景色，完好无损的模样。但是在整个欧洲，那支离破碎之物却要从这安然无恙的画面背后冲出，暴露在光天化日之下，那是正午的幽灵：普鲁士古希腊神庙还残留在柏林的博物馆岛上，洗劫一空，毁于一旦。她热爱它们胜过杜伊勒里宫。她无法得到任何抚慰。但她也不再恨了。她只是害怕。她害怕去德国，哪怕只有三天。她渴望离开欧洲，渴望回到圣安娜。在太平洋边她才能找到和平与遗忘，属于她的和平与遗忘。海浪是永恒轮回的象征，海风送来亚洲的气息。她从没去过亚洲，亚洲，世界头号问题，但太平洋能让她感受到些许平静和稳定，世间万物把自己交付于瞬间而显出的平静和稳定，她的悲伤化为一种忧郁，向着无垠的远方荡漾而去，作为一个女演员接受世人赞赏的雄心壮志已然死去，填满了她内心的不是心满意足，而是一种知足安命，一种与睡眠相似的东西，对房子感到知足，对露台，对海滩，对凭运气、巧合或命运在这无穷中到达的一个落脚点感到知足。“跟埃兹拉说我想他。”她说。“他很好。”他对着听筒喊道，“他能用你的德语跟人交流。我都靠他翻译。你来会玩得很开心。你会非常喜欢这里的。”“我知道。”她说，“我理解你。我等你。我在巴黎等着你们。然后我们就回家吧。还是那样最好。家里最好。把这些说给埃兹拉听！

告诉他我在等着你们。告诉他，他该好好看看那里的一切。告诉埃兹拉——”

36

埃兹拉坐在克里斯托弗的车里，宽敞的车厢被桃花心木纹的实木内饰包裹着。整辆车看起来就像是一架型号过时了的运动飞机，纡尊降贵来从事地面服务。飞机载着埃兹拉绕广场一周。他对着广场行人把机上的武器使了个遍。他愉快地向大街开火。一阵恐慌在人群中蔓延开来，行人与杀人犯结伴，猎人与猎物为伍。他们跪倒在地，他们祷告，呜咽着乞求怜悯，他们在地面上翻滚，他们举起双臂护住自己的头颅，他们像受惊的野兽一样逃窜进房屋。大商店的橱窗纷纷碎裂。子弹划出耀眼的轨迹飞进店铺。埃兹拉一个俯冲朝美国人停车场中央的纪念像猛扑过去，他们已经来到了中央市集。纪念像的台阶上坐着和埃兹拉一样大的男孩女孩。他们有说有笑地玩着猜正反游戏，他们拿一些美国小玩意儿换钱或者相互交换，然后争得不可开交，他们逗弄一只毛茸茸的小狗，他们打成一团又握手言和。埃兹拉朝着孩子们抛下一束发光的子弹。孩子们倒在纪念像的台阶上死伤一片。年幼的狗钻进了水沟。一个男孩喊道：“那是埃兹拉！”埃兹拉飞过了中央市集的屋顶，垂直冲上云霄。他来到了整座城的上空，投下了一枚炸弹。科学家对应用做出警告。

一个小女孩正在擦一辆豪华轿车，拭去天际蓝油漆上的灰尘。小女孩干得很卖力，仿佛正在为一位天使清洁空中坐骑。海因茨躲了起来。他爬上了纪念像的底座，蹲在了选帝侯的马身下。历史学家们把这位选帝侯称为虔诚者[1]。在一次次宗教战争中，他为了正确的信仰不惜参与战争。他的敌人同样为正确的信仰而战。在信仰问题上并没有赢家。也许在人们为它开战的时候，普遍意义上的信仰就已经一败涂地了。但这位虔诚的选帝侯通过战争成了一个大权在握的人。他的权力日益膨胀，直到他的臣民都无法呼吸。海因茨并不关心宗教争端和邦君的权力，他正观察着整个广场。

这个由车主构成的国度疆域辽阔。停驻的汽车一排一排望不到头。一旦耗尽了汽油，它们就都成了动弹不得的马车，成了羊倌的小茅屋——如果在下一次战争之后还能放牧的话，成了情侣的庇护所——如果人在死亡之后还想着躲藏起来享受欢爱的话。眼下这些汽车全都擦得锃亮，行

---

1 指被称为“虔诚者”的选帝侯弗里德里希三世（1515—1576）。

动敏捷，一场蔚为壮观的车展，这是科技世纪的胜利，是人类征服自然力量的传奇，是凭借智慧克服时空的惯性与阻力的明显象征。也许有一天，汽车会被人们抛在身后，它们会像铁皮尸身一样留在广场上。再也没人去驾驶它们。人们只会从它们身上取走可能还有些用处的东西，比如把汽车座椅拿去作靠垫，剩下的东西就会生锈。女人，穿着时髦的女人，打扮得像男孩子的女人，优雅骄傲的女人，英气洒脱的女人，穿橄榄绿制服的女人，女少尉和女少校，妆容出挑的少女，数不清的女人，还有文职人员，军官和士兵，黑人男女，都是占领军的一分子。他们占据了广场，他们大喊大笑，挥手致意，他们熟练地驾驶着漂亮的汽车，穿梭于停放好的车辆之间，汽车隆隆地哼唱着财富之歌。德国人对这笔滚动着的开销既爱又恨。有些人想："我们的人曾经势不可当地齐步前进。"在他们的想象里，在一个陌生的国度里齐步前进要比在一个陌生国度里开车更令人肃然起敬，齐步走与他们的军人观念更加相称；而且他们情愿由大兵，而不是这些开豪华轿车的先生们来看管，这样才更符合深深印刻在他们脑子里的游戏规则。司机绅士们可能更友好，大兵们可能更粗暴，但这无所谓，游戏规则更加重要，对代代相传的惯例的坚守更加重要，不论是在战争中、胜利时，还是战败后。靠做商务代理勉强度日的德国军官提着装满样品的小箱子等候着有轨电车。他们看到普通的美国大兵像富有的游客一样坐在舒适的座椅上，招呼也不打地从他们的上级身边驶过，他们内心愤愤不平。这就是民主和无序。豪华的汽车为占领者们披上了一层傲慢、亵渎和骄奢淫逸的外衣。

华盛顿走近他的天际蓝豪华轿车。他就是那个天使，小女孩正在擦亮他的空中坐骑。小家伙屈膝行了个礼。行礼后她用手里的布拍了拍汽车。华盛顿给了她巧克力和几个香蕉。他专门去为小女孩买来了巧克力和香蕉。他是小女孩的常客。虔诚的选帝侯战马身下的海因茨冷笑了一声。他看着华盛顿离开，便爬下了底座。他朝那块浇铸了选帝侯每一场胜仗的铜牌吐了口唾沫。他说："那是和我妈妈在一起的黑鬼。"

孩子们用钦佩的眼神看着海因茨。他站在那儿的样子，吐唾沫的样子，说话的样子，"那是和我妈妈在一起的黑鬼"，这些都让他们赞叹不已。勤劳的小女孩走到纪念像下面，若有所思地吃着"他妈妈的黑人"送给她的香蕉。那条小狗对着丢在地上的香蕉皮闻了又闻。小女孩没有理会它。那条狗没戴项圈，一根绳子绑在它的脖子上。它似乎被人抓住过，但看起来又没有了主人。

海因茨吹牛说他已经开过老美的车了，只要他愿意，他每天都可以开。“我妈妈和一个黑人在一起。”那个深色皮肤的朋友，那个挣钱养家的黑皮肤男人，那个慷慨大方但出入公寓时仍然格格不入、引人侧目的形象，一直萦绕在他的脑海里。有的时候，他会骗人，从他的生活中抹去黑人。“你们家的黑人在做什么？”男孩子们问他。“我哪儿知道。哪里有什么黑鬼。”他会这样回答。有的时候，他又想用华盛顿激起一些崇拜，他描述他惊人的体力、他的财富、他作为运动员的重要性，然后向伙伴们打出最后一张王牌，把这个杰出黑人的所有成就全都转化成锦上添花的材料，这张王牌就是：华盛顿和他母亲生活在一起。小伙伴们早已熟悉了这些反复讲述的故事，他们回到家里都能自己讲给别人听了，但他们每次都像期待电影里的高潮段落一样期待着这张无懈可击的王牌：他和我妈妈在一起，他和我们在一张桌子上吃饭，他和我们在一张床上睡觉，他们希望我叫他爸爸。这触及他内心最深层的快乐与痛苦。海因茨已经记不清楚他那在伏尔加河畔失踪的父亲了。一张他父亲穿着灰色制服的照片也于事无补。华盛顿可以当一个好父亲。他很友好，很慷慨，从不责罚，他是一个有名的运动员，他穿着制服，他是战胜者中的一员，在海因茨看来他很有钱，开着一辆天际蓝的大轿车。但黑皮肤是华盛顿最大的劣势，一个异类的醒目标志。海因茨并不想与其他人区别开来。他想和其他男孩一样，拥有被所有人认可的白皮肤本国父亲。华盛顿并不能得到所有人的认可。人们轻蔑地谈论他。有些人会取笑他。有时候海因茨也想为华盛顿辩护几句，但他害怕自己的看法和多数人不一样，和那些成年人、他的同胞们、聪明能干的人们不一样，于是他跟着他们说："那个黑鬼！"他们用丑陋的词描述卡拉与华盛顿的关系，肆无忌惮地当着孩子的面使用下流的说法；不过最令海因茨愤恨的是，有人还会故作同情地抚摸他的头，用刺耳的声音大声说道："可怜的孩子，你可是个德国男孩。"华盛顿自己可能没有意识到（但也许他感觉到了这一点，甚至清楚地知道，所以他躲着海因茨，显得有些畏缩，眼神常常躲闪着转向别处），他对海因茨来说，就是烦恼、愤怒、痛苦，以及持续的内心斗争。海因茨开始避免和华盛顿打照面，只是勉勉强强地接受他的礼物，偶尔也会兴味索然地坐进他那辆招人羡慕的豪华轿车。他四处游荡，他说服自己，黑人和美国佬都是那么地遭他厌恶，他这是在折磨自己，因为他把自己的这种态度归结为懦弱，他想证明自己并不惧怕亲口说出那些话，那些被人当作击倒他的武器的话，于是他整天不知疲倦地叫嚷:“她和一个黑鬼在一起。”当他发觉埃兹拉从一辆看起来像是飞机的汽车里打量自己的时候，他用还算流利的英语咆哮起来（他是从华盛顿那儿学来的，只是为了能够偷听自己母亲与这个黑人的谈话，偷听他们的打算，这毕竟和他自己有关，去美国旅行算是移民还是回家？他不知道自己是否会踏上这段旅程，也许他会坚持跟着一起去，也许等所有行李都收拾好了，他又会躲起来）:“是的，她和一个黑鬼在一起。”[1]

海因茨拉着拴狗的绳子。绳子把男孩和狗连结在了一起。他们就像两条被捆在一起的可怜虫，双双被判了罪。狗使劲拽着绳子，想从海因茨的手里挣脱。埃兹拉打量着海因茨和那条狗，眼前的景象他仿佛在梦里见过。喊着“是的，她和一个黑鬼在一起”[2]的男孩，拴在绳子上的狗，深绿色的骑士铜像，都不是真实的，他们不是真正的男孩，不是真正的狗，不是真正的纪念像。它们只是一些念头。它们和梦中幻影一样，轻盈透明，令人晕眩。它们是影子，同时也是他自己，做梦的人本身。它们和他之间存在一种亲密而邪恶的纽带，快些在一声尖叫中醒来才好。埃兹拉的狐红色头发剪得极短，像

1　原文为英语。

2　原文为英语。

一顶盖在脑袋上的红色便帽。他的小额头在这顶便帽下皱出了一道道纹路。他觉得自己似乎正躺在圣安娜的家里。太平洋的海浪节奏单调地一遍遍冲刷着海滩。埃兹拉病了。欧洲在打仗。欧洲是一块遥远的陆地。那是贫穷的老人们的土地。那是充满了残酷传奇的大陆。那里有一个邪恶的国家，在那个邪恶的国家里住着一个邪恶的巨人，侵略者希特勒。美国也加入了战斗。美国与邪恶的巨人作战。美国是高尚的。它为人权而战。那是一些什么样的权利呢？埃兹拉有吗？他有权利不喝掉自己的汤吗？他有权利杀掉他的敌人吗，那些北滩来的孩子？他有权利和他的父亲顶嘴吗？他的母亲坐在他的床边。亨丽埃特用德语跟他说话。他听不懂那些话，但他能懂她。德语是他的母语，顾名思义，就是他母亲的语言，比起那习以为常的、只适合谈论家事的日常美国英语，它更古老、更神秘。母亲哭了，她坐在孩子的房间里哭了，她追念起各种奇怪的人，那些失踪了的、被洗劫的、被绑架的、被屠杀的人，还有犹太普鲁士高级行政专员和他安静温柔的萨拉·格蕾琴，他们在清除过程中被带走了，现在都变成了格林兄弟《儿童与家庭童话集》里的角色，来到了加利福尼亚圣安娜的一个小病孩的床边，同样那么真实，那么亲切，那么悲伤，就像画眉嘴国王，就像大拇指、祖母和狼，跟杜松子树的故事一样可怕[1]。亨丽埃特读童话给她的小男孩听，这样就能让他学会自己的母语。小男孩听着听着睡着了，她就把祖父母的童话讲给自己听，守护着高烧中沉睡的男孩，满心担忧。仿佛有一台可以在睡梦中教学的外语留声机，在男孩耳边持续地嗡嗡作响，德语中表达痛苦的字眼，喃喃自语的字眼，浸透了眼泪的字眼，纷纷落进了埃兹拉的心境。眼下他身在密林之中，在梦幻和童话阴森恐怖的魔法森林里——停车场就是森林，城市就是密林。刚才的空袭没有起到任何作用，埃兹拉不得不在地面上经历战斗。海因茨顶着一头蓬乱的金色长发，他用不满的眼神看着埃兹拉短而新颖的美式发型，改良过的兵营发式。他想："这个家伙太神气活现了，我要给他点颜色看看。"埃兹拉问："您想卖狗吗？"说德语的时候他并不十分自信，所以他感觉，比起用"你"还是用"您"更加合适。而这个"您"在海因茨听起来就是证明这个堂堂正正地坐在那辆新奇的汽车里的外国男孩（不像海因茨，坐在华盛顿的车里总显得名不正言不顺）傲慢的新证据，这是一种拒绝的态度，一种保持距离的企图（也许，也许"您"确实不是语言上的混乱，而是一道栅栏，保护着埃兹拉）。

1　此处提及的童话人物分别来自《格林童话》中的《画眉嘴国王》《大拇指》《小红帽》《杜松子树》。

他，海因茨，现在也用起了“您”。两个十一岁的孩子，两个同样在战争的恐怖中诞生的孩子，像两个作风老派的成年人一样开始了生硬的对话。“您想买那条狗吗？”海因茨问。他根本不想卖狗。本来也不是他的狗，它属于那一群孩子。但或许真的可以把它卖了。总得先把谈话继续下去。海因茨有种感觉，这里要发生什么事了。他不知道具体是什么事，但一定会有什么事发生。埃兹拉也根本没想要买那条狗，他只是一度感觉自己有必要救下它。但救狗计划一转眼也被他忘记了，已经不再重要，重要的是谈话本身，以及即将发生的事情。现在还没人能看清它。梦还没有做到这里。梦才刚刚开始。埃兹拉说：“我是犹太人。”他是天主教徒，他和克里斯托弗一样受了天主教的洗礼，学习了天主教的宗教课程。但他是犹太人这个事实才更符合童话的风格。他充满期待地看着海因茨。而海因茨不知道该拿埃兹拉的自白怎么办好。他身上这种并不能一眼看穿的特质惊到了海因茨。埃兹拉说自己是印度人，他也一样会吃惊的。这个男孩是想让自己显得更有趣吗？犹太人？他们是商人，不诚实的生意人，他们不喜欢德国人。是这样吗？他是要做什么买卖吗？可那辆像飞机一样的汽车并没有载什么货物。他或许想用便宜的价格买下那条狗，然后以高价卖掉。他不会让他得逞！以防万一，海因茨又一次重复了他自己的自白："我的母亲，您知道吧，和一个黑人在一起。"海因茨是在用一个黑人威胁别人吗？埃兹拉没有接触过黑人。但他知道白人小孩和黑人小孩经常打得不可开交。海因茨竟然属于黑人那一伙，真没想到。埃兹拉得多加小心了。"您想用狗换什么？"他问。海因茨回答："十美元。"是桩好买卖。十美元，卖给他好了。如果这个傻瓜肯付十美元，他就上当了。那条狗连十马克也不值。埃兹拉说："好。"他还没想好该怎么做，但他已经决定了。没问题的。他得对克里斯托弗编个谎话。如果告诉他，这只是梦中的场景，并不是真实的，他是不会理解的。他说："我得先去拿十美元。"海因茨心想："你这个混蛋，最好你真能弄来。"他说："您先给我钱，才能拿到狗。"那条狗啃着牵引绳，面对这桩交易完全置身事外。小女孩扔给它一块来自"海因茨母亲的黑人"的巧克力。巧克力掉在了水坑里，慢慢化开了。狗够不着水坑里的巧克力。埃兹拉说："我得问问我父亲。他会给我钱。"——"现在吗？"海因茨问。埃兹拉想了想，狐红色短发遮盖着的小额头又一次布满了皱纹。他心想："在这里可不行。"于是他开口道："不，今晚。请您来啤酒坊。我父亲和我今晚会在啤酒坊。"海因茨点点头，大声说道："好吧！"啤酒坊附近一带他再熟悉不过了。黑人士兵俱乐部就在啤酒坊广场边上。海因茨经常站在啤酒坊门口，看着自己的母亲和华盛顿钻出天际蓝的豪华轿车，从黑人宪兵身边经过，双双走进俱乐部。在广场周围徘徊的妓女他也都认识。有时候，妓女会送他一些从黑人那里得来的巧克力。海因茨不需要巧克力，但能从妓女手里拿到巧克力，也能让他开心起来，这样他就可以对华盛顿说："我不喜欢巧克力。"他心想："你拿你的狗去吧，我看情况就开溜。"

37

奥德修斯溜走了。他从希腊人面前逃脱，从那些像敏捷的黄色蜥蜴一样在啤酒桌上倏忽而过的灵巧双手里逃脱。他们掷出了好点数。他们抓起骰子，递给了奥德修斯。奥德修斯输了。他们重新把骰子拢在手心里，再次甩出去，运气仍旧站在他们一边。事关马克和美元，阳刚男子马克和轻佻姑娘美元，事关他们称之为生活的东西，事关填饱肚子，事关沉醉，事关欲望，事关一天的花费，花了钱才能熬过一天，都需要钱，暴食、狂饮、欢爱，一切都需要钱，马克或者美元，在这里全被押作赌注——希腊人是做什么的？没有钱的奥德修斯国王是做什么的？他有一双猎鹿人的眼睛。铜管乐队演奏起了"我在林中猎鹿”[1]。大钟酒馆里的每个人都追逐着自己欲望和幻想的白鹿。啤酒让他们乘上了想象的快马，他们是马背上的骄傲猎手。他们在欲念的驱使下驱赶围猎，追逐着自欺欺人的白鹿寻欢作乐。那个山地枪手跟着乐队唱起歌来，北非战士和东线大兵[2]也加入了进来。约瑟夫在希腊人的阴谋诡计下被迫与他的临时黑人主人分离，只好听着奥德修斯的手提箱中关于波斯局势的演讲，空降猎兵前往马耳他，对于约瑟夫来说，一切只是嗡嗡的噪声，只是历史的浪涛，一轮通过无线电涌出的浊浪向他席卷而来，无法理解的、亲历了的、发酵了的历史，一块膨胀起来的发酵面团。一个个名字被揉了进去，一串名字又一串名字，耳熟能详的名字，历史性时刻的名字，大玩家的名字，管理人的名字，戏场、会场、战场、谋杀现场的名字，发酵面团会发成什么样？明天我们会吃到什么样的面包？“我们是第一批到克里特岛的。”隆美尔的士兵大声说道，“我们先是被部署在克里特岛。我们就那么直接跳了下去。”鹿在那儿！现在他已经识破，凭着猎鹿人的眼睛！黑色的手比黄色蜥蜴的魔术更加迅捷。奥德修斯突然伸手。他抓住了骰子。

1 奥地利作曲家弗朗茨·舒伯特（1797—1828）在 1827 年谱曲的《猎人情歌》的首句。

2 参见本书第 78 页注释 1、2，第 79 页注释 1。

这一次是他抓到了真正的骰子，那些被做了记号、动了手脚、被狡诈地反复调换、能带来好运的骰子。他一巴掌把它们拍在木板上——胜利！他又一次把它们抛出去，又掷出了好运。他用手肘撑开桌边的人。希腊人踉跄着后退。奥德修斯俯下身子盖住了桌面。桌子就是前线。他把接连的炮火射进了木桌，带来好运的轰炸——酋长奥德修斯、国王奥德修斯、将军奥德修斯、总干事奥德修斯·科腾先生。“我们清扫了白山。当我们下到山谷里时，我们需要一捆一捆的手榴弹，灌木丛里就用刀，全是英国兵那些榆木脑袋。我们得到了克里特奖章。”——“去他妈的！”——“你说……”——“我说去他妈的。真正的战场在俄罗斯。其他的都是讲给小男孩听的故事。十本一套彩色封面的故事书。浪漫故事，老天！五颜六色的封面！有时候是个不穿衣服的妓女，有时候是个眼露凶光的伞兵。没有区别，老天！我儿子要是把这种东西带回家，我就要给他的屁股来上一脚。”手提箱里的声音说：“塞浦路斯。”塞浦路斯具有重要的战略意义。那个声音又说：“德黑兰。”那个声音没有提设拉子，没有提设拉子的玫瑰，也没有提哈菲兹。[1]那个声音不认识诗人哈

1 伊朗古城设拉子是历史上重要的文学艺术中心，享有“玫瑰与夜莺之都”的美誉。哈菲兹（1325—1390）是最著名的波斯抒情诗人之一，一生绝大部分时间都生活在设拉子。

菲兹。哈菲兹对于那个声音来说仿佛从来没有在世上活过。那个声音说："石油。"接着又是沙沙声，刺耳的沙沙声，音节连成哗哗的水声，历史的河流冲刷而过，约瑟夫就坐在河岸边，这个老人，这个疲惫不堪的人，这个精疲力竭的人，还在眯着眼睛遥望晚年的幸福，无法理解的河流，无法理解的水声，窸窸窣窣令人昏昏欲睡的音节。希腊人不敢使用他们的刀。白色的鹿从他们手里逃脱。黑色的奥德修斯从他们面前溜走——足智多谋的伟大的奥德修斯。他给了约瑟夫买啤酒的钱。"太多了，先生。"约瑟夫说。"钱不多。"奥德修斯说。女招待把纸币塞进了口袋里——来自奥德修斯的荣耀和恩赐。"来吧。"奥德修斯喊道。"向海牙发出呼吁。"那个声音说道。声音回到了约瑟夫的手里，和平皇帝威廉二世为海牙捐款，声音在约瑟夫手里摇晃，随着他老人的步态落下宏大词汇的蒙蒙细雨。历史的河流奔涌着。有时河水会漫过河岸。它用历史淹没整块土地。洪水过后，留下了溺水的人，留下了泥土、肥料、发臭的母田、丰产的草木灰溶液——园丁在哪里？果实什么时候成熟？约瑟夫佝偻着身子眯着眼睛追随着他的黑人主人，他在这一天里为自己选择的主人，他也在淤泥里，仍旧陷在淤泥里，又一次陷进淤泥里。花期是什么时候？黄金时代什么时候到来？鼎盛时期——

38

他仿佛是个新郎。天际蓝的豪华轿车停在了卡拉住的出租公寓门口。华盛顿买了花，花茎是黄色的。在他下车的时候，阳光穿透了阴沉的天空，光线经过车身的反射，让花朵绽放在了淡淡的硫黄色中。华盛顿感觉有人从公寓的窗户里观察他。这里的一家家租户都是小市民，每个房间里住着三四个人，每个房间就是一个笼子，动物园反倒比这里宽敞。这些小市民贴在缝缝补补、不断加固的窗帘上，紧紧挨在一起。“花，他给她带了花。看到花了吗？他还真不——”出于某种心理，他们对华盛顿带来鲜花这种行为尤其感到愤愤不平。华盛顿一个人还没那么引人注目，他是一个人，虽然是个黑人。而鲜花更加显眼，还有他提着的包裹被他们数了又数，他的汽车被尖酸的目光扫了又扫。在德国，一辆车要比一栋小房子还贵，它比一个人一辈子徒劳地渴望着的城郊小房子还要贵。马克斯是这么说的。马克斯肯定知道。马克斯在修车铺工作。门口的这辆天际蓝豪华轿车就是一种挑衅。

几个老年妇女向来对公寓四楼的往来十分不满。那个韦尔茨肯定和警察有什么说不清道不明的关系。警察竟然袖手旁观，民主的痼习。其实警察只是没找到干预的理由，他们不能什么事儿都插手，城市里总有点不怎么光彩的情况。再说，警察要是干预了，那几个老女人就后悔都来不及了，因为这场她们唯一负担得起戏票的好戏，就再没机会看了。

华盛顿走上楼梯——丛林包围了他。每一扇门后面都有人在偷听。她们是被驯化的猛兽，还在用鼻子追踪猎物的气息，但时机对她们不利，时机不允许那一群猛兽扑向这个闯进她们领地的外来物种。韦尔茨打开了门。那是一个头发稀疏而干枯的女人，肥胖，臀部下垂，邋里邋遢。对她来说，华盛顿又是一头被驯服的家畜——就算不是一头奶牛，也是一只山羊。“我会从那只黑色的公羊身上挤出奶来。”——“她不在。”她说着，想从他手中接过包裹。他说：“噢，没关系。”与白人交谈时，他们黑人就会使用这种友好的、公事公办的语气，但其中隐隐透着几分拘谨和急躁。他想摆脱那个女人。她令他十分厌恶。他沿着阴暗的通道走向卡拉的房间。好几扇门后面都有女孩在看他，她们在韦尔茨夫人那儿遇到过士兵。这栋公寓折磨着华盛顿。但他别无选择。卡拉找不到其他住处了。她对华盛顿说：“和你在一起，我就只能找到这样的了。”卡拉在这里也忍受着折磨，但她从她们这里受的苦比华盛顿的要少，她不知疲倦地向华盛顿倾诉她所受的苦楚，说这一切对她而言是多么有伤尊严。言下之意就是，她对他的付出是多么毫无保留，她对他的屈尊俯就是多么忍辱负重，而他只得不断通过新的爱、新的礼物和新的奉献去弥补，虽然只是微不足道的一点。卡拉鄙视并且诅咒韦尔茨和那些女孩，但当她一个人的时候，当她感到无聊的时候，当华盛顿去军营工作的时候，她就会主动与那些女孩攀谈，邀请她们来做客，和她们聊女孩的八卦，聊妓女的私房话，或者她会坐在韦尔茨夫人的厨房里，坐在炉灶边，喝着炉火上沸腾的小锅煮出来的掺了代用成分的混合咖啡，把韦尔茨夫人想知道的一切全都说出来（后者当然立刻就把这些话传给了其他邻居）。走廊里的女孩们对着华盛顿使出了浑身解数：她们解开围裙，调整吊袜带，甩动染了色的头发制造香雾。这是女孩之间的竞赛，就看谁可以成功地把华盛顿弄上床。她们只见过亢奋状态的黑人，所以她们的小脑袋得出的结论就是，所有的黑人都性欲旺盛。她们不了解华盛顿，她们不明白他不是妓院常客。华盛顿生来就是追求幸福家庭生活的人，可惜由于不幸的巧合，他偏离了道路，来到了这间公寓，陷入了丛林和泥沼。

华盛顿希望能在客厅里找到一条卡拉留给他的信息。他相信卡拉很快就会回来。或许她去做头发了。他在镶着镜子的梳妆台上翻找，看看能不能找到透露卡拉去处的纸条。梳妆台上放着几瓶指甲油、几瓶爽肤水、几罐面霜，还有几盒粉。镜子的边框里夹着几张照片。一张是卡拉失踪的丈夫，如今他已经等到了他的死亡证明，迎来了官方认证的死亡，它解开了他和卡拉在这个世界上“直到死亡把你们分离”才会终结的捆绑关系。他身着军灰色的制服，胸前佩戴着纳粹的万字标志——就是为了消灭它，华盛顿上了战场。华盛顿冷漠地看着这个男人。他冷漠地看着男人胸前的万字，这个带钩的十字在他眼里变得毫无意义。同样，或许种族主义的十字对那个男人来说也从来不意味着什么，或许华盛顿也从未想过为消灭这个十字而战。或许他们两个都被蒙骗了。他并不憎恨这个男人。这个男人并没有令他感到不安。他不嫉妒自己的前任。有时他甚至羡慕这个男人，因为他已经把这一切都抛在身后了。这是一种黑暗的想法，华盛顿总是压制这个念头。在他照片的旁边，是卡拉自己的照片，戴着婚礼首饰和白色面纱的卡拉。她结婚时才十八岁，如今已经过去十二年了。在那些年里，世界崩塌了。卡拉和她的丈夫原本以为他们可以在这个世界里长久、安全地生活在一起。他们的世界显然区别于他们父母的世界。卡拉去登记处的时候已经怀有身孕，照片上的白纱只是谎言，其实也谈不上谎言，因为并没有人被骗，这欺骗不了任何人，因为白纱早就只剩下装饰意义，如果人们还真当它是贞操未受玷污的标志，那它反倒成了一种令人难堪的化装舞会装扮，一个众人嘲笑的对象。人们的想法变了，这并不说明他们变得轻浮放浪；在完成了公开的交付与庆典之后，新郎便扑向新娘，扑向白色的羔羊，和她一起完成处女膜的献祭，这种想象在当时才是轻浮放浪、不知羞耻的念头。尽管如此，婚姻还是有必要的，人们需要证明这种结合的正当性，需要获得官方认可，需要集体的祝福，为了孩子，这一切都是有必要的，孩子生来就该是集体的一分子，哪怕他是被宣传吸引到这个世界上来的，来参观美丽的德国。当时的卡拉和她的丈夫，这对新婚夫妇，多么信任他们的帝国，愿意把孩子托付给这个国家，深信不疑，义不容辞，尽心尽责。儿童是国家的财富，为年轻人提供婚姻贷款。卡拉父母的照片也夹在镜子边框里。贝伦德夫人手捧鲜花，靠在军乐指挥少尉的怀里。身着制服的少尉坐在那儿，并没有手握指挥棒，而是用左手抓着小提琴的琴颈，把它支在了自己的大腿上。显而易见，贝伦德先生和贝伦德夫人结合为了一对富有诗情和艺术气息的和睦夫妇。海因茨在照片里还是个婴儿。他站在婴儿车里挥着手。他一定不记得自己在向谁挥手了，是家里的哪个大人？那个人其实就是他的父亲，他就站在拍下这张照片的相机背后，而拍完这张照片后不久，他就上了战场。镜子上还有一张照片，尺寸比其他人的都要大，照片里出现的是他自己，华盛顿·普莱斯：他身着棒球服，头戴白色棒球帽，手里是接球手套和球棒，脸上的表情严肃而庄重。这些就是卡拉的家人了。华盛顿是卡拉家庭里的一员了。华盛顿怔怔地盯着照片看了好一会儿。卡拉去哪儿了？他为什么要到这里来？他看着镜子里拿着花束和包裹的自己。他站在这个房间里的样子，他面对着这些家庭照片、这堆化妆品，还有这面镜子的样子，都显得那么滑稽。在这一瞬间里，华盛顿觉得自己的生活毫无意义。站在镜子前的他只感到头晕目眩。一个女孩的房间里传出了广播音乐，美国电台播放了忧伤而庄重的曲子，埃林顿的《黑鬼天堂》[1]。华盛顿差一点哭起来。在这样一个陌生的地方（哪儿不陌生呢？），听着这段旋律，听着家乡的歌谣从一个妓女的房间传出来，他感受到了人存在于世上所能感受到的全部丑陋。这个世界不是天堂。这个世界绝不会是黑鬼的天堂。但生活的勇气推着他冲向一片海市蜃楼，他坚信镜子里很快就会

1 爱德华·肯尼迪·埃林顿（1899—1974），人称埃林顿公爵，美国爵士乐作曲家、钢琴家。《黑鬼天堂》是纽约黑人区哈莱姆文艺复兴的核心人物卡尔·范·维克滕（1880—1964）的小说代表作。此处疑为埃林顿以此为题材创作的乐曲。

出现一张新照片，一个小小的棕色婴儿，他和卡拉要把孩子送给这个世界。

他走进了厨房，来到韦尔茨夫人的炉灶边，走近那口沸腾着的小锅。这个在烟雾、蒸汽和复杂的气味中腾云驾雾的女巫告诉他，她知道卡拉的去向，他得冷静下来，卡拉确实不对劲，一定是发生了什么，他应该知道，人有时候就不太注意，一旦他爱上了什么人，可能就疏忽了，这种事她再清楚不过了，从外表上你可能看不出更多了，但她知道得很清楚，这里的女孩们都知道。好了，卡拉的那点事也不是多糟的事（他不明白，他，华盛顿，不明白，对德国女巫的九九口诀[1]一无所知，一个邪恶的女人，她想要什么？卡拉到底怎么了？她为什么不说，卡拉是去做头发了还是去电影院了？她为什么要自说自话？说那么多难听的字眼），不是坏事，她找了一个这么好的医生，还一直接济他，在这么困难的时候，“我对卡拉说过，这太多了吧卡拉，但卡拉恨不得把最好的东西都带给他，现在知道这么做的好处了，给了他那么多好东西”。没有理由担心，“华盛顿，弗拉姆医生会帮她解决的”。他听懂了。他听出了弗拉姆医生这个名字。怎么了？卡拉生病了吗？华盛顿害怕了。难道她为了孩子的事去找了

1　参见歌德《浮士德》，第一部第六场，“女巫的丹房”。

医生？不可能，那不可能。她不能那样做，她做什么都不能做这件事——

39

这是个玩笑。不知是谁搞的恶作剧，把埃米莉亚与太多的财产捆在了一起。但也许这根本不是一个玩笑，也许埃米莉亚对任何权力、计划、考量，对任何或好或坏的仙子、促成巧合的精灵都抱着一种漠不关心的态度，因而这甚至并不足以成为一个玩笑。她连同她的所有物一起被扔进了垃圾堆，并没有人蓄意要这样做，一切都是偶然发生的，完全是巧合，但这是一个纯粹空洞、愚蠢、无意义的巧合，这个巧合把她与那些物件捆绑在了一起。她总听别人根据自己美好的意愿把这些东西描述成实现光鲜生活的一种手段，她自己也怀着同样的愿望，但这份遗产实际上只是让她陷入了一种波希米亚式的存在，混乱、动荡、乞求施舍和忍饥挨饿，一种波希米亚式的生存方式，与资产经营和交税期限诡异地结合在了一起。时代完全没有为埃米莉亚做什么打算，没有替她谋划，也没有打她的坏主意。埃米莉亚的遗产只是在时代精神和它的宏大计划面前逐渐坍塌，资产被砸开了，在一些国家它已经被砸碎，在另一些国家它即将被砸碎，而在德国，时代就像硝酸一样松动了坚实的财产，腐蚀性的液体侵蚀了积累起来的财富。而埃米莉亚的愚蠢之处在于，当那刺激性的液体溅到她身上时，她以为那几滴是专门冲着她来的，是命运针对她本人的敌意。殊不知这一切并不是冲着她来的。埃米莉亚那失控了的人生是时代的转折，是时代的宿命，但这只是在宏观层面上，具体到每个人头上则各自继续拥有各自的幸运或是不幸。埃米莉亚就很不走运，她坚持不懈、提心吊胆地死守着那些正在消失的东西，它们挣扎在一种扭曲、无序、难堪，还有一点可笑的临终苦痛之中，而新时代的诞生也同样被怪诞、无序、难堪和荒谬所包围。你可以在这一边或者那一边生存下去，你也可以在时代沟壑的任何一边死去。“大规模的信仰之战将会来临。”菲利普说。埃米莉亚把这一切都混为了一谈，她只看到自己因为金钱上的困难沦落到了波希米亚阶层，她发现自己和那些在她父母那里绝无可能得到尊重的人坐在一起，尽管她的父母或许会向他们提供免费的宴席，默许他们乖张的言行，而她那使家族财富成倍增长的祖父母，根本就不会让这些轻浮浪荡的人登堂入室。埃米莉亚憎恨、鄙视这些波希米亚人，身无分文的知识分子，百无一用的空谈家，穿着破成一缕一缕的裤子，满身都是二手衣物，还要模仿巴黎人早已过时的“禁忌地下俱乐部风格”[1]的廉价女友，她如今就和她们躺在同一堆垃圾上。而菲利普干脆对这个如此遭埃米莉亚厌恶的阶层视而不见，因为他根本不承认他们是波希米亚人。波希米亚人早就死了，如今这些人只是假扮成当年的那些年轻知识分子，假扮成当年咖啡馆里的革命者和艺术理论家，他们只是在夜里套上了假面舞会的行头，依照惯例自娱自乐罢了，在白天他们可比埃米莉亚想象的要勤勉得多，搞工艺美术，写广告文案，拍电影做广播赚钱，还有那些“禁忌女孩”，其实乖乖地坐在打字机前。波希米亚人死了，在柏林的罗曼咖啡馆被炸弹击中失火的时候他们就死了，在第一个冲锋队成员踏入咖啡馆的时候他们就死了，严格地说，在希特勒之前他们就已经被政治扼杀了。苏黎世的波希米亚人列宁，在他前往俄罗斯的时候，就已经将文人咖啡馆的大门关上了，接下来几个世纪也不会打开。在列宁之后，咖啡馆里还剩什么？是保守的青春期，保守的对米米[2]的爱，保守的市民中的恐怖分子（不过别忘了，被爱的米米和该被吓到的市民都已经死去，双双成了童话故事中的人物），直到波希米亚人终

1 1946年，法国女歌手朱丽叶·格雷科（1927—2020）在巴黎圣日尔曼德佩区开设地下舞厅“禁忌”，它成了波希米亚知识分子、存在主义者等群体的传奇聚会场所。

2 法国小说家亨利·米尔热（1822—1861）最著名的作品《波希米亚人的生活场景》中的女性角色。

于在某些酒吧里找到了他们的墓碑，保守的事物变成了被精心保存的事物，博物馆的展品，旅游行业吸引游客的景点。而这些场所，夜店[1]，波希米亚人的生活场景[2]的陵墓，如今却荒唐地成了埃米莉亚频频造访的地方，为此她还不得不一次次用她痛恨的波希米亚方式去筹钱。对菲利普来说，这些地方，连同那里乱舞的人群以及把递杯红酒当作艺术赞助的生意人，简直就是地狱。"我们总是哪儿也不去。"埃米莉亚朝他吼道，"你是不是已经忘了？我还年轻。"而他心里想："你的青春难道已经枯萎到需要用这种东西来浇灌了吗？这种由迷醉、酒精和晕厥混合出来的东西。你的感觉难道需要依赖这种歇斯底里才能呼吸？你的头发难道需要凭借'今晚和我一起睡觉吗''不过快点，我得早起'才能飘动？"埃米莉亚仿佛置身于无人的孤岛，却受到来自四面八方的威胁。她富有，却被剥夺了享用财富的乐趣，她不再被普路托[3]接纳，不再被他收留，她不是他的孩子了，但她也没有被这个劳作着的世界接纳、收留，面对"不得不早起"时她仍旧抱着一种置若罔闻、漠不关心，但完全无辜的拒绝态度。

这会儿她有了些进展，她继续往前走，她已经

1 原文为法语。

2 原文为法语。

3 希腊神话中冥王哈得斯的别名，意为"富有者"。

提着苏格兰格纹包走了一段路了。埃米莉亚去过典当行了。她在市营典当行的大厅里和穷人们挤在一起。大厅里铺满了大理石，看起来就像一个抽干了水的游泳池。穷人们不游泳。他们只会下沉。他们不会浮在上面。他们在下面。上面，高高在上，生活，啊，多么辉煌，啊，多么丰富，生活在大理石墙面之外，在遮盖着大厅的玻璃顶棚之上，在乳白色的玻璃窗格之上，在雾蒙蒙的天空之上，在这一池没入水中的人头上。这些人处于生活的最底层，维持着亡灵般的存在。他们站在柜台前，怀抱着过去的财物，与他们眼下的生活不再有任何关系的另一种生活的所有物，那是他们在溺水之前所过的生活。他们带去柜台的财物，在他们眼里与他人的财物无异，他们像是去典当赃物，他们的举止就像是落网的小偷一样胆怯。这样对他们来说就结束了吗？几乎结束了，但还没彻底结束。这些所有物把他们捆在原来的生活上，就像鬼魂附着在被埋藏的宝藏上。他们在那表面风流、实质糜烂的冥河世界里沉浮，缓期还没有到头，用外套可以去柜台借六马克，鞋子可借三马克，羽绒被可借八马克。溺水者大口喘气，他们又被放回了人世，几个小时，几天，运气好的话几周，限期四个月。埃米莉亚把吃鱼用的银质刀叉递到柜台上。没人对餐具上的文艺复兴风格图案感兴趣，没人理会银匠的高超手艺，只有银印被仔细地查看了，然后餐具就被扔到了秤上。奢华的商务顾问宴会中的一道鱼菜放在了当铺的秤上。“阁下，您的鲑鱼！”这道菜在皇帝的大将面前上了两遍。全速前进，皇帝[1]在世纪之交致辞。这套餐具分量并不重，银质把手是空心的。商务顾问、银行家和部长们曾把它握在手里，享用着鲑鱼、鲟鱼和鳟鱼——肥胖的手，戴着戒指的手，招致灾祸的手。“陛下在他的演讲中提到了非洲。我是说殖民地债券——”“蠢货！他们早该存黄金，蠢货，换成黄金的话，一切都得救了，我就不会站在这里了！”每一克银餐具可以在典当行当三个芬尼。十八马克和一张典当票从柜台里被递给了埃米莉亚。那些淹死在冥河池子里的人羡慕她。埃米莉亚依旧是精英，亡灵中的精英，依旧是公主，披着褴褛皮草的公主。

她继续往前走，背负十字架前往髑髅地。她穿着破落户公主的皮草，提着塞满古董的滑稽的苏格兰格纹旅行包。她站在翁弗尔拉赫特先生的拱顶地窖前，滑溜溜的台阶向地底延伸，又一个通往地下世界的入口。隔着脏兮兮的窗户，埃米莉亚看到翁弗尔拉赫特先生硕大的秃头在雪花云石灯下闪闪发

1 指普鲁士国王兼德意志帝国末代皇帝威廉二世（1859—1941）。1890 年 3 月 22 日，威廉二世在一份论及俾斯麦辞职的电报中说：“航向照旧，全速前进。”

亮，那些沉重的梨形乳白色吊灯，是他从一个自杀者的遗物里收来的，到现在还没有脱手。他身材魁梧，肩膀宽阔，看起来像是一个搬运工，大约在某一天突然发现，买卖旧家居用品比搬运它们更省力、更有利可图，又像一个表演摔跤的强健胖子，专门在杂耍班子里扮演坏人。但他不是搬运工也不是摔跤手，倒有可能是一只青蛙，一只阴险狡诈的肥硕青蛙，蹲在自己的地窖里等待着苍蝇。埃米莉亚走下楼，推开门，恐惧已经抓住了她。她感到浑身的皮肤都绷紧了。翁弗尔拉赫特用冷冰冰、湿漉漉的眼睛盯着门口，他不是青蛙王子，这就是他的原形，他没有中什么魔法，也就不存在魔法的解除，不会有王子从他的青蛙皮囊里跳出来。埃米莉亚走进来的时候，触动了一个音乐机关，“我们的上帝是坚固的城堡”顿时响了起来。这不意味着什么，不是坦白信仰的声明，翁弗尔拉赫特只是用低价买了这个机械装置，就像那些灯一样，现在正等待买家买走这件宝物。至于那些灯，卖掉它们对他来说并不是一个好主意，因为它们的乳白色光晕为他的地窖点起了真正的哈德斯地府的鬼火。“哎，茜茜，你带什么来了？”他说着，青蛙带蹼的手指（真的，他的手指已经像覆盖着角质鳞片的蛙蹼一样长在一起了）就已经触到了埃米莉亚的下巴，她小巧的下巴滑进了蛙掌的虎口，仿佛滑进了一条食管，而翁弗尔拉赫特的另一只手则摸到了她年轻而紧绷的臀部。不知由于什么原因，翁弗尔拉赫特管埃米莉亚叫茜茜。也许她让他想起了这个名字真正的拥有者。那个不为人知的，也许已经埋在地里许多年的茜茜，与埃米莉亚在这个地窖中融为了一体，共同面对着地窖主人充满色欲的含情脉脉。埃米莉亚推开了他。“我们来谈谈生意。”她说。她一下子感到十分恶心。地窖里的污浊空气让她喘不过气来。她把格纹包扔在地板上，一屁股坐进椅子。这是一把摇椅，在她扑通一声坐上去后就大幅度地晃动起来。埃米莉亚就像坐着一艘小船漂洋过海，船在公海上颠簸，一只怪物从海浪中抬起头来，眼看就要掀翻小船，埃米莉亚开始担心自己晕船。“停下，茜茜。”翁弗尔拉赫特喊道，“我没钱。你在想什么呢？生意不行。”他看着上下晃动的埃米莉亚，他看到她四肢舒展地躺在摇椅里，就在他面前，就在他眼皮子下面，她的裙子滑上去了，他看到她丝袜上面裸露的大腿。“小孩子的腿。”他想。而他有一个肥胖且善妒的妻子。他闷闷不乐。埃米莉亚令他兴奋，孩童般的大腿令他兴奋。要是他不只对逐利的刺激有反应，而是天生有能力追随其他冲动，那么这个累坏了的、被宠坏了的小女孩用自己疲惫而娇纵的脸就能够迷住他。埃米莉亚对翁弗尔拉赫特来说代表着一种精致，“来自一个讲究的人家”，他总这么想。他对她是有渴求的，但这种渴求和对杂志上一张让人兴奋的照片的渴求没什么两样，他没想要别的，只想用手摸到她，可仅仅是这种触碰也会坏了生意——他还是想从埃米莉亚手里买东西，他只是假装自己没有钱，这属于做生意的套路。他知道埃米莉亚拿来的都是好东西，“来自这样讲究的家庭，出自如此奢华的住宅”，而且她总是用很低的价格就把它们卖出去了，对它们的价值一无所知。“她穿了一条什么样的小裤子啊，简直就跟没穿一样。”不过翁弗尔拉赫特夫人随时都有可能踏入地窖，这是一只有着坚硬外壳的肥硕又邪恶的癞蛤蟆。“别在摇椅上晃了！茜茜，你带来了什么？”他不对埃米莉亚使用尊称，把她当个出卖肉体的街头小孩一样用“你”来称呼，这让他感到愉悦，他又想到了“讲究的人家，如此讲究的人家”。埃米莉亚吃力地站起来。她打开了格纹包，露出了一块小祈祷毯，虽然有些破损，但能够织补修复。埃米莉亚把毯子摊了开来。这是菲利普的心爱之物，他喜欢它精美的图案，蓝色的挂灯摇曳在红色的背景上。而埃米莉亚恰恰带走了这块地毯，她从菲利普那儿拿走了它，正是因为他喜爱它，正是因为她想惩罚他，因为他没有钱，因为她为此不得不成为典当行和翁弗尔拉赫特的常客，因为他看起来似乎对自己没有钱毫不在乎，也不在意她不得不表现出乞丐般的低声下气四处售卖自己的东西。有时候，在埃米莉亚眼里，菲利普就是食人魔，但下一次，她又把他当成被指派到自己身边的救世主，他身上有她期待的一切，惊喜、痛苦、幸福、名誉和财富。她折磨他，她自己也感到痛苦，她真想现在就跪倒在这块祈祷毯上，向上帝和菲利普乞求宽恕，宽恕她的恶行（她会换上一副小孩子的表情），但是上帝在哪里？麦加在哪里？她应该朝哪个方向祈祷？而翁弗尔拉赫特，不被任何悔恨所困扰，不为任何宗教顾忌所折磨，动作敏捷地搜寻着地毯上每一道被撕开的口子。这些口子让他兴奋得发出胜利的欢呼："这么个破烂！都是洞！这些口子！一文不值，茜茜，烂了，碎了，一文不值！"他把羊毛毯揉成一团，把它举到光头边，把耳朵贴在地毯上，喊道："它在唱歌！"——"它在什么？"埃米莉亚惊愕地看着他，问道。"它在唱歌。"翁弗尔拉赫特回答，"它噼啪作响，它很脆，我打算给你五个马克，茜茜，因为是你，看在你把它提到这儿来的分上。"——"您一定是疯了。"埃米莉亚说。她试图让自己的脸看起来无动于衷、兴味索然。翁弗尔拉赫特心想："它值一百。"最坏的情况他可以出到二十。他说："十马克代销。我纯粹是在往自己身上揽事，茜茜。"埃米莉亚心想："我知道他会以一百的价格卖掉。"她说："三十，现金。"她的声音很坚定，毫不动摇，但她的心很累。她从翁弗尔拉赫特这里学会了做生意的花招。有时候她会想，自己去卖房子会不会成功（这永远不会成功，永远不会实现：谁来买这些房子？这些倾颓的墙壁？谁会把负担揽到自己身上？谁会把自己置于各种机关的监视之下，让自己整日与税务局和住房检查员纠缠不清？谁会给自己制造麻烦，把自己交给法院执行人员？谁想和那些始终坚持花高价修缮房子的租户多费口舌？租金则直接从他们的手里到了税务局的手里，谁还能像童话时代的老房东那样，自鸣得意，轻松惬意，把双手揣在袖子里靠租金生活？），要是能成功该多好！——有朝一日能彻底摆脱这些房子，哪怕是其中的一处，这就是她最大的梦想了，但没有买家会接手这种每次政府出手都无法幸免的糟糕投资项目，哪怕是无偿赠送——也许埃米莉亚也会开一家古董店，就像翁弗尔拉赫特一样，以啃食过去的财富和死者的遗产为生。是变形，还是魔法的解除？翁弗尔拉赫特没有作为王子从青蛙外皮里跳出来，而她，可爱迷人的埃米莉亚，年轻美丽的商务顾问财产继承人，破落户公主，却想前往地府专注于最卑微的议价，想下到地窖里满足小小的贪婪，纯粹出于对未来的恐惧，戴上青蛙的面具，成为一只等待着可怜苍蝇的冷血生物。这符合她的真实本性吗？生活在一潭死水里，伺机合上守候着的大嘴？不过眼下，买卖古董的事还没有任何眉目，购房者连影子也没有，而在那之前，菲利普会写出他的书，世界就会及时发生改变。

40

菲利普早先就对他们心怀恐惧，或许正是他的恐惧招致了各种误解，就像腐肉吸引来苍蝇，或者像乡下人说的那样：当你抬头看云时，你就是在呼唤暴风雨。当他接受了《新页报》的委托打算去拜访埃德温时（他是乐意去见埃德温的，但报社的委托不仅没让他更加理直气壮，反倒令他因羞怯而束手束脚），他就陷入了一个由各种错乱构成的荒唐可笑的旋涡，一个为他度身定制的、如陷阱一般挡住他去路的旋涡。《回声晚报》提到的那些大作家都是因为获得了某个大奖而成了公众人物，不再会被人们忽视，并且已经死了，他们出现在“了解最新时事”栏目，出现在“琐事闲谈”版块，阿根廷领事的大公猫逃脱，安德烈·纪德昨日逝世[1]。这份对文学有着浓厚兴趣的报纸派了一位见习女编辑前往埃德温先生的宾馆，去采访这位著名作家，替《回声晚报》的读者问几个问题，问他是否相信今年夏天会发生第三次世界大战，问他对新款女式泳装的

1　纪德逝世的日期为 1951 年 2 月 19 日。

看法，问他是否认为原子弹会让人类变回猿猴。也许是因为菲利普看起来忧心忡忡，也许是因为有人对这个埋头写作的年轻实习生，这个正渴望得到历练的新闻女猎手说过：她要去逮的这只得了奖的稀有动物是一个严肃的人，总之出于一些错误的想象，她把仍旧默默无闻，同时也年轻得多的菲利普误认成了埃德温，她努力调动了自己掌握的所有高中英语，混杂着从上一次狂欢节上认识的美国朋友那儿学来的酒吧俚语，向他冲了过去。女记者的同伴，两个眼神放肆傲慢的年轻人，也和女记者一样，作为新闻界的代表，吃力地扛着看起来颇为危险的设备跟了上去，用闪光灯照亮了菲利普。

被闪光灯照亮的菲利普成了人们注意的焦点，这样的场景令他十分尴尬，并且引发了他的某种羞耻感（这种羞耻躲过了周围人的注意，这是一种在菲利普的内心折磨着他的羞耻）。宾馆大堂里的其他访客顿生好奇之心，他们发现有人认错了人，竟和大名鼎鼎的埃德温有关，他们目睹了一场仍未完全澄清的误会，于是他们一厢情愿地把菲利普认作埃德温的秘书，这样便突然参与进了大作家的生活，他们把一个又一个的问题抛向菲利普，什么时候可以跟大师说上话、可以采访大师、可以见到大师、可以给大师拍照。一个男子身穿防雨风衣，风衣上配了许多条带子，他把自己武装得十分到位，足够抵御各种可能的恶劣天气和精神责难，他仿佛身负重任飞越了大半个地球，可惜整个飞行过程实在平淡无奇，一路上只是做完了一个填字游戏，他问菲利普，大名鼎鼎的埃德温先生是否愿意发表声明，说自己缺了某种品牌的香烟（就是这个穿带子风衣的男人代理的品牌）就无法生活、无法写作了，这份声明和他的照片将会出现在所有画报上。菲利普用持续的沉默和匆匆的步伐应付了过去，但他发现自己又被来自马萨诸塞州的女教师旅行团拦住了去路。韦斯科特小姐紧紧抓着菲利普，透过自己的宽边黑框眼镜看着他，就像一只友好又讲究的猫头鹰，问他是否可以请埃德温给旅行团的教师们，也就是埃德温的崇拜者们，做一个小讲座，开一堂安静的小型内部指导课，一次作品导读，毕竟那些晦涩难懂、难以接近的作品是需要阐释的。菲利普还没来得及解释这不在他的管辖范围之内，伯内特小姐就打断了韦斯科特小姐。指导课也好，崇拜也罢，伯内特小姐认为埃德温还有其他事情要做，比起与旅行团的中学女教师为伍，他还有更有意义、更有乐趣的事要做。但是凯，团里年龄最小的成员，小组中的便雅悯[1]，一位年轻漂亮的小姐——伯内特小姐

1 根据《圣经》，便雅悯是雅各和拉结的小儿子，是雅各十二个儿子中最年幼的一个。参见《创世记》第 35 章第 16—20 节。

几乎脱口而出，“绿眼睛的那个”——确实对这些作家崇敬有加，她以一种真心实意、直白朴实、天真烂漫的态度崇拜着他们，当然，尤其是埃德温。这片青春而迷人的痴心，也许能让这位饱受赞誉的文学家精神一振，让他摆脱舟车劳顿和身处异乡带来的低迷情绪，作为秘书的菲利普最好能认清这一点，总之，菲利普应该大胆地把凯带到埃德温面前，如此一来，这位大文学家就可以在她随身携带的埃德温诗集，一册软封面的薄纸印刷本里，为她写上一句寄语，纪念他们在德国邂逅的这一天。伯内特小姐把凯推到灯光下，菲利普注视着她，心里起了些波澜。他想:“当年轻的爱慕者出现时，我的感受和这个生气勃勃的女孩想象中的埃德温的感受，又会有什么区别呢？”凯看起来是那么不受拘束，那么清新自然，她充满了一种在这里几乎无处可寻的青春气息，她看起来无忧无虑，或许关键就在于，她呼吸着一片完全不同的空气，那是更凛冽、更纯净的空气，她来自另一块广袤、清新、年轻的土地，而且她崇拜文学家。埃德温自然是逃离了那块土地，逃离了凯的故乡——他是为了躲避那块土地的广袤还是青春？不不，他肯定不会是因为凯而一去不复返的，倒可能是因为韦斯科特小姐，这只友好的戴眼镜的猫头鹰，不过她或许也没有那么可怕；不了解这个国家的人很难说得清，埃德温为什么逃离。而对于菲利普来说，这个眼下由凯代表的新世界，着实面目亲切。他嫉妒埃德温，因而此刻的无能为力更让他难堪。面对这位惹人喜爱的小姐，这位从广袤而年轻的美国远道而来的诗艺崇拜者，他可以为她做什么呢？身陷如此诡异的恶作剧场面，他又要如何开口介绍自己并且澄清所有的混淆和误解呢？简直太可笑了。他试图向年长的女士们解释，他不是埃德温的秘书，他自己也是来采访埃德温的，但这样又催生了新的误解，每个人都把他当成了埃德温的朋友，相信他是埃德温值得信赖、志同道合的德国挚友，是他的德国同行，以为他和享誉世界的埃德温一样闻名全国。女教师们彬彬有礼，举止得体（她们要比德国女教师礼貌得多、得体得多），她们立即为没有认出菲利普而道歉，她们向他请教他的名字，伯内特更是把凯一把推到了菲利普身边，对她说："他也是一位文学家，一位德国文学家。"凯向菲利普伸出了手，并且为自己没有随身准备一部菲利普的作品而表示遗憾，否则，她就可以请他签字了。凯的身上散发出木樨草的味道。菲利普不喜欢花水，他喜欢各种不清不楚的人造成分制成的香水。但木樨草的香味与凯非常相称，这是她青春的标志，是她绿色眼睛的光芒，它让菲利普想起了一些往事：校长家的花园里木樨草开花了，沁人心脾的木樨草，它的美好香气是属于夏日的，那些日子里，还是孩子的菲利普常和校长的女儿埃娃一起躺在草坪上。木樨草是浅绿色的。浅绿色的还有凯。她是一抹浅绿的春天。凯心想：“他在看我，他喜欢我，他不算年轻但一定很有名，我才来这里几个小时，就已经遇上了一位德国文学家，德国人的脸部表情真是丰富而直白，他们有着一副性格特征过于明显的面容，就像我们那些演技糟糕的演员一样，或许是因为这个古老的民族经历了太多，或许这位文学家也曾被埋在炸塌了的地窖里，那得有多恐怖，我哥哥告诉过我，很可怕，他当时就在空军里，他往这里扔过炸弹，我可受不了被飞机轰炸，或者说我也可以？可能人只是在还没经历过的时候认为自己受不了，凯泽博士教的德国文学史里的那些文学家看起来都好浪漫，就像犯罪名录里的人，不过那些人都有胡子，可能他总是熬夜写作，所以脸色才如此苍白，或者他是因为祖国的不幸而沉浸在悲伤之中？说不定他也喝酒，很多文学家都喝酒，他喝的一定是莱茵河葡萄酒，我也想喝莱茵河葡萄酒，凯瑟琳不会让我喝的，那我出来旅行到底是为了什么？他会在橡树林里徘徊、创作，其实文学家都有点古怪，海明威我觉得还好，海明威会钓鱼，在森林里散步比钓鱼古怪多了，但如果这位德国文学家邀请我和他一道去橡树林里散步，我肯定会去的，至少这样我回去就有话和凯泽博士聊了。如果我告诉凯泽博士我和一位德国文学家在橡树林里散步，他会很高兴的，但这个文学家可能根本就不会来邀请我，我太年轻了，也许他会去问凯瑟琳或者米尔德里德，但是如果他有胆量爱上一个美国女人，他会爱我的，他会爱我远远超过爱凯瑟琳或者米尔德里德。”凯瑟琳·韦斯科特说：“我相信您很了解埃德温先生。”——“我只了解他的书。”菲利普回答。但显然她们听不懂他的英语。米尔德里德·伯内特说：“如果一会儿您和埃德温先生在一起的时候我们能再见面就好了，也许我们会来叨扰埃德温先生。”她们仍然相信，埃德温正等候着菲利普这个值得信赖的好朋友。菲利普说：“我不知道我是否会去拜访埃德温。我完全不能确定，您是否会在埃德温先生那里见到我。”但女教师们看起来似乎仍然没有领会他的意思。她们友好地朝他点头，异口同声，喋喋不休：“在埃德温那儿，在埃德温那儿。”凯告诉他，她正在跟随凯泽博士学德语，读德国文学史。“或许我已经读到过您写的东西了。”她说，“我读了您写的东西，现在与您相识，您不觉得这很有趣吗？”菲利普向她欠了欠身体。他很尴尬，觉得自己受到了侮辱。他在无意侮辱他的陌生人那里受到了侮辱。那些陌生人仿佛只是一字一句地重复了某个提词人的话，怀着好意，还以为那是奉承和尊敬，只有菲利普和那怀揣恶意的隐身提词人才懂得其中的羞辱意味。菲利普很愤怒。但他确实被吸引了。他被这个年轻女孩所吸引，她清新、正直、落落大方，对菲利普看重的价值表现出了毫不掩饰的尊重，这是一些他曾经拥有但已经失去的品质。他从凯对自己的所有误解中品出了一种苦涩的吸引力。凯也让他想起埃米莉亚，只是凯是一个无拘无束、无忧无虑的埃米莉亚，而且她不认识他，好就好在这一点，她对他一无所知。但他仍然感到十分难堪，他以这种不体面的方式获得了尊重，暗地里却受到了嘲弄，他们尊重的是一个根本不存在，但本可以顺理成章地出现的菲利普，一个他想成为的菲利普，一位重要的作家，一位甚至在马萨诸塞州也会被读到的作家。不过他立刻意识到，“甚至在马萨诸塞州”是一个多么愚蠢的念头，马萨诸塞州和德国没有分别，一样远，一样近，当然这是站在作家的角度来看：作家处在正中间，围绕着他的世界在任何位置都同样远或同样近；或者作家置身其外，而世界才是中心，是他环绕着却无法接近的使命，不可企及，无法胜任，谈不上远也谈不上近。也许在马萨诸塞州也坐着一个愚蠢的文人，希望自己的作品“甚至在德国”也会被阅读，对于愚蠢的人来说，地理上的距离总意味着荒漠、野地、世界尽头、狐狸互道晚安的地方[1]，而在他们以为有光的地方，那里的人却还在黑暗中摸索。可惜菲利普并没有成为一个有影响力的作家，到头来他只是一个自称作家的人，因为他在居民档案中登记的身份是作家——他毫无战斗力，他已经阵亡了，在可耻的政策下，在最卑劣的战争中，在疯狂和罪行肆虐的战场上，他阵亡了，而他的一点点名声，他的第一次尝试，他的第一本书，早在扩音器的咆哮和武器的噪声里销声匿迹了，被凶手和受害人的尖叫盖过了。菲利普仿佛麻痹了一般，他的喉管仿佛被扼住了，他惊恐地看到，这方他无法离开，或许也不愿离开的被诅咒了的舞台，已经为一出全新的血腥戏码布置一新。

41

宾馆大堂里的一系列误会，以及与旅行团女教师的交谈，让菲利普彻底打消了去拜访埃德温的念头。他得去找《新页报》的编辑，把采访埃德温这个任务回绝掉。这又是一次失败。菲利普想逃离宾馆，但他已经引起了其他人的注意，他羞于在众目睽睽之下像一条挨了揍的狗一样偷偷溜走，凯的那双绿眼睛就足够让他羞愤异常了。他沿着通往宾馆

1　德语中的古老俗语，指极为偏僻的边远地区。

房间的楼梯拾级而上，暗地里却希望能在什么地方找到备用楼梯，这样就可以直接下楼从紧急出口离开。可是在大堂的主楼梯上，他遇到了梅萨利纳。“我已经观察您很久了。”那个气势汹汹的女人喊道，直截了当地拦住了菲利普的去路。“您要采访埃德温？”她问，“那个绿眼睛的小个子女孩是谁？她很可爱！”“我不采访任何人。”菲利普回答。“那您在这里做什么？”——“走楼梯。”——“您不要骗我。”梅萨利纳故作娇嗔，作势要打他的肩膀。“您知道吗，我们今晚要开派对，我想在派对上看到埃德温。我们也需要文人雅士。埃德温也不会白来的。杰克和小汉斯都会来。您知道我的意思，所有作家不都是这样的吗？”她刚刚用烫发钳卷好的头发像覆盆子果冻一样抖动着。“我不认识埃德温先生。”菲利普有些恼怒地说，“大家怕是都神经错乱了，全都把我和埃德温扯到一起。怎么回事？我只是碰巧到了这个宾馆。我在这里有事要做。”——“您刚才说了，您是埃德温的朋友。难道您只是为了勾引那个绿眼睛女孩才这么说的吗？她看起来和埃米莉亚很像。埃米莉亚和那个女孩倒是会成为一对可爱的情侣。”梅萨利纳边说边向下面的大厅望去。“这都是误会。”菲利普否认，“我也不认识那个女孩。我再也不会遇到她了。”他心想：“真是遗憾，我很想再见到你，但你会喜欢我吗？”梅萨利纳仍不放弃，说：“那么您在这儿到底要做什么呢，菲利普？”——“我来找埃米莉亚。”他绝望地说。“噢！她来了吗？您和她在这里订了房间吗？”她边说边向菲利普靠过去。“我做错了，我不该把这件事告诉她。”菲利普心想。于是他说：“不。我只是来看看埃米莉亚在不在这里。不过现在看来她肯定没有到这儿来。”他试着绕过这尊纪念像，但那高耸着的覆盆子果冻摇摇欲坠，随时都有可能滑落，化作一团云，一团红云散成一片红雾，一股烟，而菲利普就会葬身其中。“不要纠缠我。”他绝望地喊道。梅萨利纳却把醉醺醺的宽脸凑到他的耳边，压低了声音，仿佛要透露给他一些绝密消息：“电影写得怎么样了？为亚历山大写的电影。他总是问起，您什么时候能把电影带来。他真的很期待。我们可以在埃德温的讲座上见面。您把埃米莉亚和绿眼睛小个子女孩带来。我们在派对前先去听埃德温的演讲，之后我希望——”“您别抱任何希望。”菲利普粗暴地打断了她的话，“没有什么可指望的。完全没有希望了。对您来说尤其如此。”——他急匆匆地走上楼梯，为自己刚刚在楼梯平台上的直率而后悔，他想转身回去，又因胆怯而止步。他最终穿过了一道门，经过洗衣房，进入了一段下行的走廊，走廊的尽头是旅游手册里被标注了好几颗星的声名在外的宾馆厨房。

42

埃德温对珍馐美馔失去兴味了吗？他对食物提不起一点兴趣。不是食欲不振，不，名灶佳肴甚至令他作呕，取悦味觉的独家菜式，盛在银质小盅和陶瓷碗盏里送进他的房间，全都遭到了他的鄙弃。他喝了一点红酒，法兰克葡萄酒，这种酒他读到过，听说过，也颇有几分好奇，但从球型酒瓶里涌出的晶莹液体，在这个晦暗日子的中午时分，显得过于酸涩。这是阳光的产物，而埃德温却没看到一丝阳光，这酒在他尝来是坟墓的味道，是潮湿天气里古老公墓的味道，这是一种随机应变的酒，让快活的人欢笑、让悲伤的人痛哭。毫无疑问，埃德温的这一天十分糟糕。他不知道的是，在楼下的大厅里，有另一个人正不情不愿地充当着他的替身，代他收下了凭借着新闻照片而远扬的声名，以及随之而来的无伤大雅的麻烦和各种小小的敬意，还忍受着同样让埃德温相当反感的故作亲近和阿谀奉承。这一切以一种令人难堪的方式折磨着菲利普，他不得不忍受它们，而它们真正的目标却另有其人。菲利普的背运遭遇本来会进一步加剧埃德温的恶劣情绪，埃德温不会看到菲利普替自己分担了什么，他只会看到自身存在的可疑和可笑之处通过菲利普的登场被放得更大，被描绘得更清晰，被泄露得更彻底，就像一个影子把自己的身体拉长了。好在埃德温对菲利普的遭遇一无所知。他脚蹬黑红相间的皮质家居鞋，裹着一条佛教式样的僧袍充当工作服，围着那张精致的餐桌来回走动，被他鄙弃的美味佳肴还在桌上冒着热气，触动着他的嗅觉。那一口未动的宴席令他有些恼火，他并不想冒犯大厨，毕竟以往他总会记得对大师的技艺表示赞赏。他心虚地远离了餐桌，在地毯的边缘踱步，地毯的图案里织进了诸神与王子、花朵与灵兽，这羊毛图画就像是取材于《一千零一夜》故事中套故事的插图。这块华丽的地板覆盖物上繁花似锦，童话里的东方风情，浓郁的神话色彩，以至于这位脚蹬家居鞋、着装如同印度智者的大诗人，仍不打算直接踩在上面，而是恭敬地止步于边缘。货真价实的地毯连同手艺可靠的后厨，都是这些历史悠久又躲过了战乱的宾馆引以为豪的东西。埃德温喜欢古老的住所，文雅欧洲的商队驿站，歌德或者劳伦斯·斯特恩歇息过的床榻，精致的、略微有点摇晃的写字柜，也许普拉滕、洪堡、赫尔曼·邦或者霍夫曼斯塔尔曾经在上面写过字。比起新建的宫殿、柯布西耶的居住机器、闪闪发光的钢管和裸露的玻璃墙，他更喜欢经得起时间考验的客栈。所以他在旅途中往往不得不忍受失灵的暖气或者温度过低的洗澡水，他有意忽略这些不便，但他高挺而敏感的鼻子总会用流鼻涕作为回应。埃德温先生的鼻子显然更喜欢技术带来的温暖和舒适，而不是古董柜里虫蛀木屑的气味，不是充斥着樟脑味的空气，也不是旧挂毯的纤维上渗出的汗水、奸情和眼泪。但埃德温不是为他的鼻子而活，也不是为了舒适而活（尽管他喜欢舒适，但绝不能沉溺于其中），他生活在戒律，生活在精神的严格戒律中，人文主义传统的挽具在他身上起着作用，这是一种极端奥妙精深的传统，不言而喻，它的典型意象和组成部分就包括了古老的旅店，当然还有围绕在这幅图景边缘的大象、独角兽和四季，但与此同时他在不安中煎熬着，因为这位诞生于新世界的诗人视自己为欧洲精英中的一员（这当然是毋庸置疑的），但他是其中的后来者，甚至——他并不觉得自己是杞人忧天——是这块他深爱的西方大陆上最后的精英，没有什么比野蛮人的喊叫更能激怒他、刺伤他的了。不幸的是，那些预言中并不缺乏天赋和伟大，因而才更为慑人，那个俄罗斯人的呼号，那个病态的圣徒，被魔鬼附体的人，伟大的非智者[1]——所谓非智者是相对于被理性照亮了的希腊人来说的，正如埃德温声称的那样，但那个人也是先知和原初的诗人，正如埃德温不得不承认

1　此处应指俄国作家陀思妥耶夫斯基（1821—1881）。参见托马斯·曼发表于1946年的杂文《陀思妥耶夫斯基——适度评价》。

的那样（这是他崇敬同时回避的诗人，因为他并不觉得自己与恶魔有什么联系，他信奉的是古希腊与基督教传统的理性，尽管它们也适度地保留了超自然的层面，而那已经被放逐了的残酷荒诞的鬼魂似乎又出现了），还有关于欧洲的那些言辞，亚欧大陆向西伸出的这个小小半岛，在三千年中历经了独立、早熟、野蛮、有序与混乱，以及妄自尊大，将要转身回到亚洲母亲的身边，或是向后倒进她的怀抱。事已至此了吗？这个时代又一次完成了自己的使命？经历了舟车劳顿的埃德温很想躺下休息，但宁静和睡眠都不愿向他靠近，他鄙夷又憎恶地打量着那些菜肴，无法从中获得一丝慰藉。这座城市让他害怕，这座城市不适合他，它遭遇了太多，它亲历了恐怖，它目睹了美杜莎被砍下的头颅，目睹了壮观的罪恶，目睹了一场原地破土而出的野蛮人的阅兵式；这座城市受到了火刑的惩罚，墙垣尽毁，饱受蹂躏，丧失了所有秩序，跌落进了野蛮的历史，现在它又挂在了历史的悬崖上，摇摇欲坠却开出了花朵，这是虚假的繁华吗？是什么让它悬而不坠？是自身根系的力量？（精致餐桌上的盛宴摆在这样的地方，是多么令人毛骨悚然。）还是有一根细铁链把它与战胜者们各种瞬息万变、相互冲突的利益连在了一起？或者是靠战略上和金钱上每日的精打细算维系着的松散连接？还是对外交影响力和权力重要性的相信、迷信、盲信？主导一切的不是历史而是经济，不是茫然无措的克利俄[1]，而是钱袋鼓鼓的墨丘利[2]。埃德温在这座城市看到了一种奇景、一种示警，城市悬空着，悬于峭壁，悬而未决，艰难地维持着危险的平衡，它可能摆向经历了考验的古旧的一边，也可能摆向前所未知的全新的一边，可能忠于源远流长的文化，也可能陷于暂时的文化真空，可能作为城市彻底消失，也可能成为一座大型监狱，凭借钢铁、混凝土和超级技术把皮拉内西[3]想象中的梦幻监狱转化为实景，这位铜版雕刻怪才笔下的罗马废墟是埃德温的最爱。舞台是为悲剧而布置的，但在舞台前景里上演的一切，每个人在时光的舞台前沿与这个世界的亲身接触，暂时仍旧是荒唐滑稽的。宾馆里的人们等候着埃德温。访客被一一通报给了他，有记者，有摄影师，还有个女审讯员把自己关注的问题也提交了上去，毫无意义的问题，荒谬绝伦的谈话。——埃德温并没有一味地躲避公众以及公众的代表，尽管他们总会令他疲劳

1　古希腊神话中，克利俄在九位缪斯女神中司管历史。

2　墨丘利是罗马神话中为众神传递信息的使者，以狡猾、精明闻名，是旅人、商人、小偷和骗子的保护神。他的标志之一是右手握着的钱袋子。

3　皮拉内西（1720—1778），意大利铜版画家、考古学家。曾前往罗马研究古代遗迹，绘制了数百幅描绘古罗马废墟的版画。《想象的监狱》是他在1749至1750年间创作的蚀刻版画系列。

不堪，确实，与陌生人的交谈会消耗他的克制力，但有时候，可以说是经常，他已经能够做到，已经称得上得心应手，用一个玩笑去取悦愚蠢，去赢得舆论制造者的共鸣。但这个城市里的记者令他恐惧，他害怕他们，因为这里的大地和时间都已经松动，随时可能化为乌有，或者脱胎换骨变成全然不同的东西，进入纯粹未知的未来，在这里他没有办法开玩笑，听众期待的那些颇有见地的插科打诨也不再信手拈来。那他可以说真话吗？可他知道真相吗？噢，又回到了最古老的问题：什么是真相？他其实可以只谈论忧虑，谈论些或许没有来由的恐惧，以此排解这座城市带给他的抑郁，但这里的忧惧和悲哀似乎已经被放逐到了地窖里，地窖上面覆盖着倾倒的房屋，而人们也并不急于清理。从这些被瓦砾填平的地窖里散发出的气味弥漫于整座城市，却似乎没有引起任何人的注意。也许这些墓室已经被完全遗忘了。那埃德温还应该记得吗？

这座城市吸引着他。不管怎么说它还是吸引着他。他脱下丝质的僧侣长袍，换上了更适应这个世界的行头，把自己打扮得合乎时宜。或许他就是这样伪装自己的，或许他根本不是人类。他脚步匆忙地走下楼梯，轻盈的黑色邦德街礼帽在额头上微微倾斜。他看上去非常高贵气派，颇有几分老皮条客的样子。在面对大厅的楼梯平台上，他注意到了梅萨利纳。她让他想起了一个可怕的女人，一个在美国担任社会新闻记者的不散阴魂，一个以嚼舌根为业的女人。埃德温再次跑上楼梯，寻找通往宾馆后门的通道。他从洗衣房门前走过，经过了一群咯咯笑的女孩子，她们挥舞着床单、亚麻布、裹尸布，肉体的包裹物，欢爱、拥抱、分娩和最后一口气的遮盖物，他匆匆穿过一个女人的世界，穿过母亲王国的边缘地带，然后怀着对另一种空气的渴望推开了一扇门，却突然置身于宽敞的厨房，声名在外的宾馆厨房。糟糕！糟糕！他房间里未被享用的菜肴又让他沮丧起来。本来埃德温是多么乐意与厨师谈论一番味觉生理学[1]，顺便欣赏一下厨房里英俊的男孩子，他们正握着那些柔软的、像金子一样闪烁的鱼，刮着鱼鳞。他穿过肉汤冒出的蒸汽和蔬菜的辛辣气味冲向另一扇门，希望它能通向户外——可它的背后仍旧不是外面的世界。埃德温眼下站在了宾馆的天井里，面对着一个铁架子，里面停放着厨师、服务员、侍者、勤杂工等各种工作人员的自行车。铁架子后面站着一位绅士，埃德温在一瞬间的迷惑中把他认成了自己，他的镜像，他的分身，一个讨人喜欢又令人不快的幻影，但随后他意识到，

1　原文为法语，《味觉生理学》是法国作家、美食家让·布里亚-萨瓦兰（1755—1826）的美食学经典著作。

这显然是一种假象，一个荒谬的念头，站在那里的不是他的翻版，而是一位更年轻的绅士，和他没有任何一点哪怕勉强的相像之处，但那种讨人喜欢又令人不快的熟悉感并没有消失，仿佛面对着一个与他并不相好的兄弟。埃德温恍然大悟：这位先生是一个作家。他在自行车架后面做什么？他是在跟踪我吗？菲利普立刻认出了埃德温，他吃了一惊，随即想到："这是一个和他搭话的机会。"——"我们可以谈一谈。"他想，"埃德温和我，让我们好好谈谈，我们能够互相理解。也许他能让我知道，我究竟在干什么。"但这一丝希望很快从菲利普心头溜走了，困惑和错愕占据了上风，他不敢相信会在宾馆的天井里与埃德温偶遇。"这太可笑了，我不可能在这种地方跟他搭话。"所以他没有走上前去，反倒向后退了一步。埃德温也向后退去，心想："这个人要是再年轻一些，倒可能是一个初出茅庐的诗人，或许读了我的作品而心生仰慕之情。"埃德温没意识到这个想法和它的表述有多么可笑，要是白纸黑字写下来，他是永远也不会公开承认的，他只会脸红，但是这个诱人的念头还停留在飘忽而不可见的状态，所以他的审慎和顾虑就让位给了强烈的愿望，是的，他渴望在这个城市遇到一位年轻的诗人，一个追求者，一个效仿者，他很想觅得一个弟子，一个与歌德和普拉滕来自同一个国度的诗人，但是他眼前的这个人已不再青春年少，他不会因为怀揣信念而神采奕奕，他只会让别人清楚地从自己脸上读出怀疑、悲伤和忧虑。这两个为逃离人群而在宾馆天井里徘徊的人，此刻拥有同一个念头："我得避开他。"菲利普已经在天井里来回走了一会儿。他找不到出口。他在宾馆的员工通道前迟疑，鼓不起勇气从那个考勤钟和那个看门人面前经过。看门人会把他当成小偷的。他该如何解释这种意欲偷偷溜出宾馆的企图？埃德温呢？他似乎也不知所措。可他站在天井的最前面，比菲利普更加显眼。看门人从自己的棚屋里走了出来，喊道："先生们想要什么？"两位文学家闻声不约而同地抬脚向出口走去，保持着距离，回避着对方。他们不可避免地经过了考勤钟，这个负责测定工时数和计算工作量的机械奴隶主，他们两人都从来没有向这种东西屈服过。看门人以为这两位是卷入了什么风流韵事而不得不从员工出口逃走，他脑中闪过的字眼是"流氓"和"纨绔子弟"。

43

无所事事、喋喋不休、想入非非，在永恒的半睡半醒中，在幸福的半睡半醒中，做着一个个短促而浅淡的美梦，漂亮活泼、年近五旬的女士寻觅有稳固社会地位的男士，那些靠着国家养老金，靠着兑现了的死亡抚恤金，靠着离婚赡养费和分居补助金生活的女士，坐在教堂咖啡馆里。贝伦德夫人也很喜欢这个地方，它是那些心灵相通的女士的首选聚会场所，在这里，喝着咖啡搅着奶油就可以惬意地沉浸在燕婉之欢的回忆中，惬意地沉浸在离弃的痛苦里，沉浸在失望的苦涩里。而卡拉还没办法领到养老金和退休金。贝伦德夫人怀着恐惧和不安，看着她的女儿走出了教堂塔楼的阴影，走进交通灯投下的甜粉色灯光里，走进这个闲适的生活避风港，走进安静得只听得到海浪拍击声的海湾，走进亲切友好的衣食无忧者们栖居的苑囿——她是一个迷失的人。卡拉走丢了，她是牺牲品，战争的牺牲品，她被抛在了摩洛神[1]的面前，人们忌讳牺牲品，她在自己母亲眼里是一个走失了的女儿，她和自己母亲所在的体面圈子失散了，她和所有教养与品德失散了，她被扯离了自己成长的家庭。但这有什么关系呢？生她养她的那个家根本就不在了。房子被炸弹摧毁的时候，这个家庭就解体了，条条纽带都被炸断了。也许炸弹只是证明了这些纽带本就是多么脆弱，这就是一条由偶然、疏忽、错误决定和愚蠢

1　古代腓尼基人信奉的火神。古代文献提及摩洛神，往往伴有焚烧献祭儿童的记载。

念头编织而成的习惯之索。卡拉和一个黑人生活在一起，贝伦德夫人和阁楼里泛黄的露天音乐会乐谱生活在一起，而军乐指挥少尉和一个轻浮的女人勾搭在一起，整天为妓女们演奏。卡拉进入了她的视线，贝伦德夫人不安地四处张望，想确认周围有没有坐着她的女友，她的对头，她的女友对头，或者其他熟人。她不喜欢和卡拉一起出现在公共场合（谁知道呢？也许卡拉的黑人也会来，那她的耻辱就要暴露在咖啡馆里的女士们面前了），但贝伦德夫人更害怕在阁楼的孤独中与卡拉交谈，母女俩有什么可说的呢？卡拉在咖啡馆里寻找着贝伦德夫人的身影，她知道她母亲几乎每个下午都坐在这里，她感觉自己有必要在去诊所打掉这个不请自来的爱情结晶前见她一面。爱情？这是爱情吗？这不就是两个人的双份孤独吗？不就是被抛到这个世界上的个体的绝望吗？不就是人和人躺在一起的热度吗？而她身体里那亲近又陌生的存在，不就是习惯结出的果实吗？习惯了这个男人，习惯了他的拥抱、他的闯入，接受他的供养，无法单独生存，这是恐惧结出的果实，而这果实已经孕育出了新的恐惧，还要让这新的恐惧呱呱坠地？卡拉看到了她的母亲，长着一张鱼脸，顶着比目鱼脑袋，鱼一样冷冰冰、滑溜溜，拒人于千里之外，她握着小勺、搅拌着咖啡和奶油的手，就像是鱼的鳍，客厅大鱼缸里可怜的鱼，微微抖动着鱼鳍，从鱼缸里看着卡拉，它的视野是扭曲的吗？这是她母亲的真面目吗？卡拉在摇篮里看到的面孔一定不是眼前的这一副，很久以后，直到小卡拉不再让人担心、不再需要照顾的时候，那条鱼才穿透皮肤进入了她的身体，那个比目鱼脑袋才长出来。卡拉走到了坐在咖啡馆专属座位上的贝伦德夫人身边，她之前的那种冲动，那驱使她来见自己的母亲、驱使她尝试与其交谈的冲动突然熄灭了。而贝伦德太太在那一瞬间有一种错觉，矗立在她面前的不是她的女儿，而是令人窒息的教堂塔楼。

44

奥德修斯和约瑟夫爬上了高塔。他们好不容易把崎岖零落的砖石台阶和陡峭的梯子甩在了身后，到达了塔楼的最高处。约瑟夫上气不接下气，大口地呼吸着高处的空气。那个小手提箱子沉默着，广播进入了播送的间隙，耳边只有喘息声，或许还有一个老行李搬运工疲惫的心跳声。展开在他们面前的是整座城市，是鳞次栉比的老旧屋顶，是罗马式、哥特式和巴洛克式的教堂，是教堂的废墟，是新立起来的屋顶桁架，是城市的伤口，建筑物被炸毁后露出的空地。约瑟夫在想，自己已经这么一把年纪了，一直生活在这个城市里，从来没有出过远门，阿尔贡森林和贵妇小径就是他人生最初的旅行目的地，他总是为别人提行李箱，他的顾客们都是些游客，但在阿尔贡森林他背起了步枪，在贵妇小径背起了手榴弹，也许，当时在防空洞里，在死亡临近的一刻，在连天的炮火下，他动过那样的念头，他也许向游客开过枪，向游客投过手榴弹，而那些人本该作为异乡客给他一笔丰厚的小费，为什么警察不禁止他向他们射击呢？不禁止他用炸药杀死他们呢？这多简单，他向来是个顺从的人——警察可以制止战争；但是他们都疯了，所有人都疯了，甚至连警察也发疯了，他们容忍杀戮，哎呀，不能去思考这些问题，约瑟夫熬过去了，连天的炮火消退了，人们开始厌倦杀戮，新的生活，旅行者的行李箱，点心和啤酒，重新各归各位，直到所有人第二次发疯，看来是一种不断复发的疾病，瘟疫这一次抓住了他的儿子，它从他身边夺走了这个孩子，却在今天又给他带来了一个黑人，带着一只会说话、会唱歌的箱子。这个黑人拖着他登上了大教堂的塔楼，约瑟夫以前从来没有上过塔楼，只有黑人才会想到去登塔楼。“他确实是一位很不一样的先生。”约瑟夫一边眺望远方一边这样想着。他甚至有点害怕奥德修斯，他心想：“万一这个黑魔鬼要把我从这里扔下去，我该怎么办？”想得太多，看得太远，让他更加头晕目眩。奥德修斯心满意足地俯瞰着这座城市。他站在高处。城市就在他的脚下。他对这座城市的古老历史一无所知，对欧洲一无所知，但他知道这是白人的首府，他们是从这样的城市走出去的，然后建立起了类似纽约这样的地方。而黑人男孩是从丛林里走出来的。难道这里就从来没有过森林，一直都只有楼房吗？当然不是，这里从前也是一片森林，茂密的原始森林，绿色的灌木，奥德修斯眼看着粗壮的丛林树木在他的脚下生长，灌木、蕨类、藤蔓渐渐覆盖了所有房屋，曾经发生过的事情，可能一而再再而三地重现。奥德修斯拍了拍约瑟夫的肩膀，老迈的行李搬运工一个踉跄险些跌倒。奥德修斯笑了，国王奥德修斯大笑起来。塔顶的风很急。奥德修斯抚摸着塔檐上哥特式恶魔雕像的鬼脸，一座中世纪的石像，被中世纪的人们放逐到塔楼上的恶魔。奥德修斯从夹克里掏出一支红铅笔，自豪地在恶魔的身上签上了他的大名，一长串字母从这一头写到那一头：来自美国田纳西州孟菲斯的奥德修斯·科腾。

45

美国人能带来什么？卡拉与一个黑人结合，这是可耻的。她怀了一个黑人的孩子，这更加可怕。她现在要杀死自己身体里的孩子，这就是犯罪。贝伦德夫人不愿再往下想。这种耸人听闻的事情简直说不出口。如果发生了不该发生的事情，那就最好闭上嘴。这里面没有爱情，这里面只有各种堕落。这不是贝伦德夫人在收音机里听到的情歌，也不是她喜欢看的电影，更不是读起来令人心驰神往的小说里的某个伯爵或者总工程师的一片痴心。这里只有敞着口的深渊，只有迷失和耻辱。“要是她这会儿已经在美国就好了。”贝伦德夫人心想，“美国人知道拿这种令人蒙羞的勾当怎么办，我们这里没有黑人，可卡拉不会去美国，她会和她的黑人杂种一起留在这里，她会把那个黑人孩子抱在怀里带到这家咖啡馆来。”——“我不会的。”卡拉心想，“她是怎么知道的？长了鱼脑袋就有先知的眼睛吗？我想过要告诉她，但我还没有说出口，我什么都不能对她说。”——“我什么都知道了。”贝伦德夫人心想，“我知道你想告诉我什么，你已经陷进去了，你要去做些什么不好的事，你要我在给不了建议的事上给你拿主意，去做吧，去医生那儿，你别无选择，只能把这件坏事做了，我可不想看到你和你的黑人孩子一起出现在这里。”——

46

他想要那个孩子。他看到他们的爱情结晶岌

岌可危。卡拉不幸福。他没有让卡拉感到幸福。他失败了。母子俩都身处险境。华盛顿要怎么说出口呢？他怎么能说出他最害怕的事？弗拉姆医生不情不愿地穿过走廊。诊疗室已经打扫干净了。门是开着的。一个女人甩着一块湿布擦拭着铺在地板上的油地毡，湿布在大诊疗椅的四条白色金属腿上来来回回。弗拉姆医生的午餐时间被打断了。他从餐桌边站起来，手里拿着一块白色的餐巾。餐巾上有一个新鲜的红色污点——那是红酒渍。诊疗室里飘出一股苯酚消毒剂的气味，打扫房间的女人把残留的伤口清洗剂喷到了空气里。华盛顿该怎么向医生开口？卡拉曾来过这里。弗拉姆医生是这么说的。他说一切都正常。那么卡拉有什么不舒服吗？如果一切都好，她为什么会在这里？“一点小问题。”弗拉姆说。她遇到了什么难以解决的麻烦吗？那就是他自己了，一个黑人父亲。他完全称得上一个英俊的男人，如果不考虑肤色的话。“我们一直期待一个孩子。”华盛顿说。“一个孩子？”弗拉姆问。他惊讶地看着华盛顿，心想：“我必须装作什么都不知道。”弗拉姆医生的眼前仿佛出现了一幅略显奇异的景象，那个黑人站在昏暗的走廊里，站在那句裱在墙上的格言下，所谓的希波克拉底誓言，脸色发白。“她没告诉您吗？”华盛顿问。“没有。”弗拉姆说。这个黑人怎么了？弗拉姆把餐巾叠了起来，红色的污点消失在白色的褶皱中，仿佛一道伤口被缝合起来。这事不能做。卡拉应该生下她的孩子。小黑人想要活下去。一桩令人蒙羞的事即将发生。

47

贝伦德夫人一言不发，她顽固地保持着沉默，这位长着比目鱼脑袋的女士感觉自己受到了侮辱。卡拉不停地揣摩着她的想法。卡拉可以猜到她的想法，也可以理解那些想法，她自己的想法并没有与她母亲的想法背道而驰，也许她所做的和打算要做的事情就是一种耻辱，就是一种犯罪，卡拉对自己的生活同样不屑一顾，如果可以，她不想承认这就是她的生活，她在忍受它，她并不能主导它，她觉得她有必要为自己辩解，她认为这个时代就是她的辩解理由，混乱无序的时代，催生罪和耻的时代，让她的孩子生来就有罪、生来就可耻的时代。卡拉不是背叛者。她是个信徒。她相信上帝？她相信风俗。上帝在哪里呢？上帝说不定已经认可了这个黑人新郎。每天都存在的上帝。而在她的母亲那里，上帝只是一个在节日里出现的上帝。从没有人把卡拉领到上帝面前。他们只是在圣餐时把她带到他的餐桌旁。

48

她想把她领到上帝面前。埃米，照看孩子的保姆，想把这个交到自己手中的孩子领到上帝面前。她认为这是上帝赋予她的职责，要她在对上帝的敬畏中管教希勒贡达，这个演员的后代，罪孽的后代，这个得不到父母教养的孩子。亚历山大和梅萨利纳在埃米眼里什么都不是，他们只是雇用了她，他们付给她薪水，付给她很高的薪水，但她丝毫看不上他们。埃米认为自己是爱这个孩子的。但她不能在希勒贡达面前表现出爱意，只能展示严厉，这样才能把自出生起就堕入地狱的小女孩解救出来。埃米向希勒贡达描绘死亡，向她证明生命的无足轻重，她带她进入幽暗高耸的教堂，引她触摸感知永恒，但小希勒贡达只是在死亡面前战栗，在教堂里冻得瑟瑟发抖。他们站在大教堂侧边的小礼拜堂里，站在告解室前。希勒贡达注视着面前的一根立柱，炸弹撕开的裂痕已经被劣质砂浆马虎地填补过了，像是一道愈合不了的伤口，一直延伸到石雕叶片装饰的柱头。“把孩子带到上帝面前”，孩子必须被带到上帝面前。埃米看着这个站在抹满灰浆的巨大立柱旁的孩子，多么渺小，多么无助。上帝会帮助希勒贡达。上帝会帮助她的。他会接受这个渺小无助的有罪的无辜者。希勒贡达应该忏悔。哪怕还没有达到忏悔的年龄，她也应该忏悔，这样她的罪才能被赦免。她应该忏悔什么呢？希勒贡达不知道。她只是害怕。静得可怕，冷得可怕，教堂中殿的空旷和庄严也让她害怕，她害怕埃米，也害怕上帝。“埃米，拉住我的手。”父母的罪过？什么样的罪过？希勒贡达不知道。她只知道她的父母是罪人，被神弃绝。“演员的孩子，戏子的孩子，电影的孩子。”埃米心里默念。——“上帝生气了吗？”孩子问。

49

“华美！精彩！出类拔萃！”大公脱下了戏服，金羊毛被搁在了一边。“华美！精彩！出类拔萃！”制片人看过了样片——这一天的拍摄华美，精彩，出类拔萃。制片人赞美亚历山大。他赞美自己，一部超级电影。制片人自诩为艺术品的创造者。他就是米开朗琪罗，米开朗琪罗正在与媒体通电话，《大公情事》拍摄制作中，制作班底阵容强大。亚历山大感到胃部灼痛。他脸上的脂粉已经擦掉了。他又显出了白得像奶酪一样的肤色。梅萨利纳这会儿会在哪儿呢？他很想给她打个电话。他很想对她说：“我累了。今晚没有派对了，没有社交活动。我累了。我要睡觉。我必须睡觉。我一定得睡觉。该死的。我一定得睡觉！”在电话里他应该这么说。他很想告诉梅萨利纳，自己多么疲惫，多么空虚，多么痛苦。到了晚上他就不会再说了。

50

她正坐在宾馆的酒吧里喝着佩诺酒。佩诺酒，臭名昭著，瞬间让人兴致高涨——“巴黎佩诺酒，巴黎，爱情之城，娱乐场所关闭，法国的声誉受到损害。”梅萨利纳翻阅着自己的笔记本。她在寻找地址。她得为晚上的派对找几个女人，女孩，漂亮的女孩，来陪她的客人们。埃米莉亚不太可能来。菲利普不会让她来的。他也不会把那个绿眼睛小姑娘带过来，那个诱人的、长着绿眼睛的美国小个子女孩。不管怎么说，聚会上必须有女孩子参与。不然谁来脱衣服呢？全靠那几个男孩子？除了同性恋，还有异性恋呢。要再叫苏珊来吗？老是苏珊？她很无聊。她点燃不了欲火。不再有女孩子了。苏珊只是一个愚蠢的妓女。

51

“这儿有这么多妓女，”贝伦德夫人心想，“偏偏他就扑向了卡拉，她没法说不，她只能爱上他，她倒不害怕，我肯定会害怕，她为什么要去军营，她为什么要去黑人的地盘？因为她不想留在我身边，因为她受不了总是听着我抱怨她的父亲，我控诉他的罪行，她就得为他辩护，为他和他那个小荡妇辩护，她和他一样，身上流的是音乐家的血，骨子里都是吉卜赛人，只有国防军能约束住他们，她和他。当年他走在队伍最前面的时候，是一个多么好的男人啊，战争败坏了他。”

52

情况并没有那么糟。报纸上夸大其词了。不管怎么说，战争似乎并没有那么穷凶极恶地在这里肆虐，只是记者们纷纷选择了这座城市，用它的悲惨遭遇来展现战争的狂暴。理查德乘坐着机场巴士进了城，呈现在他眼前的毁灭图景令他颇为失望。他心想：“我飞了这么远的路，昨天还在美国，今天就到了欧洲，照威廉的话来说，到了欧洲的心脏，我看到了什么？我没有看到心脏，只有一盏枯竭的灯，幸好我不必留在这里。”理查德曾想象着会在这里看到铺天盖地的荒芜，满街的瓦砾，就像德国投降后不久出现在美国媒体上的照片，他小时候对这些照片十分好奇，而他的父亲则为这些照片流过眼泪。父亲用来擦眼泪的那块麻布浸满了擦枪油，把他的眼皮也擦青了，就像被拳头打过一样。理查德·基尔希坐着巴士穿过城市，这座城和俄亥俄的哥伦布市并没有太大区别，而他的父亲威廉，却在俄亥俄的哥伦布为这座城市的毁灭而悲叹。这里有什么毁灭了？几栋老房子倒塌了而已，它们早就注定要毁坏，而长街两侧的缺口总有一天会弥合。理查德想，他倒是可以来当一名建筑师，在这里工作一段时间，当然是作为一名美国建筑师。想象一下，他会为他们在瓦砾堆上建造起什么样的摩天大楼啊！到时候这里就会换上一副进步发达的新面貌。他下了巴士，不慌不忙地走过了好几条大街。他在寻找贝伦德夫人居住的街道。他往街边的橱窗里看去，看到了琳琅满目的陈列品，生活费用指数上升，商品的充足让他大吃一惊，除了这儿或那儿缺了些广告，这些店铺看起来几乎和他家乡的别无二致，甚至比他父亲在哥伦布的枪支店还要宽敞气派。这条商业街现在就是边境线，就是理查德必须守护的边陲之地。从高空俯视，从飞机上往下看，一切都被简单化、扁平化了，在广阔的空间里，人们总是从地理上、地缘政治上，从非人性的角度考虑问题，拉出一道道贯穿大陆的战线，如同用铅笔在地图上圈圈画画，一旦下到了地面，站在街道上，站在人群里，在理查德看来所有人都显出了几分愚蠢和可怕，他们生活在病态失衡的懒散和忙碌之中，他们作为整体看起来很穷，单个来看又显得富有。理查德有种感觉，这里存在着各种各样的反常，在整体构想上就是畸形的，他根本看不透这里的人。他想要保护他们吗？难道不应该告诉他们，如何才能收拾欧洲的这一片狼藉？他想要保卫美国。有必要的话，身处欧洲的他也会保卫美国。德国国防军老兵威廉·基尔希在服役十年后离开了德国。他靠着自己的退役补偿金及时地躲避到了大洋彼岸。在那之后，希特勒就来了，随着希特勒而来的是战争。威廉·基尔希原本可能成为一个死去的英雄或者一个将军。他也可能作为希特勒的将军在战后被盟军当成战犯绞死。但威廉在正确的时间移民去了美国，摆脱了种种历史可能性，荣誉或者绞刑。但他并没有完全摆脱屈辱。理查德看着他的父亲，一步一步磕磕绊绊地开起商店，在武器的包围中忙忙碌碌，硬邦邦的手柄，冷冰冰的致命枪管。然而他的父亲并没有像他同学的父亲那样随着军队上战场，而是作为一名资深军械师，在一个豁免前线服役的工厂岗位上任职，这让理查德十分错愕，仿佛突然被从自己父亲店里的某把枪里飞出的子弹打中了。但理查德错了，他的父亲不是懦夫，他之所以留在美国，不是为了逃避战争的艰辛、苦难和危险，也不是因为对这个新选择的祖国漠不关心，而是出于面对故国的羞怯和畏惧，他不愿去攻打被他离弃的旧祖国。但威廉·基尔希拒绝参战的真正原因还是他在德国国防军里受到的规训，严格的操练，泽克特[1]式的训练，学习用顺畅快捷的方式杀死敌人，这一切使得威廉·基尔希确信，所有暴力都是可憎的，比起火药，沟通、谈判、妥协与和解才是解决任何一种冲突的更好的方法。美国对于选择了移民的前德国国防军士兵威廉·基尔希来说，是应许之地，是爱好和平的新王国，是包容大度、摒弃暴力的新乐土，威廉·基尔希几乎是怀揣着清教徒式的信念前往这片新大陆的。然而美国还是加入了战争，虽然它可能站在正义的一方，但威廉在德国军营中艰难树立起来的对理性与理解的信仰以及对和平的向往还是因此而动摇了，最终，威廉·基尔希开始怀疑围绕着美国的种种理想的真实性。这位前德国国防军士兵是生活造就的一个特例，他成了一名买卖枪支的和平主义者，但是理查德，他在美国出生的儿子，对从军和战争又有了不同的看法，在他的父亲眼里，他几乎和二十年代的年轻德国国防军军官如出一辙。不管怎么说，理查德到了年龄就加入了美国空军。威廉·基尔希没有参加过战争，而理查德·基尔希时刻准备着为美国而战斗。

1 汉斯·冯·泽克特（1866—1936），德国军事家，第一次世界大战期间任德国陆军参谋总长，战后成为改组德国陆军的中心人物，对德国国防军建设有深远的影响。

53

施纳肯巴赫不想战斗。他拒绝将战争作为解决人类争端的手段，他鄙视军队，将其视为野蛮时代的残余，视为先进文明中一种有失体面的返祖现象。他找到了一种科学的方法，以静制动地为自己打赢了二战，却也成了这场战争的输家。在军队健康检查委员会面前，他凭借着自己的足智多谋赢得了这场正义而危险的战争，但从战场返回后，他却成了一个残疾人。施纳肯巴赫相信他身上的一切都基于科学原理，他曾设想过，自己将会以一种科学的方式加入战争，一场没有士兵的战争，一场全球性的脑力之战，一个个孤独的斗士演算出死亡公式，坐在仪表盘后用手指按动某个按钮，一块遥远陆地上的生命就瞬间化为乌有。可惜施纳肯巴赫在二战时并没有机会按下死亡按钮，那场战争根本不是他想象中的战争，他只是吞下了药丸。那是让人保持清醒的药丸，吞下足够的量，他就能不休不眠地度过几天、几周、几个月。持续的睡眠剥夺使他的身体状态越来越差，最终一名军医不得不以体检不合格为由把他送回了家。施纳肯巴赫没有栽在军队里，没有栽在人类堕落的返祖活动中，但他落入了毒品的魔爪，甚至在战争结束之后，他都没有从中脱身。他的脑垂体和肾上腺功能紊乱，他的器官为了对抗化学物质的竞争而发动了罢工，坚持不懈地罢工，哪怕健康检查委员会已经解散，哪怕从军的危险暂时在德国消失。施纳肯巴赫变得嗜睡，睡眠正在向他复仇，沉重的睡眠向他席卷而来，无论走到哪里、站在哪里，他都会睡着，他需要异常大剂量的柏飞丁和苯齐巨林，才能每天保持几个小时的半清醒状态。兴奋剂需要处方，施纳肯巴赫没法得到足够的兴奋剂，就开始纠缠白胡德，要他开处方；同时，作为一个颇有天赋的化学家，他试图自己制造这些粉末。嗜睡让他丢了工作，他又把仅有的一点钱全都花在了科学实验上，一贫如洗的施纳肯巴赫只得住在男爵夫人家的地下室里。她也是白胡德的病人，自从几年前接到过劳动局的传唤，就一直被一种想象折磨着，她相信自己会被征召去有轨电车上班，所以她每天一大早就离开舒适的公寓，搭乘某条有轨电车线路毫无意义地在城市里穿梭八个小时，为此每天花费三个马克，更糟糕的是，她因此而变得“神经衰弱”，她对白胡德是这样说的，她向白胡德索要病休的医疗证明，但他没法开给她任何证明，因为她根本没有上班的义务。白胡德试图通过分析患者的童年经历，来终止这种整天乘坐有轨电车的病态行为。他终于在她人生的第八个年头里发现了一种针对父亲（一位将军级司令官）的乱伦倾向，这种情结随后转移到了一名电车售票员身上。但是白胡德对尘封过往的揭露耽误了男爵夫人假想中的工作，据说还给她带来了极大的麻烦。白胡德在地窖里没有找到施纳肯巴赫。他眼前是一个没有打扫过的、满是煤尘的仓库，地上扔着职业学校老师褴褛的夹克和裤子，一张户外花园桌上堆满了玻璃杯、蒸馏器和制毒作坊的小炉子，还有床上、地板上和桌子上随处可见的写满了化学方程式的纸条，化学结构图看起来像是恶性肿瘤在高倍显微镜下的照片，疯狂生长的、危险致病的物质不断吞噬一切，从各个点、各个圈上不断分岔出新的点和圈，碳、氢、氮在这些笔触和墨迹构成的图示中分裂、结合、成倍增加，再加上磷和硫酸，大概就能为施纳肯巴赫祛除睡眠，产生一种他求之不得的提神醒脑的药物。白胡德看着公式，暗暗得出了结论："施纳肯巴赫就是用这种眼光看待这个世界和这个宇宙的。这也是他看待自己的方式，他想象中的一切都是抽象的，由最小的部分扩张成巨量的演算。"白胡德在花园桌上留下了一包柏飞丁。他心里生出了一些负疚感。他像窃贼一样偷偷地溜出了地下室。

54

女服务员收拾了桌子，座位上没有人了，贝伦德夫人在教堂咖啡馆的保留位置空了。这对母女离开了咖啡馆。她们在咖啡馆门前大教堂塔楼的阴影下分道扬镳。她们盘算着要对彼此说的话，最终也没有说出口。有那么一瞬间，两个人都觉察到了对方对拥抱的渴望，但她们的手只是冷冰冰地一触即散。贝伦德夫人心想："你自己想要那样的，你就走你自己的路去吧，不要来打搅我的平静。"也就是说，"不要到教堂咖啡馆来打搅我，不要打破我的安宁，我的知足，我的信仰"，而她的信仰就是，像她这样正直的妇女必须以某种方式被保护起来，世界永远不能如此七零八落，不能连与心有灵犀的女士们喝喝下午茶、聊聊闲话这个安慰奖也被剥夺。卡拉心想："她不知道她的世界已经不存在了。"但曾经存在的究竟是怎么样的世界呢？一个肮脏的世界。一个完全被上帝遗弃的世界。大教堂的钟敲响了一个钟点。卡拉不能再耽搁了。她要赶在华盛顿打完棒球比赛到家之前收拾好随身物品去医院。孩子必须打掉。华盛顿疯了，他竟然想说服她把他的孩子带到这个世界上来。那另一边的世界，杂志上美丽多彩的世界，机械化厨房、电视和好莱坞风格公寓的世界，与这个孩子并不相配。不过这已经无所谓了，不是吗？连同这个孩子本身，他的出生或者他的死亡，不都是无关紧要的吗？此刻卡拉已经开始怀疑，她自己到头来能否够到这个美国杂志上的美丽梦想世界。与华盛顿的结合是个错误。卡拉登上了一列错误的火车。华盛顿是个好人，可惜他坐错了火车。卡拉对此无能为力，她无法改变他坐错了火车这个事实。所有的黑人都坐错了火车。哪怕是爵士乐团的灵魂人物也坐错了火车，他们算是坐在错误火车的豪华车厢里。卡拉是多么愚蠢。她应该等一个美国白人。“我本来可以找一个白人，白人有什么看不上我的。我的乳房下垂了吗？完全没有，它们又紧又圆，那家伙叫它们什么来着？牛奶苹果，对，它们还是牛奶苹果，我的身体很白，略有些胖了，但他们不是喜欢丰满的大腿和柔软的手感吗？我就是丰满柔软的，在床上我总是显得那么丰满柔软，和我在一起难道不愉快吗？难道我不该好好享受吗？然后会怎么样？然后就是肚子痛，但我早知道应该换一个白人。”卡拉本来可以搭上正确的火车。这点永远无法弥补了。只有美国白人的列车才能驶入杂志图片上的梦想世界，驶入富裕、安全和舒适的世界。华盛顿的美国是黑暗而破旧的。这个世界与这里的世界一样黑暗、破旧、肮脏，一样被上帝遗弃。“或许我会死。”卡拉想。也许死就是最好的。卡拉转过身，站在另一头回望广场，目光再次寻找着自己母亲的身影，但贝伦德夫人已经怯懦地快步离开了教堂广场，逃离了这场灾难，甚至没有回头看她的女儿一眼。从教堂里，从那些尚未更换的残破窗扇中，冲出了管风琴的轰鸣声，风琴师正在练习演奏，圣母悼歌的声音升了起来。

55

暴风雪[1]——剧院管风琴的乐声如风一般地飘荡，如波涛一般地起伏，颤抖着，轰鸣着。它在所有扩音器里飘荡，起伏，颤抖，轰鸣。与扩音器同步飘荡、起伏、颤抖、轰鸣的，还有放在约瑟夫身边的手提箱。他正坐在长凳上啃咬一个三明治，他费力地啃咬着叠得厚厚的好几层面包，他不得不把嘴巴张到最大才能从那高耸的三明治上咬下一口。味道很寡淡，火腿尝起来好像变质了，上面还涂了一层甜滋滋的糊状物。甜滋滋的味道让约瑟夫很不舒服，似乎这种甜甜的香气就是为了掩盖火腿变质的事实。那夹在火腿和面包之间的生菜叶子也不符合约瑟夫的喜好，它让这个三明治看起来仿佛是火腿面包的坟墓，上面爬满了绿色的常春藤。约瑟夫感到有些反胃，紧接着被面包噎了一口。他突然想到了自己的死。他只是出于从小被灌输的顺从，才吃了这种陌生的、异国风味的食物，他不能得罪他的奥德修斯老爷。奥德修斯喝起了可口可乐。他把

1　原文为英语，1943 年发行的黑人爵士歌舞片《暴风雪》中的同名歌曲。

瓶子凑到嘴边，一口气喝了个精光，然后把最后一口吐向前排的长凳，唾沫击中了前排长凳的底部横档。约瑟夫成功地躲过了可乐，他总算不用勉强去喝可口可乐，他不喜欢这个新鲜时髦的东西。

华盛顿飞奔起来。他听到了球的撞击声和弹跳声。他听到了剧院管风琴飘荡着、起伏着、颤抖着、轰鸣着的乐声。他听到了各种人声，观众的声音，体育协会的声音，喊叫声，口哨声，笑声。他绕着球场飞奔，喘着粗气，浑身是汗。整个体育场连同四面八方的看台，就像是一个带棱纹的巨大贝壳，仿佛一旦贝壳合上了，就会永远地夺走他头上的天空，就会不断挤压收缩，直到令他窒息而死。华盛顿剧烈地喘息着，大口吞吐着空气。剧院管风琴沉默了。话筒旁的解说员不再吝惜对华盛顿的赞美，他在各个扩音器里称赞他，他在奥德修斯的手提箱里称赞他。华盛顿的名字回荡在整个体育场内。他跑垒成功了。获胜者的名字横亘在体育场里，支撑起了将要闭合的贝壳。这一次，华盛顿打败了贝壳。那两瓣壳没有办法紧紧合在一起了，没有办法将他挤压致死，没有办法立刻就把他吞食。但华盛顿必须一次又一次地战胜它。

“他状态不好。”海因茨在心里评价。他能够看出华盛顿今天不在状态。他心想：“下一个回合他就会输的，如果他输了，那些人就恨不得生吞了他。”他们会发出嘘声，会嘲笑他，讥讽他。想到这些，海因茨就很生气。每个人都有状态不好的时候,他们就一直状态良好吗？“一群流鼻涕小流氓。”他的心头突然涌上了一股羞耻感，但他不知道自己为什么感到羞耻。他脱口而出：“下一回他就不行了。”——“谁不行？”男孩们问。他们在美国德国青少年俱乐部领到了体育场的比赛门票。他们牵着小狗脖子上的绳子，把它也带到了看台上。“就那个,我母亲的黑鬼,”海因茨说,“黑鬼撑不下去了。”

56

理查德找到了贝伦德夫人的家。他向管家的女儿询问她的去向。管家的女儿居高临下地同他说话，字面意义上的居高临下，因为她站得比理查德高两级台阶，不过在引申意义上同样如此。理查德并不是这个其貌不扬的姑娘期待的那个光鲜亮丽的来客,那个成功人士,那个英雄。理查德是走路来的,众神的宠儿应当是开车来的。她看清楚了，理查德只是个普通的士兵，虽然是个飞行员。飞行员当然比寻常士兵要好上一些，伊卡洛斯[1]的名气抬高了

1　希腊神话中的著名工匠代达罗斯的儿子。代达罗斯用羽毛和蜡制造了翅膀，带着伊卡洛斯逃离克里特岛的迷宫，途中伊卡洛斯因飞得太高使双翼上的蜡被阳光融化，跌落海中丧生。

他们的声望，但管家的女儿对伊卡洛斯一无所知。如果乘着飞机而来的理查德直接降落在台阶上，抱着鲜花从机舱里跳出来，他才可能成为这个寡淡无味的女孩期待的新郎。不，他仍旧不可能是她的新郎——他甚至连骑士十字勋章都没有呢。这个女孩生活在一个阶级偏见根深蒂固的世界里，比皇帝时代更僵化、更严苛的繁文缛节统治着她的头脑。她自己设计了一套森严的等级制度，不同等级之间横亘着不可逾越的鸿沟。凭借这种对上下分明的社会阶梯的想象，管家的女儿才忍受得了她在家里的低下地位，她眼中的低下地位；但越是如此，她自认为命中注定的社会等级的提升就越是吸引着她。《回声晚报》的占星栏目向她宣布：只有她会在几乎没有人能做到的事情上取得成功，没错，她现在身处下层，但是一位贵公子或者一位企业家，会带领她在地位和声望的阶梯上到达为她准备的那一根横木。这位贵公子或者企业家，出于命定的原因，暂时也屈居于下层社会，也许还把自己伪装了起来，但到头来贵公子或者企业家肯定会护送她升入上层的辉煌。而且幸运的是，管家的女儿确信，她能够立刻辨认出这些伪装者，绝不可能搞错。理查德就不是乔装改扮的上等人，她看得出来，他只能是下等人中的一个，所以这种态度是与他相称的。所有美国人都是卑微的人。他们只是有时表现得像是来自更高的阶级。尽管他们可能很富有，但管家的女儿看穿了他们——他们就是底层的人。美国人不是真正的贵公子，不是真正的军官，不是真正的老板。他们不相信等级制度——民主思想在德国得到了加强。那个女孩用一个傲慢的手势把理查德打发到了食品铺子的女店主那里。也许贝伦德夫人就在那儿。理查德心想："她这是怎么了？她太滑稽了，她不喜欢我们吗？"女孩直勾勾地盯着他。她有着玩具娃娃般僵滞的眼睛和机械的动作。她的嘴微张着，牙齿有些前凸。她看起来就像一个破旧、丑陋的娃娃，被人丢弃在了台阶上。

57

这一次，华盛顿跑得不够快。他没有跑垒成功。他喘着粗气。他的胸腔剧烈地起伏，就像熔炉前一张一合的风箱。他输了。话筒边的那个人已经不再是华盛顿的朋友了，所有扩音器里都充斥着解说员的咒骂，约瑟夫和奥德修斯之间的小箱子里也传出了同样的咆哮。奥德修斯把可口可乐瓶子扔向球场。约瑟夫害怕地眨着眼睛，四处察看警察的身影，他不希望奥德修斯被他们带走。看台上的每个人都在喝倒彩吹口哨。"现在他们抓住了他，现在他们要干掉他了。"海因茨心想。他并不赞同他们对华盛顿喝倒彩，也不赞同他们干掉他。但他也跟着大吼大叫，跟着一起吹口哨。他和群狼一起嚎叫："那个黑鬼不行了。我妈妈的黑鬼不行了。"孩子们都笑了。就连小流浪狗也伸长脖子叫起来。一个胖男孩说："没关系，他们会给他好瞧的！"海因茨心里骂道："我倒是要给你点好瞧的，恶心的流鼻涕小鬼。"但他仍在嚎叫，咆哮，吹口哨。这是一场红星队对阵客队的比赛。观众们都站在客队的一边。

埃兹拉不支持这一边也不支持那一边。棒球场上的比赛激不起他的任何兴趣。总有一方会获胜。毫无新意。总有一方会赢，但赛后他们就会互相握手，然后肩并肩走进更衣室。这太无聊了。要战斗就必须与真正的敌人战斗。他眉头紧锁，小额头上布满皱纹，那修剪得极短的红发也似乎成了一顶发皱的便帽。他又看到了那个男孩和他的狗，中央市集停车场上的男孩和狗。这是始终纠缠着他的问题。这不是一场比赛，这是一场战斗。他只是还没想好该怎样与对方较量。克里斯托弗问道："你怎么了？你根本不看比赛！"——"我不喜欢棒球。"埃兹拉回答。克里斯托弗有些生气。他喜欢看棒球，他很高兴能够在德国观看一场棒球比赛，他原以为带埃兹拉一起来体育场也能让他开心。埃兹拉的表现却令他有些扫兴。他说："如果你不喜欢，我们可以走。"埃兹拉点点头，心想："看来只能这样做了。”他又开口道：“你能给我十美元吗？”克里斯托弗对埃兹拉的这个要求感到惊讶。“十美元可是不少钱。”他说，“你是想买什么东西吗？”——“我不是想花钱。”埃兹拉说。他朝看台一侧望去，那群孩子正和狗坐在一起。克里斯托弗不知道埃兹拉在想些什么，他说：“如果你不打算花钱，那我为什么要给你钱呢？”埃兹拉又皱起了眉头，脑门后面也开始隐隐作痛。要让克里斯托弗明白这一切是多么困难啊！要怎么跟他解释！他说：“我真的需要十美元，因为我可能会迷路。我可能会找不到回家的路。”克里斯托弗笑了，他说：“你想得太多了。你和你妈妈一样太喜欢瞎操心了。”但他转念一想，觉得埃兹拉的想法也很合理，于是说道：“好吧。我给你十美元。”他们站起身，穿过一排排观众。埃兹拉又坐着他的飞机升上了天空，他在球场上空投下了一枚炸弹，把两支球队都炸得人仰马翻。埃兹拉又看了看海因茨和那条狗，心想：“他今晚会来吗？他不来可就糟透了。”

58

“贝伦德夫人会很高兴的。”开食品铺子的女人说，“要是贝伦德夫人这会儿在这里，她会很高兴的！”她把理查德逼进了店铺的角落，角落里成堆的包装纸下藏着一个麻袋，里面是眼下又稀缺了的白糖。理查德突然感到又饿又渴。他看到自己和女店主之间隔着一个盘子，上面放着一块火腿，脚下还有一箱啤酒。德国的空气，或者是这家店里弥漫着的陈腐食物的气味，似乎会让人又渴又饿。理查德很想请女店主卖给他一瓶啤酒和一片火腿，但是这个女人把他逼迫得太紧了，仿佛把他囚禁在了店铺的角落里。他感觉自己就像那袋白糖，需要好好看管，然后凭着女店主的精打细算或是善心大发分发给别人。一想到自己听从了父亲多愁善感的提议，来看望这个从战后不久就不断收到美国包裹的远亲贝伦德夫人，他就有点恼火。女店主恰巧提起了包裹。她凑近他，向他描述战争刚结束时的艰辛，她俯下的身体越来越靠近那块火腿，他盯着火腿的眼神便越来越充满渴望。“他们从我们这里拿走了一切，什么都没有了。”女店主说，“然后他们给我们送来了黑人，您也是德国人的后裔，您能明白这点，我们不得不和黑人打交道，以免饿死。这就是贝伦德夫人最大的悲哀！”她用期待的眼神注视着理查德。理查德并没有完全掌握德语。黑人在这里怎么了？我们空军里也有黑人。黑人和其他飞行员开一样的飞机。理查德对黑人没有任何负面想法。他们对他来说并不重要。“她女儿……”女店主说。她压低声音弯下腰，凑到理查德面前，她的围裙边缘已经蹭到了火腿最外层的油脂。理查德对贝伦德夫人的女儿一无所知，贝伦德夫人在给威廉·基尔希的信中没有提起过她的女儿。理查德琢磨着，难道贝伦德夫人为了摆脱饥饿不得不委身于一个黑人，然后跟他生了一个女儿？她也太老了，她还能为了面包出卖自己吗？理查德对火腿还有胃口吗？想到贝伦德夫人的女儿，理查德开口说道："早知道我应该带玩具来的。"——"玩具？"女店主不理解理查德的意思。这个出生在美国的年轻人，父亲怎么说也是个德国人，难道已经彻底美国化了吗？连对礼貌和得体的基本意识都丧失了吗？他是想取笑德国人的困窘不堪和误入歧途吗？她板着面孔问："给谁的玩具？我们已经不同她女儿来往了。"她认为理查德也不会与贝伦德夫人的女儿来往。理查德心想："这关我什么事呢？贝伦德夫人的女儿跟我有什么关系呢？我好像一脚踩进了什么地方，越陷越深，我的原籍，我父亲的故乡，曾经定居于此的家族，这样一个一旦陷入就难以动弹的地方，这是片沼泽。"他把自己的视线从火腿上扯了回来，这家店铺就是贫困、油腻食物、嫉妒、匮乏和幻想的奇怪混合物，他要赶紧从这堆东西的纠缠中摆脱出来。他的脚不小心踢到了啤酒，于是他说，他晚上会去啤酒坊，他父亲曾建议他去那里，如果贝伦德夫人愿意，她可以去那里找他。他其实根本不在乎见不见得到贝伦德夫人——贝伦德夫人连同她的黑人女儿。

59

“没有预订床位。没有为您预留的床位。”护士回答。她单调的声音就像电话接听服务放的唱片一样，只要拨通某个号码，这个声音就开始一遍又一遍地重复相同的信息。“没有预订。没有查到任何记录。”那个声音又说。“但是弗拉姆医生说过……”卡拉不知所措，“一定是搞错了，护士。弗拉姆医生告诉我他会打电话的。”——“没有任何消息。弗拉姆医生没有打过电话。”护士的脸如同石像，她看起来就是像公共喷泉上的石雕。卡拉提着一个小手提箱站在舒尔特诊所的接诊室里。手提箱里有她的衣服，有一个装着化妆品的橡胶袋，还有最新的美国杂志，色彩缤纷的画报，描绘着好莱坞演员幸福的家庭生活。卡拉用好莱坞的幸福武装了自己，她已经做了充分的准备，准备好让人把孩子打掉，把这个黑人男朋友的孩子杀死，这个来自黑色美国的敌人男朋友的孩子。“他一定为我预留了床位。弗拉姆医生答应过我的。我必须马上做手术。非常紧急。”卡拉一再强调。“没有收到任何指示。没有预订床位。”看来这尊石像只有在地震的时候才能活动起来，只有在医生的指示下才会为她开放通往流产手术床位的道路。“那我就在这里等弗拉姆医生。”卡拉说，“我告诉您，护士，一定是哪里弄错了。”她很想哭。她很想告诉护士她给弗拉姆医生送了那么多礼物，在这个什么都没有的年头，没有咖啡、没有烈酒、没有香烟的时期。她在一张长凳上坐了下来，长凳硬得让她感觉自己是受审的犯人。护士接起了电话，她说的话还是和邮电业务的唱片录音一样：“对不起，没有空位。对不起，没有床位了。”护士单调、冷漠、机械地处理着电话那头看不见的求助者。这家诊所的床位需求量似乎很大。

60

约瑟夫睡着了。他坐着睡着了。他坐在体育场的看台上睡着了，但对他来说，这和睡在床上也没有什么区别。他习惯了硬床，只是此刻他身下的这张床是医院的病床，穷人救济所里的床，特别硬的床，他的临终之床。这是他人生旅途的终点。在体育场里，在工作中，在为他人服务的过程中，在为一个远道而来的陌生临时主人看管行李的时候，约瑟夫酣然入睡。围着他的是扩音器里涌出的滔滔不绝的话语，对一场毫无意义的草地球类比赛的解说，与此同时，同样的噪声和人声还轻轻地从他携带和保管的那个小手提箱里渗出来，毫无意义地同他对话，向他一个人传递着毫无意义的信息。沉睡中的约瑟夫知道，这是他的最后一份工作了，一项轻松、有趣的服务，搬运这个小手提箱，提着这个小音乐盒，服务一位高大慷慨的主人，尽管他是黑人。约瑟夫知道自己会死。他知道自己会死在那张病床上。在他人生旅途的尽头，死在为穷人开设的医院里，不然还能怎么样呢？即将踏上这段伟大的旅程，他准备好出发了吗？整理好行装了吗？他想："上帝会原谅我的，他会原谅我为游人服务时的那些小伎俩，无非是对远道而来的游客编几句谎话，把他们带到比原本的目的地更远一些的地方。"这家医院里的护士非常奇怪。他们穿着棒球服走来走去，手里还拿着球棒。上帝是对约瑟夫生气了吗？这些人是要殴打他吗？医院的大门口站着奥德修斯。但这不是走在城里大街上的那个善良慷慨的奥德修斯。这是来自大教堂塔楼的奥德修斯，一个危险的、令人恐惧的恶魔。他的脸与塔檐上的魔鬼面孔合二为一，他曾在那张脸的下方署上了自己的姓名和出身地。奥德修斯是一个黑魔鬼，千真万确，一个邪恶的黑魔鬼，他与任何一个可怕的恶魔没有任何区别。魔鬼想从约瑟夫身上得到什么呢？除了一些在这个行业里司空见惯的小伎俩，约瑟夫不是一向都很守规矩吗？他不就是为所有人提行李箱吗？他不就是上了战场吗？难道上战场恰恰是一种罪过？履行义务也是一种罪过吗？义务本身是罪吗？这项当时每个人都在谈论、书写、高呼和赞美的义务是罪吗？如果要把这项罪名记在约瑟夫的账上，那么它不更应该记在上帝的账上吗？就像酒馆老板在黑板上记着没有付钱的啤酒。真的！它一直折磨着约瑟夫。它始终在暗中折磨着他。他不愿多想：他杀过生，他杀过人，他杀过游客，他在贵妇小径和阿尔贡森林杀死了他们。他一生里唯一的旅游目的地，贵妇小径，阿尔贡森林，却不是什么美好的地方，人们千里迢迢赶去那里，只为杀戮和被杀。“主啊，我该怎么办？我能做些什么，主。”这笔已经记下来再也无法抹去的账，这笔名目为被迫杀人的账，如今把他交到了恶魔手里，黑魔鬼奥德修斯，这公平吗？嘿！嘿！好！有人开始打他，恶魔已经向他扑去。约瑟夫尖叫起来，但他的尖叫声消失在了其他尖叫声中。他的肩膀被击中，他一下子清醒过来，突如其来的惊吓让他回到了现实生活。恶魔奥德修斯，善良的奥德修斯，国王奥德修斯，友好的恶魔，拍了拍约瑟夫的肩膀。然后他跳上看台的凳子，手里握着可口可乐瓶子，就像握着一枚准备投掷的手榴弹。扩音器里轰鸣不断。体育场内充斥着喧哗、口哨、跺脚、尖叫。解说员嘶哑的声音从收音机箱子里传出来。红星队赢了。

他赢了。华盛顿赢了。他跑了最多的垒。他拼尽全力为红星队赢得了胜利。巨大的贝壳并没有“啪”的一声合上。至少现在贝壳还没有闭合。也许贝壳永远不会在华盛顿的头顶上闭合，永远不会夺走他的天空。华盛顿没有被体育场吞食，他成了看台上所有人的英雄，每个人都在呼喊他的名字。广播解说员与华盛顿重修旧好，他们之间的友谊又回来了。每个人都在为华盛顿欢呼。他喘着粗气。他自由了。他是一个自由的美国公民。歧视不存在了。他满头大汗！他不会停下脚步。他会绕着球场跑得越来越快。奔跑使他自由，奔跑把他带回生活的轨道。奔跑为华盛顿在这个世界上留出了位置。他为卡拉留出了位置。他为一个孩子留出了位置。如果华盛顿永不停下飞奔的脚步，如果他还能越跑越快，那么他们就都能在这个世界上获得一席之地。

“状态还是不错的。”——“他当然状态很好。”——“这个黑鬼状态到底不错。”——“不要叫他黑鬼。”——“我是说他状态好。”——“他状态再好不过了。”——“你不是说他不行了吗？”——“我说了他行。华盛顿总是状态很好。”——“你说你妈妈的那个黑鬼不行了。”——“闭嘴，笨蛋。”——“敢打赌吗？你说了。”——“我说闭嘴，坏蛋，撒谎精。”他们在体育场的出口扭打成一团。海因茨为华盛顿而战。他从来没有说过华盛顿身体状况不佳。华盛顿状态很好。他简直太棒了。朔尔施、贝内、卡雷和泽普把这两个打得不可开交的孩子围在中间，看着他们把拳头砸到对方的脸上。“给他一拳！”贝内喊道。海因茨停下了手。“和你没关系，无赖。”他吐出一口鲜血，吐在了贝内的脚边。贝内立刻举起了拳头。“别管他！”朔尔施喊道，“他就是要激怒你！别管他，那是个白痴。”——“你才是白痴。”海因茨骂了回去。但他同时往后退了几步。“这比赛一点意思都没有。”泽普说着打了个哈欠。男孩们是从美国德国青少年俱乐部拿到的门票，不用他们花一分钱。——“我们现在干什么？”卡雷问道。“不知道。”朔尔施说。“你知道吗？”他问泽普。“不。不知道。”——“电影院？”卡雷提议。“我已经都看过了。”朔尔施说。他看过所有正在放映的犯罪片和西部片。“电影院没什么意思。”——“赶快天黑就好了。”贝内说。“赶快天黑就好了。”其他人鹦鹉学舌。他们还是对夜晚寄托了些什么希望。他们弓着身子从体育场走了出来，双手插在上衣口袋里，手肘向外张着，双肩疲惫地紧绷着，好像刚干完繁重的体力活。金色部落[1]。“那条野狗呢？”海因茨叫起来。打架的时候，他不自

1 第三帝国时期带有反希特勒青年团色彩的地区性民间青少年组织。

觉地松开了绳子。那条流浪小狗跑掉了。它已经消失在了人群中。“该死！”海因茨咒骂道，“今天晚上我拿这条狗还有用。”他愤怒地转向他的同伴，说：“你们怎么不小心点，你们这些流鼻涕鬼。那条蠢狗值十美元呢！”——“你自己怎么不看好它呢，黑鬼私生子，你更龌龊。”他们又扭打成了一团。

华盛顿站在体育场淋浴间的喷头下。冰凉的水柱让他清醒过来。他感到自己的心还在抽搐，一时间喘不过气来。水流从他身上冲走了气味浓烈的汗液。他的状态仍然保持得很好。他的身体还很健壮。他拉伸肌肉，挺起胸膛，肌肉和胸膛一切正常。他又把自己的生殖器官摸了一遍，也都很好，一切正常。但是心脏呢？心肺功能呢？拖他后腿的就是它们。它们出毛病了。还有风湿病！或许他真的活跃不了多久了，运动场上不会再出现他矫健的身姿。他只能在家里、在床上继续好好表现了。他能做什么呢？他能为自己、为卡拉、为孩子，甚至为小男孩海因茨做些什么呢？他冲完了澡，擦干了身体。他可以离开军队，卖掉天际蓝豪华轿车，再当个一年运动员，然后就到巴黎开一家小酒馆。巴黎没有偏见。他可以在巴黎开一家小酒馆——华盛顿的酒馆。他必须和卡拉谈谈。他可以和卡拉一起住在巴黎，不用为了他们的生活而和什么人产生分歧。他们可以在巴黎开酒馆，挂出他们的招牌，可以用五颜六色的灯泡照亮它，他们的招牌上写着：欢迎所有人。他们会在巴黎幸福地生活，两个人都感到幸福。想到这儿，华盛顿吹起了口哨。他现在就很幸福。他吹着口哨离开了淋浴间。

61

弗拉姆医生在做消毒工作。他站在舒尔特医院的盥洗室里，清洗着自己的双手。“像本丢·彼拉多[1]一般清白无辜，心情舒畅。”他揉搓着一块杀菌的肥皂，用硬毛刷子擦洗手指，刷子的刷毛在指甲上来回拉扯。他相信，避免感染是最重要的，他想：“我得再剪剪指甲，塞麦尔维斯[2]，他们现在要把他的事迹也拍成电影了，我在报纸上读到了，他们会把子宫炎展示在银幕上吗？那倒是个好主意，特写镜头，一定能把人吓住，吓得他们什么也不敢做了，倒是没有人来把我的生活拍成电影，我也无所谓。”他开口道：“这不行。对不起，卡拉女士，没有办法为您做这件事。”他身旁的卡拉并没有挪动

---

1 根据《圣经》，罗马帝国犹太行省总督本丢·彼拉多判处耶稣钉死于十字架，他曾在众人面前用清水洗手，表示杀害耶稣的罪与他无关。参见《马太福音》第27章第22—26节。

2 伊格纳兹·菲利普·塞麦尔维斯（1818—1865），匈牙利妇产科医师，现代妇产科消毒法的倡导者之一。塞麦尔维斯发现，若医师在接生之前先消毒双手，可以有效降低产褥热的发病率。

脚步，她站在台盆旁，看着弗拉姆在镍制水龙头的强力水流下擦洗自己的双手。卡拉看着镍制的水龙头，看着流水，看着肥皂泡沫，看着医生那双在肥皂、刷子和热水的共同作用下变成虾红色的手，她心想："屠夫之手，真正的屠夫之手。"她说："您不能这样，医生。"她的语气并不确定，声音紧张而干涩。医生说："您没有任何疾病。您怀孕了。大概在第三个月。仅此而已。"卡拉顿时感到一阵反胃，几乎忍不住要干呕起来，那是专门折磨孕妇的恶心感觉。她不明白："为什么我们会以这种方式来到世界上？"她几乎想捶打自己的身体，捶打那日渐隆起、像南瓜一样膨大的腹部。她心想："我必须和他谈这件事，必须得和他谈谈，但我现在还不能跟他说。"她又开口道："在您的诊所里您说过，让我到这儿来找您。"医生回答："我什么也没说过。您看，孩子的父亲想要保住他。我又能做什么呢？"她心想："他来过这儿了，那个黑人混蛋来过这儿了，找这个医生已经没有用了，现在弗拉姆不愿意了，现在他不愿意了，我白给了他那么多东西。"她后悔给了医生那么多咖啡、香烟和烧酒。一阵更汹涌的恶心袭来，她不得不紧紧抓住台盆，她想："我忍不住了，我要吐了，我要吐在他的手上，吐在他那双恶心的泛红的屠夫之手上，那双手在人身上无所不至，指甲总是剪得很短，直接伸进你的命里。”她说：“但是我不要他！您听懂了吗？我不想要！”她的喉咙仿佛被扼住了，眼泪一下子涌了出来。弗拉姆想：“她看起来马上就要崩溃了。她的脸色十分苍白。”他抓来一把椅子推到她的面前，说：“您坐吧！”他想：“希望她不要在这儿歇斯底里，如果我帮她把孩子打掉，我一定会陷入麻烦的。”他的手触碰过了椅子，又得仔仔细细擦一遍肥皂了。“我会说服她的。”他想，“这是在帮她们，一开始都跑来哭诉，到头来还不是都成了幸福的母亲。”他对卡拉说：“请您冷静一点。您的男朋友是个好人。我向您保证，他会成为一个很棒的父亲。他会照顾好您和孩子。您只要把注意力放在孩子身上就好。到时候您及时通知我，我来为您接生。我会让整个过程毫无痛楚。您不会有任何感觉，顺顺利利就得到了一个孩子。”——“我会把婴儿放在她的胸脯上。”他想，“我真心希望她会喜欢他，现在看起来当然不像，可怜的小家伙，还被一片黑暗包裹着就已经遭人憎恶了，但是父亲坚持要保留他，我又能怎么办呢？那个父亲想必是了解实际情况的。”卡拉心想：“华盛顿这个混蛋，弗拉姆这个混蛋，两个混蛋合谋演了这一出，逼得我无路可走了。”她嘴上说：“那我就去找别人。”她心里想：“找谁呢？韦尔茨夫人肯定认识什么人，妓女们都认识这样的人，早知道我就把香烟和咖啡给那些妓女了。”——“您不会那样做的。”弗拉姆说，“好了，您别再说了，卡拉女士。这比您想象的要危险得多。到时候就没有人能帮得了您了。您认为我整天洗手只是为了消遣吗？还是说因为我嫌弃病毒？我见多啦，早就没什么东西会恶心到我了。”他渐渐失去了耐心，这个女人耽搁了他太多时间，他爱莫能助。卡拉想：“我真应该直接吐在他的手上，这就是他该得的，这就是那双屠夫之手该得的，这样够他好好洗一阵子了。”——“事情没到这么悲惨的地步。”弗拉姆说。“这就是死路一条。”卡拉心想。

62

“这太可怕了。”贝伦德夫人心想。她为什么碰上了这么倒霉的事！她出趟门，只想去教堂咖啡馆和太太们从容惬意地聊聊天，却被迷失了的女儿搅得心烦意乱、恼怒不已，从容惬意的闲聊彻底泡汤，只剩下耻辱和迷茫，时代的耻辱，以及身陷混乱、歧途和道德深渊中的迷茫。就在她遭遇这些烦心事的时候，就在她被这种耻辱纠缠的时候——她难道就不能待在家里吗？在阁楼里会从容惬意得多，卡拉根本就不会到阁楼来——有一位来自美国的拜访者正在打听她的行踪。一个亲戚，威廉的儿子，总给她寄包裹的威廉。太不凑巧了！是食品铺子的女店主向她转达了这件事。她朝贝伦德夫人招手，把她喊进了店里。基尔希家的男孩不久前就站在这儿，他还提到了那些包裹。这个女贩子，这个沉迷八卦、嫉妒成性的女人——贝伦德夫人一眼就看出她是这样的人，她对这些再熟悉不过了——显然会把所有事情都抖搂给他，跟他说卡拉和黑人的事，她肯定已经把贝伦德夫人告诉她的一切都说给他听了。大洋对面的美国人对黑人可没那么宽容，种族耻辱，雅利安证明，黑人也好犹太人也罢，都一样，卡拉都会干出这种事，这在她的家族里真是闻所未闻，她家族里的雅利安血统证明向来完美无瑕，而现在却遭受了这种耻辱！“他在啤酒坊等你。”女店主说。在啤酒坊？那只是个借口吧，是逃避和回绝的借口。基尔希家的男孩从美国远道而来，来拜访贝伦德夫人，来看望这位德国亲戚，然后他竟然约她去啤酒坊。这不正常！女贩子早就知道！她不乐意看到有钱的美国亲戚来找她。所有的美国人都很有钱。所有的美国白人都很有钱。美国人寄来的食品包裹已经够让女贩子眼红的了。基尔希家的男孩肯定已经走了，失望地回去了，回到美国的富裕和体面里去了。贝伦德夫人突然将基尔希家男孩的消失归咎于卡拉。基尔希家的男孩是为了逃离道德沦丧、逃离耻辱和堕落才匆匆离去的。卡拉的堕落和耻辱让他望而却步。他带着美国的财富宣布与在耻辱和堕落中越陷越深的德国旧家庭脱离关系。这是卡拉的错，都是她一个人的错。女店主做得对，应该把一切都告诉他。女店主是个正直的女人。女店主是正派人士中的一分子。如果贝伦德夫人从别人身上察觉到这样的丑事，她也会毫不留情地把它公之于众。贝伦德夫人把身体探过柜台，她的胸脯擦过奶酪上的钟形罩，一块美因茨手工奶酪在罩子下面慢慢融化。她凑近女店主轻声问道:“您告诉他了？”——“告诉他什么？”女店主反问。她双手叉腰，挑衅地看着贝伦德夫人。她心想:“别忘了，你还想从我这里搞到白糖呢。”贝伦德夫人压低声音说:“关于卡拉。”女店主向贝伦德夫人射去一道严厉而愤怒的目光，她已经用这种眼神驯服了许多顾客，可怜的顾客，拿着定量供应卡的顾客，普通消费者。不要以为过去的事一去不返了，农民协会反对新食品配给，工会考虑控制重要食品。女店主说:“您是什么意思，贝伦德夫人，我怎么会做这样的事！”贝伦德夫人重新直起身子，她心想:“她一定告诉他了，她显然告诉他了。”女店主掀开了钟形罩，奶酪早已变质，一股腐烂的气息升腾了起来。

63

菲利普想起了奥得河大桥。一座仿佛罩在玻璃下的桥。火车像穿过玻璃隧道一样驶过大桥。旅客们脸上泛着白光。光线像牛奶一样渗入隧道，太阳变成了苍白的月亮。菲利普喊起来：“现在我们在一个奶酪罩子下面！”菲利普的母亲叹了口气：“我们又回到了东边。”对于菲利普的母亲来说，跨过奥得河上的大桥，就代表着从西边跨到了东边。她讨厌东边。她不禁叹气，因为她不得不在东边生活，远离首都的繁华，也远离了西南地区狂欢节的各种欢庆。对于菲利普来说，东边意味着孩子们的王国，意味着冬天的欢乐、炉边的猫、烘箱里的烤苹果，意味着宁静，意味着雪，意味着窗前那美丽、轻柔、静谧、冰冷的雪。菲利普喜欢冬天。白胡德医生却试图在菲利普头上支起一个由乐观主义和夏日欢乐构成的钟形罩。“他永远不可能把我带回过去，他也不可能成功地改变我。”菲利普正躺在白胡德昏暗的治疗室里，躺在诊疗床上。他不断地越过奥得河。他一次又一次地坐着火车，驶过钟形罩下的桥，穿梭在变白了的日光下。他的母亲在哭泣，但菲利普正在前往孩子们的王国，他驶向寒冷、宁静和白雪。白胡德开始了描述：“这是一个美丽的夏日。您在度假。您躺在草地上。您无事可做。您很放松。”在遮了光的房间里，白胡德像一个轻柔的梦中人影，他站在菲利普身旁，向他俯下身去。梦中的身影把手轻轻地放在了菲利普的额头上。菲利普躺在医生的床上，在失笑和紧张之间挣扎着。好心的白胡德这么努力，绞尽了他最后的脑汁，好不容易想出了这么一个假日场景。而菲利普根本不在乎美丽的夏日。他没有假期。他一生中从来不曾度假。或许也可以理解为，生活从来没有给菲利普放过假。菲利普一直想做点什么。他总是对浩大的工程念念不忘，他相信一旦开始这样的工作，他便会为之耗尽自己的所有精力。他在思想上为这项既吸引他又令他恐惧的浩大工程做足了准备。他可以毫不夸大其词地说，工作永远也不会放过他。无论他走到哪里，站在哪里，甚至在睡觉的时候，工作都折磨着他，同时也使他愉悦。他觉得这项工作才是他的天职，但他从来没有，或者很少，真的做过什么事情，他甚至没有去尝试。从这个角度来看，他的人生到目前为止就是一段长假，一段体验很差的假期，一段遇上恶劣天气的假期，糟糕的住宿条件，糟糕的旅伴，一段没有带够钱的假期。“您正躺在草地上——”他没有躺在草地上。他正躺在白胡德医生的病床上。他并没有疯。在他之前，有多少疯子、多少歇斯底里和神经质的患者曾躺倒在这张企图让病人放松下来的床上呢？白胡德一直致力于替他的病人编造出关于美好假期的梦境：出自疯狂的假期、出自幻想的假期、出自恐惧的假期、出自癖好的假期、出自冲突的假期。菲利普心想：“我该做梦吗？

我为什么要做白胡德的梦？白胡德打算在我们意识的最底层找出一个平平无奇的小职员，我厌恶草地，我为什么要躺在草地上？我从不躺在草地上，大自然在我看来十分恐怖，大自然令人不安，雷雨造成表皮上和神经里的电压波动，令人躁动不安，没有什么比大自然更邪恶的了，只有雪是美丽的，安静友好、轻柔飘落的雪。”白胡德说：“您现在完全放松下来了。您在休息。您感到幸福。您感觉不到一丝忧虑。您不被任何沉重的思虑所困扰。您感觉非常惬意。您快要睡着了。您在做梦。您身处美好的梦境。”白胡德踮着脚尖离开了菲利普。他走进了隔壁没有遮光的房间，那里放满了他不太情愿使用的更为粗暴的精神治疗器械。要是埃米莉亚看到这些仪表盘和电击器，一定会吓坏的，她非常害怕医生，她认为他们都是虐待狂。白胡德在自己的办公桌前坐下，从病人档案中取出了菲利普的那张纸。他想起了埃米莉亚。他心想：“他们不是寻常的夫妻，但他们的确般配，我甚至相信他们的婚姻关系是坚不可摧的，虽然乍一看这更像是一种病态关系而非婚姻，菲利普和埃米莉亚，以一种扭曲古怪的姿态陷于这段婚姻，但正因为他们都不适合结婚，才互相难舍难分，我打算同时对他们两个人进行心理治疗，让他们互相治愈，不过为了什么呢？我想治愈他们什么呢？他们的现状并没有让他们感到不幸，如果我治愈了他们，菲利普就会去报社找个工作，埃米莉亚就会和其他男人睡觉，这是我要的治疗效果吗？我还是多运动运动吧，埃米莉亚那天真无邪的魅力牵扯我太多注意力了，她不会和我睡觉的，在被治愈之前她只会和菲利普睡觉，埃米莉亚和菲利普靠着嫉妒、纠葛和忠诚承受着婚姻的反常。”

64

埃米莉亚立刻就认出了埃德温。她认得这个戴着漂亮黑帽子的男人，这个颇有些英国贵族气质的人，一只老秃鹫，一个老皮条客，他就是菲利普喜爱的那些文学家里的一个。然后她想起了埃德温的一张照片，菲利普把它钉在了他办公桌前的墙面上，在一堆空白稿纸之上。埃米莉亚想：“这就是屡获殊荣的大作家埃德温，这就是菲利普想要成为的榜样，也许他能够做到，我多希望他可以，不过我又担心，菲利普的长相也会变成埃德温这个样子吗？这么老？这么高不可攀？我想他看起来不会那么高不可攀，他看起来不会那么像一个英国贵族，也不会像一只秃鹫，他最多像个老皮条客，以前的文学家看起来和现在的完全两样，我不想菲利普有多大成就，如果他功成名就，他就会离开我，但我希望他多少有些进展，不需要太多，只要够我们离开这里并且一直有钱可花，但如果我们通过这种方式挣了钱，那么钱就属于菲利普，我可不希望菲利普有钱，我希望自己有钱。”埃米莉亚很了解自己。她知道，如果她能成功地将自己的一栋房子卖掉，她就能向菲利普提供丰厚的零用钱，但菲利普每一次的绝望尝试都会受到她的干扰，她会阻碍他工作、阻碍他写那本计划已久的书。“我会无所不用其极，我会比以往任何时候都更坏，我不会给他片刻的安宁，可怜的菲利普，他是个很好的人。”想到菲利普，她常常会被汹涌的情绪击倒。她开始考虑，自己是否应该尝试去结识埃德温。梅萨利纳不会错过这个机会。“她会想尽办法把他拖到自己的派对上，可怜的埃德温。”埃米莉亚不会带埃德温去参加派对。她只是相信，如果她告诉菲利普，她认识埃德温，菲利普一定会十分惊讶。埃德温在德沃斯夫人的店里翻找古董，眼下他正在赏玩一些微型画像。他有一双精致修长的手，关节根部覆盖着明显的毛发。他把放大镜举到眼前，细细观察那些微型画像，这让他的脸看起来更加像秃鹫。德沃斯夫人向埃德温展示了一座蔷薇木圣母像。它原来属于菲利普，是埃米莉亚把它卖给了德沃斯夫人。埃德温把这座小雕像放在放大镜下细看，然后询问了它的价格。德沃斯夫人低声报出了价格，她显然不想让埃米莉亚听到。“她一定把价格抬高了很多。”埃米莉亚心想。埃德温把精美的蔷薇木小雕像放回到了桌子上。这让埃米莉亚觉得，他是一个吝啬的人。德沃斯夫人也对埃德温感到失望，转头对埃米莉亚说："你这回带来了什么，孩子？"她总是叫埃米莉亚"孩子"，面对那些想卖东西的顾客，德沃斯夫人总带着几分前宫廷侍女的傲慢和女教师的严厉。埃米莉亚结结巴巴地说了几句，她羞于在埃德温面前打开那个可笑的苏格兰格纹包。不过她转念一想："我为什么要难为情呢？如果他比菲利普有钱，那只能说明他比菲利普走运。"她递给德沃斯夫人一个陶瓷杯子。这是一个来自柏林皇家制瓷厂的杯子，内侧镀金，外侧绘有弗里德里希大王的小画像。德沃斯夫人接过杯子，把它放在了自己的古董写字柜上。埃米莉亚想："现在她倒不和我讨价还价了，当着埃德温的面，她还想保持一张友好的面孔，埃德温一走，她就会给我看她的真面目了。"埃德温在这些古董里找不到一样能让他提起兴趣的东西。这家店的东西都是二流货色，那个小圣母像又开价过高。埃德温知道它的价值，他虽不是收藏家，但也会时不时地买上一件自己中意的古董。他只是出于无聊才走进德沃斯夫人的店铺。在这个午后，这座城市突然让他感到百无聊赖，它没有向他展示任何悠久传统的积淀，也没有让他感到一丝一毫的深邃与神秘。这就是一座普通的城市，生活着普通的居民。也许埃德温会在他的日记中记录下这座城市的这个午后。这本书会在他死后出版，人们会在书里找到真理。在真理的光辉中，这座城市的这个午后也就不再平凡。埃德温拿起埃米莉亚的杯子，端详起弗里德里希大王的画像。他喜欢这个杯子。“这是一张英俊的脸。”埃德温心想，“灵魂和忧愁，他的诗歌、他的战争和他的政策都是徒劳挣扎，不过他还款待过伏尔泰，而伏尔泰之后提起他来却并没有笔下留情。”他询问了杯子的价格。德沃斯夫人向埃米莉亚做了一个尴尬的手势，并试图把埃德温拉进店铺后面的一个小凹间。埃米莉亚心想：“她很恼火，如果被我知道埃德温付了多少钱，她就很难用她原来盘算好的价格打发我了。”埃米莉亚津津有味地旁观着这个生意人的尴尬处境，她又想：“真有意思，埃德温竟然也如此中意这件菲利普的心爱之物。”埃德温也看穿了生意人的把戏，他并不在意这些，但也没有跟着德沃斯夫人走进小凹间。他把杯子放回到写字柜上就转身离开了，仿佛这个杯子突然令他心生厌恶。埃米莉亚在这一刻考虑的是，要不要直接拿走杯子在大街上拦住埃德温并把杯子卖给他。但她转念又想：“这和乞讨有什么两样，还会让德沃斯永远对我怀恨在心，她这会儿已经生气了，怕是要开给我更低的价格了，而埃德温根本没看我一眼，他就像面对着一把丑陋的旧椅子，对埃德温来说，我只不过是一把丑陋的旧椅子，我憎恨这些文人，这些傲慢的家伙。”埃德温走在大街上，他想：“这个贫穷的女人，她对女店主心怀畏惧，我本来可以向这个年轻女人伸出援助之手，但我没有帮她，我为什么没有向她伸出援手呢？这值得探究。”埃德温也会在他的日记里提到这个杯子，提到埃米莉亚。它和她同样会显现在真理的光辉中。在真理之光的照耀下，埃德温会考察自己在这个下午究竟是一个善人还是一个恶人。但不管怎么说，沐浴在真理之光中的埃德温、埃米莉亚和弗里德里希大王，都会披上一层超凡脱俗的神圣色彩。

65

没有超凡脱俗，没有豁然开悟，没有真理之光。菲利普躺在哪里？在昏暗的房间里。“他让我做梦，小个子造梦医生，小个子心理治疗师，坐在隔壁房间填写我的病历卡，我的梦境卡，小个子官僚作风的心理医生，正在登记：菲利普做梦了，梦到草地，梦到假期和幸福的夏日时光，快离开草地吧，我受到了霍勒太太[1]的邀请，她抖落被子上的

---

1 《霍勒太太》是《格林童话》中的一篇故事。霍勒太太在窗口抖动被褥，站在窗下的勤劳女孩就沐浴在了金币雨中，而懒惰女孩则被浇了满身的沥青。

雪，凉爽、温柔、暗喜、宁静的雪，惬意的瓷砖炉子，一只猫弓起腰发出呼噜声，烤苹果在烘箱里滋滋尖叫，我在给人偶穿衣服，让它们登台表演，炉台就是我的小舞台，演戏很有意思，但最重要的是把人偶打扮好，一个娃娃穿得像埃米莉亚，一个娃娃像绿眼睛的小美国人，她可以演堂希尔[1]，穿绿裤子的堂希尔，调皮活泼的绿色裤子、绿色眼睛，清新，活力，桑妮拉永远那么新鲜[2]，手里握着剑，我的小情郎，还是说你是那个远走他乡只为去学习恐惧的傻小子[3]？要成为男孩你还缺少一样小东西，真为你的女朋友们感到悲哀，但至少恐惧你是可以学会的。要怎么打扮埃米莉亚呢？她是奥菲莉亚，可怜的孩子从自己的歌声中被拖入了泥泞的死亡[4]。在我十四岁的时候，我总是自顾自地背诵哈姆雷特的台词，死去睡去也许还会做梦[5]，青春期的疼痛，眼下我正在小个子白胡德这里做梦，我要把我的哈姆雷特演给他看吗？他总是期待着与肉欲有关的不雅自

---

1 西班牙剧作家蒂尔索·德·莫利纳（1583—1648）的喜剧《绿裤子堂希尔》中的人物。少女胡安娜为了追回变心的恋人，女扮男装化身为穿绿裤子的堂希尔。

2 桑妮拉是始于1904年的德国人造黄油品牌。

3 《傻大胆学害怕》是《格林童话》中的一篇故事。天生愚笨的男孩不懂得害怕，外出经历了一系列恐怖荒诞的冒险，最后娶了美丽的公主。

4 参见《哈姆雷特》第四幕第七场。

5 参见《哈姆雷特》第三幕第一场。

白，恨不得去接替告解神父的职位。我还能背诵哈姆雷特的台词，我的记忆力很好，当时的一切我都记得清清楚楚，我们家门前的湖，从十月冻到复活节，农夫们驾着木雪橇滑过湖面，把沉重的树木从森林里拖出来，仿佛拖着被砍倒的巨人，埃娃，她在冰面上旋转，冻得发脆的太阳仿佛能敲出叮当声，埃娃在我面前轻盈地滑行，光裸的腿上没有长筒袜，我看得心旌摇曳，她的母亲很生气，怕她冻得卵巢发炎，当然她没说出来，还以为我们不知道那是什么，她忘了我们有百科词典，她看起来像一只带崽的母鸡，咕咕——咕咕——咕咕。埃米莉亚不会出现在冰面上，她认为运动是件蠢事，白胡德提出让她打网球，把她笑个半死，埃米莉亚在城市里穿行，莱娜莱维在深夜烂醉如泥地走[1]——我在哪儿听过？在史前时代的选帝侯大街，后来冲锋队从那儿踏过，猫看到的世界大约与我们看到的不同。不是棕色就是黄色，在埃米莉亚眼里这是一个旧货交易城市，一个充满肮脏商贩的污糟城市，她到处寻找金钱，她的后颈踞伏着魔鬼，她拖着她的英国贵族旅行格纹包去找那个古董商，下到他的地窖里，下到蛇、青蛙和两栖动物的地界里，赫拉克勒

1　德国表现主义诗人阿尔弗雷德·利钦斯坦（1889—1914）的作品《坠入河中》的首句。

斯打败了九头蛇许德拉[1]，埃米莉亚面对的许德拉不止九个头，它一年里有三百六十五个头，她得一年三百六十五次对抗‘缺钱’这个怪物，她卖掉了我们房子里的各种东西，她由着那只两栖动物把趾爪伸到自己身上，她感到恶心，但是她搞到了钱，然后她就会喝掉这些钱，像每一个酒鬼一样站在立式酒吧里，一杯接着一杯，‘干杯，邻居先生’。其他酒鬼都当她是妓女，‘今天街上生意不好？’——‘生意不好’——‘天气不好’——‘天气不好’——‘怎么样？’——‘什么怎么样？’——‘和我们两个一起’——‘不行’——‘你不是吗？’——‘是’——‘狗屎一样的日子’——‘喝一杯吧’。很快她就会变成梅萨利纳那样，只不过更娇小一些，更温柔一些，但会拥有和梅萨利纳一样的醉鬼的嘴脸、粗大的毛孔、布满斑点的皮肤，梅萨利纳引诱埃米莉亚参加她的派对，她要把她扔到亚历山大的面前，大公，女人的梦想，或者扔给那些俏爸爸们[2]，她一直想不通，埃米莉亚为什么从来不去，埃米莉亚对纵情酒色没有兴趣，她对梅萨利纳那些绝望的朋友没有兴趣，埃米莉亚对自己已然绝望，不再需要其他

---

1 许德拉是希腊神话中的蛇怪，生有九个头，每个头被砍掉后都会再生。半神英雄赫拉克勒斯所完成的十二桩艰难任务中的第二桩就是宰杀九头蛇许德拉。

2 德语中对常以男性装扮示人的女同性恋群体的旧称，尤其流行于20世纪20年代柏林的同性恋酒吧文化圈中。

的绝望，她说她跑遍整个城市是为了我，为了让我可以写自己的书，所以她踏进家门看到我就心生憎恶，但凡我能写出点什么，就会被她撕碎，埃米莉亚，我的奥菲莉亚：噢，苍白的奥菲莉亚，美丽如雪！[1]我爱你，但你最好远离我，孤身一人你也会继续沉沦，你会被你的房产压垮，你早已埋葬在了你的房子下面，你只是一个小小的、柔弱的、愤怒的、喝醉了的绝望幽灵，我的错吗？是的，我的过错，每个人的过错，旧的过错，先辈的过错，久远的过错，她发火的时候会尖叫‘你是个共产主义者’，我成为共产主义者了吗？还没有，我本可以成为作家，也可以成为共产主义者，然而我一无所得，基施[2]在罗曼咖啡馆称我为‘同志’，我叫他‘基施先生’，我很喜欢他——到处飞奔的记者基施，他奔向哪里？我憎恶暴力，我憎恶压迫，这就是共产主义吗？我不知道，社会科学：黑格尔、马克思，辩证法，马克思的唯物主义辩证法——永远无法理解，情感上的共产主义者：总是站在穷人一边毫无意义地发怒，斯巴达克斯、耶稣、托马斯·闵采尔、马克斯·霍尔茨，他们想要什么？初衷是好的，结

---

1 原文为法语，法国诗人阿蒂尔·兰波的作品《奥菲莉亚》中的诗句。

2 埃贡·基施（1885—1948），出生于布拉格的左翼作家、记者。1919年加入奥地利共产党，曾远赴世界各地采访、考察、写作。

果发生了什么？自相残杀，我在西班牙参战了吗？丧钟不是为我而鸣，我在专制下悄悄前行，我并非不恨但我没有发出声音，我并非不恨但我困居斗室之中，我轻声细语但只是对志同道合的人，布克哈特[1]说像他这样的人根本建立不起一个国家，听起来很不错，但这样的人也永远无法推翻任何国家，没有希望，对我来说已然绝望，白胡德却说我还有希望。里尔克的诗歌：只因有一座教堂，在东方的某处[2]，轮廓模糊，没有道路。我心中的东方：童年的图景，我的追忆似水年华[3]，寻找就寻见[4]，种种气味，烤苹果，种种声响，猫咪皮毛的唰唰声，冰面上的木雪橇嘎吱嘎吱地滑行，光着腿的埃娃孤独地在湖面上旋转舞蹈：雪，和平，睡眠——"

66

睡眠，但没有回归本乡，没有回归内心，轰然倒下，如同被砍倒一般。像一块沉重的石头落入水中，巨大，麻木，亚历山大在自己的公寓里

1 雅各布·布克哈特（1818—1897），瑞士文化历史学家。此句引用见1896年布克哈特第一次去罗马前致友人绍恩伯的信。

2 改写自奥地利诗人马利亚·里尔克（1875—1926）的早期作品《时辰之书》中的诗句。

3 原文为法语。

4 参见《马太福音》第7章第7—8节。

沉入了睡眠。扮演大公的演员内心一片死寂，没有任何梦境。他没有脱去衣服便倒在了沙发上。那天晚上，喜欢同女人做爱的阿尔弗雷多就躺在这里，而亚历山大此刻感觉不到自己的任何欲望。他只感到疲劳。他受够了。他厌倦了大公这个角色，厌倦了愚蠢的声音唱筒，厌倦了借来的英雄气概。他在战争中做了什么？他仍旧在演戏。他被免除了兵役。他扮演什么？骑士十字勋章英雄飞行员。飞行员幸运地从四次坠机中死里逃生，而他的敌人和对手就不那么走运地全被他击毁在了尘土中。亚历山大从来没有坐过飞机，什么交通工具都让他害怕。炸弹落下时，他正躲在阿德隆外交官防空洞[1]里。那是体面人士的掩体，休假的士兵不得入内。地堡有两层，亚历山大安坐在其中的第二层——战争已离他远去。空袭之后，希特勒的少年们清理着街上的瓦砾，从废墟里挖掘被埋葬的人。他们向亚历山大讨要签名，他们恳求英雄亚历山大、无畏的亚历山大给他们签个名。他们把亚历山大和他的影子搞混了。这也让他自己晕头转向。他是谁？一个铤而走险、忠心耿耿、情感

1 位于柏林巴黎广场的阿德隆饭店开业于1907年，曾为柏林社会名流的社交中心。第二次世界大战期间，宾馆在巴黎广场下修建防空洞，为客人和邻近政府部门的官员提供保护和宾馆服务。

充沛、勇敢果断、精力旺盛的英雄人物？他受够了。他极度疲倦。他演英雄演得精疲力竭了。他就像一只掏空了的阉鸡——肥胖而空洞。他的面孔呈现出一副痴呆的表情——卸了妆，空空如也。他张着嘴，白得发亮的牙套武装着牙齿，在迟缓的消化和无力的新陈代谢的共同作用下，一串沉闷又恶心的鼾声从里面钻了出来。他的风趣幽默罢工了，这种源源不断的插科打诨和随机应变原本在这个身体里接管了灵魂的功能，眼下的亚历山大不过是肉铺里的一块肉，重量一百六十磅[1]。一百六十磅重的人肉横陈在沙发上，等着挂上屠夫的钩子。希勒贡达跌跌撞撞地走进了房间。她听到了汽车的声音，一时间鼓起了勇气，挣脱了埃米的手，独自一人闯进了罪孽的世界。希勒贡达想问亚历山大，上帝是不是真的生气了，上帝是不是对希勒贡达、亚历山大和梅萨利纳生气了。埃米说上帝是不会对她生气的。但埃米也许对她说了谎。“爸爸，亲爱的埃米可以撒谎吗？”孩子没有得到回答。说不定上帝正在生埃米的气。埃米整天被上帝传唤。一大早，天蒙蒙亮，她就必须去上帝黑暗的法庭大堂报到。亚历山大也被传唤过一次，是因为税务。当时他被吓得不轻，连

1　1 磅等于 0.4536 千克。

声大叫:“账目不对！”难道埃米的账目也算错了？这些想法折磨着希勒贡达。她其实应该跟上帝好好相处的。上帝的坏情绪可能根本不是针对她的。但她的父亲什么也没说。他像死了一样躺在那里。只有从他张开的嘴里发出的呼噜声表明他还活着。埃米叫了希勒贡达一声。她不得不回去拉住埃米的手。埃米又一次被传唤。她必须再次跪倒，跪在石板上，跪在冰冷坚硬的石板上，她必须在上帝面前伏倒进尘埃里。

67

圣灵广场、圣灵医院、圣灵酒馆，都因圣灵教堂而得名。酒馆的名声不怎么体面。那些人到哪里去了？约瑟夫小时候，在市场上做买卖的那些人常到小酒馆里聚会。他们驾着马拖着车到城里来，约瑟夫就会去帮他们卸挽具。那个时候，圣灵教堂周围的老城区就是这个城市的心脏。后来城市中心迁走了。老城区就死了。市场也死了。广场、房屋、医院、教堂都毁在了后来的战争中，但在这之前它们早已死去。废墟留了下来。永远不会有人拿出钱来，把这堆废墟整修一新。这个地区成了一个藏污纳垢的地方。小扒手们在这里碰头，寒酸的皮条客、廉价的妓女在这里相会。那些人到哪里去了？这里是约瑟夫真正的家园，他玩耍的游戏场，他做童工的工场，他第一次领圣餐的教堂。那些人都到哪里去了？他们坐在小酒馆里。酒馆里拥挤不堪，喧闹嘈杂。水气、臭味和烟雾混合成一股沉甸甸、暖烘烘的浊气，在这个空间里鼓胀着，仿佛一只半瘪的气球又被充进了气。市场上的买卖人在哪里呢？市场上的人都死了。他们躺在乡村公墓的墓穴里，就在那些白色的教堂旁边。约瑟夫为他们套过的马都被屠夫牵走了。约瑟夫和奥德修斯喝起了烧酒。奥德修斯把这种烧酒叫作金酒。它其实是一种叫作施塔因黑格的德国金酒，确切地说是一种冒充施塔因黑格的劣质烧酒。约瑟夫的腿上搁着那个手提箱，里面正齐声唱着“她是一个好女孩”[1]。他们是怎么来到这里的？他们想在这里做什么？小约瑟夫讨到了一些牛奶。农夫的妻子把牛奶倒进了他的罐子。可跑过广场的时候，约瑟夫摔倒了。罐子破了。牛奶洒了。约瑟夫的母亲打了他。她狠狠地打了他一个耳光。穷人的生活是艰难的，他们还要让自己的生活更加艰难。她是一个好女孩。他们想在这里做什么？他们结清了账目。奥德修斯多给了约瑟夫一些钱作为酬

1 原文为英语，创作于1950年的美国流行歌曲《流浪的人》（“The Roving Kind”）的歌词。下文重复出现的这句歌词皆为英语。

劳。他掏出了钱包。希腊人没从他那里骗到什么。奥德修斯给了约瑟夫五十马克——伟大而光荣的奥德修斯国王。约瑟夫透过镜片注视着这张纸币，眼睛发亮。他把钱折好，小心翼翼地夹在一本脏兮兮的笔记本里，然后把本子放进制服衬衫的胸袋里。旅游事业再次带来了回报。根据约定，约瑟夫整晚都会跟着奥德修斯，提着他的手提箱，直到他找到一个女孩然后同她一道消失在夜色里。她是一个好女孩。伟大的奥德修斯。他的视线穿过由汗水、污垢、炸香肠的油烟、烟草云团、酒气、小便的骚味、洋葱渍，以及陈腐的人类气息构成的迷雾。他向苏珊挥了挥手。苏珊是垃圾坑里散发着娇兰香气的花朵。她这会儿只想坐在坑里，她今天只想好好地坐在自己所属的垃圾坑里。她对那些高雅人士失望透顶。该死的、恶心的、贪得无厌的猪猡。亚历山大邀请了她，那个大名鼎鼎的亚历山大。谁会相信她？没有人。不是他主动走到她面前的吗？不是他从一群女孩中挑中了她的吗？女人们梦寐以求的那个亚历山大？谁会相信她？她和亚历山大睡过了吗？猪一般的呼噜声。《大公情事》，您同样可以拥有的体验，那群猪喝醉了，他们像猪一样喝得烂醉。然后呢？天神并没有下凡。亚历山大并没有来拥抱她。没有英雄来拯救她。只有一群女人。苏珊被打了。女人们打了她。接下来呢？亲吻，抚摸，触碰，贴在她大腿上的手。女人们亲吻她，抚摸她，触碰她，她们放在她大腿上的手又热又干。亚历山大呢？他眼皮肿胀，眼神黯淡滞重，眼珠像玻璃球一样毫无生气。这双眼睛能看到什么吗？它们能感知到任何东西吗？亚历山大到底在哪里放声大笑，在哪里做爱？他到底在哪里取悦女人，把她们送上高潮？在塔利亚宫，席勒广场和歌德大街的拐角处，每天放映五场。亚历山大在哪里打鼾？他毫无生气地挂在哪里的单人沙发上，哪里挂着他的肥肉？如果他邀请了女孩子，那就是在家里。在那一夜之后他们给了苏珊什么？他们忘记向她支付报酬了。苏珊想："昨天是亚历山大，今天不如找个黑鬼，我可不是同性恋，我健康得很。"她手里拿着烟，懒洋洋地走到奥德修斯身边。梅萨利纳瓶子里的香水味在小酒馆臭气熏天的浓稠空气里格格不入，另一种刺鼻，另一种浓稠，仿佛构成了一团起到隔绝作用的云雾，伴随着苏珊穿行其中。苏珊把长凳上的约瑟夫和唱着歌的手提箱推到一边，那长凳已经被许多屁股磨出了痕迹，又被擦洗得滑溜溜、亮晶晶。她像推两件死物一样把手提箱和老头子推开，老头子是其中更不值钱的那件。手提箱可以卖掉，约瑟夫却再也卖不出去。苏珊是喀耳刻和塞壬，在这一刻她成了她们，她刚刚成了她们，也许她还是瑙西卡[1]。但酒吧里没有人注意到，在她的皮囊之下潜藏着其他女人，古老的女人。苏珊也不知道，自己的真面目是谁，喀耳刻，塞壬，也许还有瑙西卡，这个愚蠢的女人以为自己就是苏珊。奥德修斯同样不知道自己在这个女孩身上会遭遇哪些女人。苏珊的手臂搭在奥德修斯的脖子上，年轻女人的皮肤紧致光滑。奥德修斯感觉到了脉搏的跳动，感觉到了那条手臂里的血液流动。那条手臂冰凉冰凉的，点缀着雀斑，仿佛小男孩的手臂，但那只绕过奥德修斯的脖子，摸向他胸口的手却是温热的、妩媚的、充满了性意味的，她是一个好女孩——

68

她热爱珠宝。红宝石是火，是火焰，钻石是清泉，是波澜，蓝宝石是微风和天空，绿宝石是大地，大地日渐葱茏的绿色，草地和森林的绿色。埃米莉亚

1 在荷马史诗《奥德赛》中，喀耳刻、塞壬、瑙西卡皆为奥德修斯在返家途中遇到的女性角色。女神喀耳刻把奥德修斯的同伴全都变成了猪，但爱上了奥德修斯，挽留他一年后协助他踏上归途。塞壬女妖用歌喉吸引过往水手，致使航船触礁沉没。奥德修斯与同伴们听从了喀耳刻的建议，躲过了此劫。国王的女儿瑙西卡救了遭遇海难的奥德修斯，并将他带进王宫，让他讲述途中奇遇。提亲遭到婉拒后，瑙西卡把奥德修斯送上了归程。

热爱闪烁的光芒，热爱冰冷钻石的耀眼华彩，热爱温暖的黄金，热爱彩色宝石的神像眼睛和灵兽魂魄，热爱东方的童话，热爱圣象的额饰，阿迦汗称量与身体等重的宝石[1]，信徒的贡品，工业钻石对战争至关重要。这不是阿拉丁发现的洞穴。没有人点燃神灯。珠宝商舍拉克先生说："不。"他强健的下巴敷了粉，显得十分光滑，他的脸就像一袋面粉。要是埃米莉亚从俊美的阿拉丁那儿得到神灯就好了，这个面粉袋就会"啪"的一声破裂，这个邪恶的精灵，宝藏的看守，就会消失。然后埃米莉亚会怎么做呢？她就会用黄金和宝石填满她的格纹提包。不过别担心，你们这些珠宝商，世上没有魔法，有的只是手枪和杀手，但埃米莉亚并不会使用它们。你们自有你们的警报系统，但它们也不能阻止魔鬼把你们带走。舍拉克先生仁慈地看着凯，一个十分有利可图的客户，一个年轻的美国女人，说不定是洛克菲勒的孙女。她被红珊瑚和石榴石吸引了目光。而埃米莉亚的那件老旧首饰正枕在天鹅绒软垫上，细数着曾经拥有它的一个个家庭，曾经佩戴过它的一个个女人，讲述着出售者的各种困境，那都是一些莫泊桑笔下的小故事。但凯充耳不闻，她想不到包裹在

1 指伊斯兰教伊斯玛仪派领袖阿迦汗三世（1877—1957）在庆祝生日时，他的信众们公开募集了与他的体重相等的黄金和钻石。

衣物下、藏在梳妆台里的首饰盒，想不到贪婪、遗产和轻浮，想不到美丽妇人的脖颈，想不到她们丰满的手臂和纤细的手腕，想不到曾经精心保养的双手、修剪整齐的指甲，想不到紧紧盯着面包房橱窗的饥饿眼神，她只是在想："这链子多美呀，这手镯多么耀眼，这戒指多么闪亮，这条项链的光泽多么迷人。"埃米莉亚的项链正对着舍拉克那扑满了粉的面孔，月光般皎洁，嵌满珍珠、珐琅和钻石玫瑰。舍拉克又开口了，他再一次转向埃米莉亚，为凯订制的仁慈目光熄灭了，就好像一个磨砂灯泡突然被人关掉了，他重复道："不。"舍拉克先生不想买那件首饰。他说那是祖母辈的首饰。那是祖母的首饰，枢密商务顾问的首饰，祖母那个年代的打磨技艺，祖母那个年代的托座款式，上世纪八十年代的品味。那钻石玫瑰呢？"一文不值！一文不值！"舍拉克先生抬起两条粗短的手臂，晃动起两只肥厚的手，两只像胖鹌鹑一样的手。这种姿势真让人担心他会直接飞走，出于遗憾和失望而扑棱着翅膀飞走。埃米莉亚在听他说话吗？她没在听。她根本没有看他一眼。她也没有注意到他的姿势。她在想："她多好啊，她真好，她是一个非常好的姑娘，她是我本可以成为的那种好女孩，她看到那些红艳艳的首饰就显得那么快活，色红如酒，色红如血，色红如年轻的嘴唇，她喜欢那些亮闪闪的东西，她还从来没想过，她有朝一日可能不得不卖掉那些珠宝，她可能一件也留不住，我很清楚，我太熟悉这种事了，对于这种事我是老手了，我也喜欢那些彩色石头，但我永远不会买下它们，这是一种不安全的投资，过于依赖风尚，只有钻石能提供些许保障，迎合新贵品味的最新切割工艺才能吸引人，还有黄金，纯金，积攒金子是有意义的，只要我有黄金和钻石，我就不需要工作，我可不想被闹钟叫醒，我永远不想说‘对不起，办公室主任先生，对不起，车间主任先生，我错过了电车’，要是我不得不说这样的话，那才是真正地错过了电车，这趟电车就是我的人生，不不不！而你，又漂亮又亲切的小女孩，你和你喜欢的红珊瑚和石榴石，那些小戒指小十字架、小链子小吊坠，舍拉克先生会给你开一个很高的价格，尽管去买吧，我的小可爱，来吧，等到你要把相同的小戒指、相同的项链卖给他，你试试，卖给他，他就会告诉你，你漂亮的石榴石和红珊瑚完全不值钱，一文不值，然后你就学到教训了，你就懂了，你这无辜的小羊羔，你这美国来的不知耻辱为何物的小姑娘。”埃米莉亚从柜台取回了她的首饰。舍拉克先生懒洋洋地微笑着说：“很遗憾，夫人。”他以为她要走了，他想：“真可惜，顾客们就是这样一代不如一代的，她祖母从我父亲那里买走这件珠宝，花了至少两千马克，价值两千块的黄金。”但是埃米莉亚并没有离开。她要寻找自由。至少有那么一刻，她想要自由。她想自由地行事，她想不受任何强迫地做一件与任何必要性毫无关系的事，没有任何企图，唯一的目的就是自由。这也不是什么目的，就是一种感觉，就存在这样一种感觉，毫无目的。她走到凯的面前，对她说：“您别再看那些红珊瑚和石榴石了。它们红艳艳的，确实十分漂亮。但是您不觉得这些珍珠和钻石更迷人吗？虽然舍拉克先生说它们有些过时。我把它们送给您。送给您是因为您看起来特别亲切。”她自由了。前所未有的幸福感涌上埃米莉亚的心头。她自由了。虽然幸福向来难以持久，但她在那一刻里是自由的。她解放了自己，把自己从珍珠和钻石中解放了出来。刚开口的时候她的声音有些颤抖。但现在她仿佛在欢呼。她鼓起勇气做了这件事，她自由了。她把珍珠和钻石戴在凯身上，手臂绕过她的脖颈替她系好了项链。凯也是自由的，她本就是一个自由的人，她不像埃米莉亚，她对此毫无意识，所以她的自由自然而然。她走到镜子前，反复欣赏着戴在自己身上的珠宝，完全没有理会想要张嘴抗议却找不到说辞的舍拉克先生。她说：“是呀。这真是太精美了！这些珍珠，这些钻石，这条项链实在太漂亮了！”她转向埃米莉亚，用绿色的眼睛注视着她。凯既大方又自然，而埃米莉亚则有些过于激动。但两个女孩都通过这种略显叛逆的举止获得了美妙的体验，她们体验到了反抗理智和世俗的不可思议的幸福感。“你也要从我这里拿走一样东西。”凯说，“我没有首饰。或许你可以拿走我的帽子。”说着她就从自己头上摘下帽子，戴在了埃米莉亚头上，那是一顶饰有鲜艳羽毛的尖顶旅行帽。埃米莉亚笑了，对着镜子高兴地喊道：“我看起来像捣蛋鬼蒂尔[1]。简直和捣蛋鬼蒂尔一模一样。”她把帽子朝后推了推，心想：“又像是喝多了，我看起来就像是醉得一塌糊涂，可我发誓我一口还没喝过呢，菲利普不会相信我的。”她朝凯走去。她拥抱了凯，亲吻了凯。当她的嘴唇与凯的嘴唇相碰触的时候，她在内心感叹：“太美妙了，这草原的气息就像——”

69

“——就像在美国西部片里一样。”梅萨利纳心想。她没有在自己的公寓里发现苏珊的身影，但有人告诉她，可以去圣灵广场的酒馆找她。“就像在美国西部片里一样，不过我们不再制作这种电影了，这种全无艺术性的吵吵嚷嚷的闹剧。”她气势汹汹

1　15世纪德国低地德语民间故事中的主角。相传蒂尔是个装作愚钝、实则机智的捣蛋鬼，常常利用恶作剧来嘲讽他人或是发泄不满，他的标志性装扮是分叉的缀有铃铛的尖顶帽。

地走进了污浊的空气，任由自己陷入小酒馆那发臭的残酷魔法里；过去的人们在赶去市场烧死女巫之前，都会到这儿来喝上几杯。梅萨利纳是会害羞的。这一点还是可以从她过去的照片中看出来的，照片上的她穿着白色连衣裙，手里捧着一支蜡烛，一副领圣餐的装扮。但即便是在那个时候，在拍摄这张照片的时候，在摄影师们还会穿天鹅绒夹克、系黑色大蝴蝶结领结，并高喊“请尽可能地显得友好”的时候（梅萨利纳最终也没有摆出友好的表情——一个害羞的女孩，一个害羞但同时凭借倔强和暴力与害羞做斗争的女孩），她就不愿意表现出害羞，不愿意扮演这样的角色，不愿意被人逼到墙边。那是她第一次领圣餐的日子，她成长的起始点，然后她迎来了月经初潮，她不断成长，她的放浪、下流以及肉体上的丰盈也在与日俱增，她变成了一座堕落、无耻的纪念像，无论她走到哪里，站在哪里，都如同一座让有些人闻风丧胆，让另一些人如痴如醉的纪念像：可谁知道，她还一直保有着羞涩？白胡德医生知道。但是白胡德医生比梅萨利纳还要羞涩得多，而且他从来没有像她那样不遗余力地去克服羞涩，所以他畏于也羞于向梅萨利纳指出这个事实。一旦他说出口，他的话就会变成一句咒语，瞬间摧毁了这座纪念像，让梅萨利纳重新回到第一次圣餐礼时那种羞涩、纯洁的状态。所有人都在打量梅萨利纳，那些小妓女和小皮条客，那些小偷，还有那个虽然乔装改扮也无法避免被人认出真实身份的小警探——梅萨利纳的气势震慑住了所有人。只有苏珊是个例外。苏珊心想："这个臭婆娘，别搞砸了我跟黑鬼的事。"她本来还打算，"那我就抓她、咬她、打她、踩她"，但她没这么想下去，她虽然没有被她的气势吓倒，但她也确实害怕，她害怕梅萨利纳打她，因为她尝过被梅萨利纳殴打的滋味。苏珊站了起来，说了句："等我一下，吉米。"两团同样的香雾，巴黎娇兰，经受住了汗水、小便、洋葱、香肠汁水，还有酒气和烟雾的考验，最终融在了一起。梅萨利纳要求苏珊晚上去亚历山大那儿，苏珊心想："我得多愚蠢才会按照她说的去做，这么糟糕的买卖，但如果亚历山大真和我睡了呢？是啊，他是睡了，但不是和我睡，他已经不行了，就算他行，谁又会相信我的话呢？如果没有人相信我，那还不如跟这个黑人睡呢，他可以，哪怕我对他没什么感觉，不过这个欲求不满的女人要怎么办呢？反正我不参与，第一军团提醒，警惕"我不参与"口号[1]，司法部部长声称谁不保护妻子和孩子就不配称为男人。"不过苏珊还是觉得，拒绝一位女士的邀请是不合适的，尤其是这样一位上流社会的夫人，这样

1　参见本书第 67 页注释 2。

一个像纪念像一般带给她压迫感的女超人。她便说，她会去的，当然，很高兴，十分荣幸、十分乐意，但她心里想的是："你就一直等着吧，滚蛋，滚得远远的，别来惹我，你觉得自己比我好吗？我可不想和你放在一块儿比。"梅萨利纳站在酒馆里环视四周。她发现了奥德修斯身旁的空位，那是苏珊刚刚坐过的位置。她说："如果你愿意，带一个黑人和你一起去。"她心里盘算着："也许他符合那些男同性恋的口味呢。"苏珊思索着如何作答，她想找个借口，想说她和黑人没有任何干系，或者她也可以随口替哪个吉米或乔答应一句，怎么都行，反正她不会去。就在这时，喧哗和暴力在酒馆里发酵起来。奥德修斯遭了贼，他的钱包不知去向，美元和德国钞票都不见了，只有手提箱还在唱着吉米的布吉伍吉[1]。奥德修斯国王伤了自尊，他受到了侮辱，他中计了，他，足智多谋的奥德修斯，中了别人的奸计。他抓住邻座的人，逮着一个皮条客、小偷或小警探就破口大骂，掐着他们的手臂拼命摇晃。"看那个大猩猩，金刚，混蛋，把他扔出去，黑鬼，滚出去。"人群跳了起来，集体占了上风，同志情谊

1 布吉伍吉是一种自20世纪20年代开始流行的爵士乐钢琴演奏风格。派恩托普·史密斯（1904—1929）在1928年录制的《派恩托普的布吉伍吉》是最早在专辑中使用"布吉伍吉"一词的歌曲。

取得了胜利，公共利益大于个人利益，他们扑向他，他们举起啤酒杯、椅子腿、固定刀，他们扑向了伟大的奥德修斯。战斗爆发了，战火越烧越旺，沸反盈天，人仰马翻，奥德修斯深陷敌人的阵地，命在旦夕。桌子被打翻了，约瑟夫紧紧抓着手提箱不放，他把它举过自己的头顶，他要保护好他照看的行李，他高举着吉米的布吉伍吉，乐声嗡嗡作响，切分音断断续续，当时防空洞里的一幕又上演了，又是连珠似的炮火，贵妇小径，阿尔贡森林，但约瑟夫这次没有加入战斗，他要赎罪，他不想杀人，他远离旋涡的中心，在余波中起起伏伏，然后跟着杀出重围的奥德修斯逃离了酒馆，遥远大陆的音乐之流仍旧环绕着他奔涌着，吉米的布吉伍吉。梅萨利纳独自站在喧嚣之中，内心惶惶，外表则仍是一座纪念像。她毫发无伤。战火绕开了纪念像，没有人侵犯梅萨利纳。她矗立在酒馆的中央，俨然是一座原本就建造于此接受众人瞻仰的纪念像。但苏珊跟随着她的新朋友走了。这不是明智的选择。留下来才是明智的，也许跟着梅萨利纳才是明智的。但苏珊是喀耳刻和塞壬，也许还是瑙西卡，她不得不跟随奥德修斯。她必须违拗所有理智跟随他。她与奥德修斯纠缠到了一起。这并不是她的真实意愿。她始终无法反抗，过去她常做蠢事，现在她行事荒唐。奥德修斯和约瑟夫跑过了圣灵广场。苏珊也跟在后面。

她跟着吉米的布吉伍吉。

70

圣灵教堂的钟声响了起来。埃米和希勒贡达跪在地砖上。教堂里弥漫着陈年香灰和新鲜灰浆的味道。希勒贡达感到冷。她光裸的膝盖触着冰冷的地砖。埃米画了个十字并默念“赦免我们的罪”。希勒贡达想:“那我的罪是什么呢?要是有人告诉我就好了,噢,埃米,我害怕。”埃米开始祷告:“主啊,你已经摧毁过这座城了,你会再次摧毁它的,因为他们不顺从你,不听从你的话,他们还在吵闹不休,在你耳边胡作非为。”希勒贡达听到外面传来的喊叫,好像还有石头砸在了教堂的大门上。“埃米,你听到了吗?埃米,那是什么?有人要害我们,埃米!”——“这是魔鬼,孩子。恶魔就在身边。快祈祷!啊,上帝救赎我们!”

71

他们躲在瓦砾和碎石的后面,那是教堂遭到空袭后散落下来的。那群乌合之众向他们冲了过来。苏珊心想:“我究竟卷入了什么事?我真是疯了,才会掺和进这样的事,但昨天在亚历山大那儿他们确实把我逼疯了，现在我才会卷进这种事。”吉米的布吉伍吉。“钱。”奥德修斯说。他需要现钱。战事告急。他再次陷入了白色对阵黑色的古老战争。这里同样燃起了战火。他需要钱来作战。“钱！快拿来！”奥德修斯一把抓住约瑟夫。约瑟夫想：“这和在贵妇小径的时候一样，这个黑人不是魔鬼，他就是我杀死的那个旅客，他是那个土耳其人还是塞内加尔人来着，就是我在法国之旅中杀死的那个人。”约瑟夫没有抵抗。他只是僵在原地。在他苍老浑浊的双眼前，童年的景象再次转换成了欧洲的战场，战场上来自其他大陆的战士厮杀着，还有外国游客，杀人或者被杀。约瑟夫死死抓住箱子。这个手提箱是他的职责，他已经为此得到报酬了，他必须抓紧它，吉米的布吉伍吉——

72

他们面对面站着，是朋友？是敌人？是伴侣？他们面对面地站在卡拉的房间里，置身于韦尔茨夫人的妓院，置身于这个淫乱而绝望的世界，他们生活在这样一个淫乱而绝望的世界里，能做的就只是朝着对方大吼大叫。韦尔茨夫人离开了女巫的厨房，离开了翻滚着炽热蒸汽的灶头，她蹑手蹑脚地经过走廊，朝开了一条门缝的女孩房间里嘘了一声。女孩们做好了准备，赤身裸体的，穿着内裤的，披着油腻腻的睡袍的，在梳洗打扮的时候被吓了一跳的，为了夜里的美丽动人拼命涂脂抹粉的，还未成型的脸，扑了一半粉的脸，她们都听到了女房东的嘘声，听出了她嗓音里淫荡的欢呼，有好事发生了。“他正在打她，那个黑人，这会儿他在打她。现在他给她颜色看了。我早就感到奇怪了，看他能伪装到什么时候。”华盛顿并没有打她。盘子和杯子砸在他的胸口，碎片散落在他的脚边——他的幸福已经摔得粉碎了吗？他想：“我可以走，我只要取下帽子转身离开，所有东西就被抛在身后了，也许我会忘记这一切，就好像根本没有发生过。”卡拉尖叫着，哭肿了的脸上布满泪水：“你搞砸了我的医生。你这个卑鄙的家伙！你去找过弗拉姆了。你以为我想要你的私生子吗？你觉得我想要他吗？他们会用手对着我指指点点。谁在乎你那个美国。你那肮脏的黑色美国。我不走了。我要留在这里，你的私生子不会留下来，我就是送了命也要把他弄掉，我留在这儿！”是什么阻碍了他？他为什么不去拿帽子？他为什么不走？也许是出于固执，也许是失去了理智，也许是由于信念，对人还抱有信念。华盛顿听清了卡拉声嘶力竭的咒骂，但他并不相信她说的话。他不想眼睁睁地看着他们之间的联结断开，不想看到那条连接着白与黑的纽带被撕裂，他想通过一个孩子来巩固这种联结，他希望自己可以树立一个榜样，这个榜样就代表着一条走得通的路，也许为了这种信念同样必须有人成为殉道者。有那么一刻，他真想对卡拉动手。让人产生这种冲动的往往是绝望，好在他的信念战胜了绝望。华盛顿最终把卡拉搂进了怀里，他用有力的手臂紧紧箍住她。卡拉在他的怀里挣扎，就像渔夫手里的一条鱼。华盛顿说："我们彼此相爱，难道我们不应该共同渡过这个难关吗？我们为什么不试试呢？我们要做的就是继续相爱。不管其他人怎么对我们说三道四，我们必须彼此相爱。直到变成很老很老的人，我们也必须相爱。"

73

可能是奥德修斯握着石块打了约瑟夫的头，也可能是那群暴徒扔出的石头击中了约瑟夫的前额。奥德修斯夺走了钱，那张他先前支付给约瑟夫的纸币，国王奥德修斯，从行李工的笔记本里，从约瑟夫用来记录差事和收入的破旧笔记本里抽走了钱。奥德修斯跑了。他飞快地绕过了教堂。人群跟了上来。他们看见约瑟夫躺在地上，看见他额头上冒出了鲜血。"黑鬼把老约瑟夫打死了！"广场上一下子挤满了人，各式各样的身影从地窖里、木板房里和残垣断壁里钻出来，这片地区的每个人都认识他，老约瑟夫，小约瑟夫，他在这里玩耍，在这里工作，然后他去打仗了，然后他又回来工作了，现在他被人杀死了——他死于自己的报酬。他们把他围在中间——一堵由穷人和老人筑起的灰色的墙。约瑟夫身旁的手提箱里传出了黑人灵歌的声音，玛丽安·安德森[1]吟唱着，优美、饱满、柔和的声音，人类之声，天使之声，[2]黑色天使的嗓音，这个声音似乎想要与这个被打死的人重归于好。"我得走了。"苏珊想，"我必须尽快离开这里，我得在条子们过来之前就走，宪兵要来了，巡逻车也会来。"她用右手按了按衬衣，摸到了她从奥德修斯口袋里掏来的钱。"我为什么要这样做呢？"她暗自思忖，"我从来没有做过这样的事，是他们让我变坏的，亚历山大那儿的那群猪猡让我变坏了，我只是想报仇，我是想报复那群猪，但人们往往就会这样找错复仇对象。"由老人和穷人筑成的灰墙，在她面前打开，又向两边退去，苏珊大步走了出去。老人和穷人由着苏珊从自己的身边经过。在他们眼里，苏珊就是共犯，这是一个总是与灾祸如影随形的女人，但他们不是心理学家或

1 玛丽安·安德森（1897—1993），美国黑人女低音歌唱家，20世纪最著名的歌唱家之一。

2 原文为拉丁语。"人类之声""天使之声"原指管风琴的人声音栓与天使音栓。

者犯罪学家，他们不会想要“找到那个女人”[1]，他们只会想：“她也很穷，她也会变老，她和我们是一伙儿的。”直到那堵墙在苏珊身后再次闭合，一个孩子才大喊起来：“老美的妓女！”几个女人在胸口画起了十字。一位神父走了过来，向着约瑟夫俯下身去，把耳朵贴在了约瑟夫的胸前。神父头发灰白，脸色疲惫，他说：“还有呼吸。”医院派来了四位在修道院做杂役的教会修士抬担架。这几位教会修士看起来穷困潦倒，就好像经典戏剧中彻底破产的阴谋家。他们把约瑟夫放在担架上，抬着担架走向圣灵医院。神父跟在担架后面。埃米跟在神父后面，她把希勒贡达拉在自己的身后。他们让埃米和希勒贡达一起跟去了医院，大概是把她们当成了约瑟夫的家属。这个时候，人们听到了警笛声，巡逻车的警笛和宪兵队的警笛。警笛从四面八方逼近广场。

74

这一刻，傍晚时分，骑自行车的人冲过街道，对死亡熟视无睹。暮色降临的时刻，是换班的时刻，是店家关门的时刻，是日间劳作的人们归家

---

1 原文为法语，19世纪被接纳进德语的法语习语。这句话起源于法国犯罪侦查界，意为在每桩复杂巧妙的袭击事件里都应该去找出藏在背后的那个女人。

的时刻,是夜班工人蜂拥而出的时刻。警笛声呼啸,巡逻车在车流中穿行,蓝色的灯为飞奔的车影披上了幽灵般的光芒——城市中的圣艾尔摩之火[1]预示着危险。菲利普喜欢这个时刻。在巴黎那是蓝色的时刻[2],是做梦的时刻,是相对自由的片刻,是游离于白天与黑夜的一瞬。从车间和店铺中解放出来的人们,还没有投入习性要求和家庭束缚的罗网。世界悬浮着。一切似乎都有可能。一时之间,似乎一切都还有可能。但这也许只是菲利普的幻觉,一个局外人,一个不从任何工作场所回到任何家庭的局外人的幻觉。失望总会在幻觉之后接踵而至。菲利普习惯了失望,他并不惧怕它。晚霞令万物焕发光彩。天空燃烧起来,透出南方的浓烈色彩。那是埃特纳火山[3]上空的天色,与笼罩着陶尔米纳古剧场[4]的天空一样,与升腾在

---

1 意大利圣人圣艾尔摩是海员的守护者,古时的海员在雷电交加的暴雨中看到桅杆上闪现蓝白色光亮,就认为这是圣艾尔摩显灵保佑,所以这种航海中常见的自然现象就被称为圣艾尔摩之火。

2 原文为法语。破晓或黄昏时分,当太阳位于地平线之下,天空会呈现纯粹的蓝色。

3 埃特纳火山位于意大利西西里岛东海岸,是欧洲著名的活火山。古希腊神话中,宙斯用它来镇压怪物提丰,并派火神赫菲斯托斯看守火山口。

4 陶尔米纳城位于西西里岛的东岸,古城高处有一处著名的古希腊剧场遗址。

阿格里真托神庙[1]上的火焰一样。古典世界已经升起，在城市上空微笑着致意。在这片背景之前，楼房的轮廓像是一幅笔触锐利的版画。菲利普从耶稣会教堂的砂岩立面下经过，它显出一种舞动的优雅，它属于古代的意大利，富于智慧、人文气息，充满狂欢式的放纵，但是智慧、人性，还有那纵情欢乐又把人引向了哪里呢？《回声晚报》报道了今日的灾祸：退休人员选择死亡，苏联啃到了硬骨头，又有一名外交官失踪，德国军事宪法即将到来，爆炸造成地狱景象。听起来多么严肃又多么愚蠢！一个外交官叛逃了，他投奔了政府的敌人，背叛了理想主义。官方的世界仍然试图用空洞的言辞，用早已摒弃了任何理解的口号来思考。他们眼里的阵线是坚实的、不可动摇的，是世界地图上被标出的地块，是边界、领土、主权，他们眼里的所有人都是某个足球队的成员，全都为一出生便自动加入的俱乐部效力终身。他们错了——阵线不在这里也不在那里，不只在每个边防哨所。阵线无处不在，可见或不可见，在构成阵线的亿万个点中，生活不断地变换着自身所处的位置。阵线从一个个国家中间横穿而过，它使一个个家庭四分五裂，它同样贯穿了一个人的

1 阿格里真托位于西西里岛南岸，此处的神殿之谷中有最大的古希腊神殿遗址群。

身体——两个灵魂，是的，每个胸膛里住着两个灵魂，心脏有时随着这个灵魂跳动，有时随着另一个灵魂跳动。菲利普并不比其他人更容易动摇。相反，他是个怪人。但即便如此，他对世界形势的看法也会在一天里随着他脚下的每一步而改变一千次。"我能看穿这一切吗？"他想，"我懂得政治的算计吗？我知道外交官的秘密吗？我很乐意看到有人逃到另一边去，为牌局增添几分混乱，那些政要们就能体会我们的感受了，体会什么是束手无策，我还能理解科学吗？我知道用来解释这个世界的最新公式吗？我能读懂它吗？"大街上的每个人，骑在自行车上的，坐在汽车里的，制定着计划，心怀着忧虑，或者享受着傍晚的美好时光，每个人都无时无刻不在被谎话蒙蔽、被骗局耍弄，而那些编造谎言、构造骗局的占卜官并不比芸芸众生少一丝盲目。菲利普嘲笑政治宣传的愚蠢，尽管他知道这种愚蠢很可能令他丧命。但是街上的其他人呢？他们也会笑吗？还是他们已经失去了笑的能力？他们是不是不像菲利普那样有空闲时间笑？他们没有意识到投给他们的饲料有多么糟糕，收买他们的价码是多么低廉吗？"我只是对各种诱惑完全免疫而已。"菲利普想，"然而，一旦我听到某种可以打动我的言辞，有时从对方那儿传来一种更为动听的呼声，我就总会扮演起各种可笑的角色，我是个老好人，我是支持听取每一种意见的，前提是人们有倾听的意愿，但是现在两边一本正经的人都坐不住了，对着我大声斥责，说是我的宽容恰恰助长了偏狭，他们是反目成仇的兄弟，彼此恨之入骨，势不两立，只在一点上达成了一致，那就是不断中伤我试图摒弃偏见的卑微尝试，两边都憎恶我，只因我不想加入任何一方朝对方吠叫，我不想加入任何球队踢球，即使是头脑中的足球比赛，我只想一个人待着。世界上仍然有希望：谨慎的试探，秋前无战事——”

75

马萨诸塞州的老师们分成两列穿过小镇，就像一个班级的学生。这班学生正在去美国之家的路上。她们优雅地享受着这个夜晚。她们打算去听埃德温的讲座，在这之前顺便再多了解一下这里的生活。她们能看到的太少。关于这座城市里的生活，这些女教师知道多少呢？就和这座城市对她们生活的了解一样少——几乎一无所知。韦斯科特小姐带领着大家。她走在班级最前头，她按照旅游指南里的城市地图带领着女同事们。她胸有成竹地带领着她们，不会走一步冤枉路。但韦斯科特小姐情绪不佳，因为凯不见了。下午她一个人离开了宾馆，说是就去看看沿街商店的橱窗，却没有在约定的时间回来。韦斯科特小姐不禁责怪自己，当时为什么没有阻止凯独自去游览陌生的城市。居住在这里的都是些什么样的人？他们不是敌人吗？他们值得信任吗？韦斯科特小姐在宾馆里留了一条消息，让凯马上打车去美国之家。她无法理解伯内特小姐的话。伯内特小姐说，凯一定是遇到了什么人。凯会这样做吗？她很年轻，不谙世事。不太可能。但伯内特小姐说："她一定遇到了什么比我们更能令她开心的人。"——"然后您就那么镇定？"——"难道我应该嫉妒她吗？"韦斯科特小姐的嘴唇抿得更紧了。看来这个伯内特也并没那么道德。而凯只是在教养上有所欠缺，除此以外没有什么问题。凯一定是走失了或者是在哪里耽搁了时间。女教师们经过了大广场，这里有一处由希特勒设计的绿地，原本被规划为纳粹的荣誉林。韦斯科特小姐向大家指出了这个广场的重要意义。草丛中星星点点地闲蹲着好几只鸟儿。伯内特小姐心想："韦斯科特在胡诌些什么，那些鸟听不懂，我们也不比它们懂得更多。那些鸟会出现在这里，只是一个巧合，我们站在这里，也是巧合，或许那些纳粹的出现也是碰巧，希特勒是个巧合，他的统治是残酷而愚蠢的巧合，或许这个世界根本就是上帝制造的一个残酷而愚蠢的巧合，没有人知道我们存在于此的原因。那些鸟会再次起飞，我们会继续上路，只希望我们的凯别放任自己去做什么傻事，如果她卷入了什么愚蠢的事，我可不能告诉韦斯科特，她会疯的。不过那些诱惑者是被凯吸引来的，这不是她自己控制得了的，就像鸟会招来猎人或者野狗一样。”“您在做什么？”韦斯科特小姐打断了伯内特小姐的思考。她想知道，伯内特小姐为什么在她说话的时候走神。她发现这个伯内特长着一张饥饿的猎犬的脸。“我只是在看鸟。”伯内特小姐说。“您从什么时候开始对鸟类感兴趣了？”韦斯科特小姐问道。“我对我们自己倒是很感兴趣。”伯内特小姐说。“它们就是些麻雀。”韦斯科特小姐说，“普通的麻雀。您最好还是关注一下世界历史。”——“一样的。”伯内特小姐说，“麻雀的世界里也会发生这一切。亲爱的韦斯科特，您也只是一只麻雀，而我们的小麻雀，凯，刚从窝里掉了出去。”“我不明白您的意思。”韦斯科特小姐语气尖锐地说，“我不是鸟。”

76

菲利普走进了旧宫殿的大厅，政府在里面设立了一个销售葡萄酒的柜台，意图为当地葡萄种植业打开销路。此时的大厅热闹非凡。各个政府部门和各州总理办公厅的官员们在回家之前，都要来这里积攒一点欢乐，然后再回到他们的妻子和冷漠的孩子身旁，回到冷透了又重新加热的餐食旁边。这是一个男人的世界，很少出现女人。眼下这里只有两个女编辑的身影，但她们也算不得真正的女人。她们都是在《回声晚报》做事的，此刻正用葡萄酒浇灭新闻头条带来的口干舌燥。菲利普觉得他应该回家了，回到埃米莉亚的身边。但他又想去找埃德温，尽管刚才他与埃德温的意外会面从头到尾都十分尴尬。“如果我现在不去找埃米莉亚，那么我今天根本就回不了家了。”菲利普心想。他知道，如果埃米莉亚晚上没有在家里看到他，那她一定就会把自己彻底灌醉。他想：“独自一人待在我们那房子里，周围全是动物，换作我的话，我也会把自己灌醉的。我要是还能喝得醉的话，我也想喝到不省人事，我已经很久没有喝醉过了。”旧宫殿里的酒很不错。但菲利普对葡萄酒提不起兴趣了。他原本在自娱自乐这件事上极有天赋，但他对几乎所有种类的快乐都提不起兴趣了。他下定了决心，打算回去找埃米莉亚。埃米莉亚就像史蒂文森故事中的杰基尔医生和海德先生[1]。菲利普喜欢杰基尔医生，一个可爱而善良的埃米莉亚，他恐惧且憎恨面目骇人的海德先

1 英国作家罗伯特·史蒂文森（1850—1894）的作品《化身博士》中的人物。小说讲述了医生杰基尔喝了自己配制的药剂分裂出邪恶的海德先生人格的故事。“杰基尔和海德”后来成了心理学上双重人格的代名词。

生，那是入夜后的埃米莉亚、深夜里的埃米莉亚，一个狂放的酒鬼、一个出言不逊的悍妇。如果菲利普现在赶回家，他还能见到亲切的杰基尔医生，如果他听完埃德温的讲座再回家，等待他的就只有可怕的海德先生了。菲利普考虑过，能否换一种方式来经营自己和埃米莉亚的生活，能否过一种和现在完全不一样的生活。“她的不幸都是我的过错，我为什么不能给她带来幸福？”他想过从富克斯大街的房子里搬出去，搬出把埃米莉亚压得喘不过气的破败别墅。他想：“我们可以从她那些卖不出去的乡间别墅里挑一栋搬进去，不过那些房子里现在住满了房客，这些人是赶不走的，好吧，那我们就在花园里搭一个小屋，也不是没人这样做。”但他心里清楚，他们是不会去建造任何东西的，不管是小屋，还是空地上的房子。埃米莉亚也不会搬出富克斯大街。她依赖充满了家族纷争的空气，她离不开日益临近的金钱危机。菲利普也永远不会搬去乡下。他需要城市，哪怕他在城市里受穷。他有时也会翻翻园艺书，想象着自己在侍弄花草中找到安宁。但他知道那是幻觉。他想：“在乡下，在自建的小屋里，我们就剩下纯粹的互相折磨了，在城市里我们还相爱着，我们只是做出不再相爱的样子。”他结清了酒钱。不走运的是，他没注意到《新页报》的编辑就和《回声晚报》的女士们坐在一张餐桌上。编辑指责菲利普私自取消了采访，他希望菲利普眼下至少去参加埃德温的讲座，并为《新页报》报道这次活动。“您自己去吧。”菲利普说。“不，您要知道，”编辑回答说，“为了这次虚论浮谈我特地找的您。这件事还得劳驾您走一趟。”——“那您会付我出租车的钱吗？”菲利普问。“您把它写进费用里。”编辑说。——“现在就给。”菲利普又说。编辑便从口袋里掏出一张十马克纸币递给了菲利普。“我们之后再来结算。”他说。“我已经沦落到这个地步了。”菲利普想，“我同时出卖了自己和埃德温。”

77

目睹了圣灵广场混战的梅萨利纳受到了惊吓，她在警笛声的干扰和陪伴下，冲进了宾馆的酒吧。这里是安静的。梅萨利纳的神经紧绷着，她感觉自己就要在这片寂静中炸裂了。“这里没有人吗？”她想。一个人实在太可怕了。梅萨利纳已经从妓女小酒馆逃回了她心目中上流社会的地盘，她喜欢在这个体面社会的边缘干些作奸犯科的事情。梅萨利纳从来没有真正与这个体面阶级的团体彻底决裂。她没有放弃任何东西。她只不过还想再多要一些。体面阶级的团体是一个立足点，站在这里，她才可以和三教九流的人称兄道弟，与她眼中的无产阶级建立一种暂时的感官上的亲善。可惜她哪里知道！她其实只需要问菲利普一声，菲利普就会振振有词地抱怨起来，无产阶级的想法是多么地接近清教徒。他并不是一个特别放荡的人，梅萨利纳几乎把他看成一个修士。不过这是另外一回事。菲利普常常怨叹：“一个清教徒的世纪即将来临！”然后他会隐晦地引述福楼拜，这位大作家曾为欢场少女的销声匿迹而感到遗憾。欢场少女已经死光了。菲利普认为工人阶级的清教主义是一场不幸。菲利普颇为赞成废除私有财产，但他坚决反对限制快乐。他还区分了欢场少女和悲伤少女，他把眼下盛行的各种色情交易都算到了后者头上。“都是些毫无顾忌的家伙。”梅萨利纳想，“这样打成一团。”在梅萨利纳的家里，殴打都是以符合审美的方式按照有节制的仪式进行的。梅萨利纳环顾四周。酒吧里看起来空无一人。不，最远的角落里坐着两个女孩：埃米莉亚和绿眼睛的小个子美国女孩。梅萨利纳踮起了脚尖，这座高大的纪念像危险地摇晃起来，她打算蹑手蹑脚地靠近那两个小女孩。她们喝酒，大笑，相互拥抱、互相亲吻。发生了什么？埃米莉亚戴着一顶什么奇怪的帽子？她从来不戴帽子。像大多数缺乏安全感的人一样，梅萨利纳乐意相信其他人总在密谋反对她，相信他们都背着自己保守着什么秘密。这个绿眼睛的小个子美国女人真是令人不安。绿眼睛之前和菲利普说过话，这会儿她又和埃米莉亚在一起，还与她拥抱、亲吻，真是出乎意料，尽管那只是寄宿学校小女孩间的亲吻。这个迷人的小家伙到底是谁？菲利普和埃米莉亚是在哪儿弄到这么一个人的？“也许他们会一起来参加我的派对，到时候再见机行事。”梅萨利纳心想。但这个时候，她看到了埃德温，她顿时落下脚跟稳稳地踏在了地面上。也许她能战胜埃德温。埃德温是条更大的鱼，尽管味道可能不太好。埃德温快步走进酒吧，匆匆来到柜台前，对调酒师耳语了几句。调酒师为他把白兰地倒入了一个大红酒杯里。埃德温喝干了杯子。他容易怯场，他对演讲心怀恐惧。他用白兰地来对抗不安。领事馆的车已经等在宾馆的门口了。埃德温成了自己诺言的俘虏。多么恐怖的一个夜晚！他为什么要卷入其中？虚荣！虚荣！智者的虚荣。他为什么要离开自己的隐居之所？离开摆满了书籍和古董的舒适公寓？演员的盛名，献给主角的掌声，都令他心生妒忌，是这份妒忌把他驱赶了出去。埃德温鄙视演员，鄙视主角，鄙视演员和主角赖以为生、与之相伴的大众。但是，哎呀，如果你像埃德温一样日久天长地坐在写字桌前，孤独地为真理，为美，当然也为认可而殚精竭虑，那些东西就成了一种诱惑，掌声、人群、青年、门徒，它们都是吸引和诱惑。那个丑恶的社会新闻女记者又出现了，又是楼梯上的那个女人，这个巨怪般的异性，她的视线锁定了他，他得赶快溜走。凯对埃米莉亚喊道："埃德温来了！你没看见他吗？快点！我得去听他的演讲。韦斯科特的纸条在哪儿呢？快点！我差点忘记了！"埃米莉亚突然有些愤怒地瞪着凯。"去找你的埃德温吧！我讨厌这些文人，游艺摊上滑稽可笑的纸人靶子！我哪儿都不去！""但他是个文学家。"凯大声说，"你怎么能这样说！""菲利普也是个文学家。"埃米莉亚说。"谁，菲利普？"凯问。"我的丈夫。"埃米莉亚回答。"她疯了。"凯心想，"她想干什么？她疯了，她根本没有结婚，别以为我在这儿坐着就醉得厉害，我们的旅行团里已经有足够多的疯女人了，不过她还是很可爱，这个疯狂的德国小姑娘。"她喊了一声："我们会再见的！"然后向埃米莉亚送出了一个飞吻，一个代表着告别的潦草手势。凯一阵旋风一样向埃德温跑去。她喝过了威士忌，现在她要向埃德温搭话了。她会向他要一个签名，可埃德温的书现在不在她手边，它在哪儿呢？它躺在哪个角落里呢？不过埃德温可以签在调酒师的便条本上。但埃德温已经快步离开了。凯追了上去。埃米莉亚发现了另一个身影。"这下好了，现在连梅萨利纳也来了。"梅萨利纳愤愤不平地盯着埃德温和凯的背影。这又是怎么回事？他们为什么双双冲出门去了？他们是不是也背着梅萨利纳在密谋什么？埃米莉亚得向她解释清楚。但是埃米莉亚也消失了，她是通过一扇贴壁纸的门溜走的。桌上的空酒杯旁边，只剩下那顶滑稽的帽子，埃米莉亚刚才一直戴着的那顶。它孤零零地躺在那里，像是陷入了深深的失望。“这是巫术。”梅萨利纳想，“这纯粹是巫术，世界上又只剩我一个人了。”她有些踉跄地走向吧台，在这一瞬间，她是一个破碎的女人。“一杯三次蒸馏。”她喊道。“您说的是什么，尊敬的女士？”调酒师问。“啊，随便吧。我很累。”她确实很累。她已经很久没有这么累了。突然之间她被可怕的疲倦击倒。但她不能放任自己如此疲劳。她还得去听演讲，她还得为她的派对做很多准备工作。她伸手去够高脚的玻璃杯，清澈如水的烧酒从杯中溢出。她打了个哈欠。

78

白天陷入困倦。傍晚的天空透着光，下落的太阳直接照进了天际蓝的豪华轿车，一瞬间仿佛要灼瞎卡拉和华盛顿的双眼。光使人盲目，但也使人得到净化，给人披上圣光。卡拉和华盛顿的脸被光芒照亮。华盛顿花了些功夫才打开遮光板。他们沿着河岸缓缓行驶。换作是昨天，卡拉还会梦想着他们在纽约的河滨大道或是加利福尼亚的金门海峡兜风，但现在她的内心已经平静下来。她并没有朝向摆着躺椅和电视机、配备着自动化厨房的杂志梦幻公寓驶去。那是一个梦，一个折磨着卡拉的梦，因为她在内心最深处一直怀有恐惧，害怕自己无法到达那个梦境中的国度。这种渴望的负担现在从她身上卸下了。先前在房间里的时候，她感觉自己似乎已经被杀死了。她跟着华盛顿上了车，仿佛只是挂在他胳膊上的一个口袋，一个用某种死物填塞的沉重麻袋。现在她解脱了。她并没有摆脱掉那个孩子，但她摆脱了那个梦，她不再执着于那种洋溢着慵懒幸福的生活方式，还有那种只须转动一个旋钮就可以制造出的命运幻景。她又找到了可以相信的东西。她相信华盛顿。他们沿着河流行驶，卡拉也相信塞纳河。塞纳河没有密西西比河那么宽阔，也没有科罗拉多河那么遥远。他们以后会一起住在塞纳河畔。如果有必要，他们都会成为法国人——她，一个德国人，将成为法国人，华盛顿，一个美国黑人，将成为法国人。有人愿意生活在法国，法国人总是很欢迎的。卡拉和华盛顿会把酒馆造起来，华盛顿酒馆，一个小酒馆，没有人会被拒之门外。一辆车从他们身边经过。车里坐着的是克里斯托弗和埃兹拉。克里斯托弗心情愉快。他从古董店买了一个柏林皇家制瓷厂的杯子，杯子上有一幅伟大的普鲁士国王的画像。他会把这个杯子带去塞纳河。他会在塞纳河畔的宾馆里把它交给亨丽埃特。亨丽埃特看到带有普鲁士国王画像的杯子会很高兴的。亨丽埃特是普鲁士人，即便她现在是美国人。“所有这些国籍都毫无意义。”克里斯托弗想，“我们应该早日舍弃掉这些东西，当然每个人都会为自己的家乡感到自豪，我也为科罗拉多河边的尼德尔斯感到骄傲，但我不会因此而打死人。”“如果没有别的办法，我就打死他。”埃兹拉暗暗盘算，“我拿上一块石头砸死他，然后飞快地上车，在这之前得先把狗弄上车。只要克里斯托弗动作够快，立刻踩油门，他就别想拿到美元了，这个嚼酸菜的家伙。”埃兹拉的眉头因为焦虑已经皱了好几个小时了。克里斯托弗给了埃兹拉十美元。“现在你可不会走丢了。”他打趣埃兹拉，“就算你走丢了，也可以用这十美元找到我。”——“好吧。”埃兹拉说。他似乎已经不在乎了。他无动于衷地把那十块钱装进口袋，然后问道：“我们能及时赶到啤酒坊吗？”——“你要去啤酒坊干什么？”克里斯托弗问，“你一直在问我们能不能及时赶到那里。”——“就随便问问。”埃兹拉说。他不能暴露任何蛛丝马迹。克里斯托弗不会同意的。“到了桥那里我们就掉头回去吧。”埃兹拉催促道。“我们当然要掉头回去。我们为什么不回去呢？”克里斯托弗很想到桥上看一眼，导游手册上说，从桥上眺望河谷，眼前的景象尤其浪漫。德国在克里斯托弗眼里是个很美的国家。

79

白胡德有三家站立式酒馆可以选择。从外表看它们没有任何区别，一样的临时搭建的房子，一样的酒瓶放在窗前，一样的价格写在黑板上。一家是一个意大利人开的，一家是一个老纳粹开的，第三家属于一个老妓女。白胡德选择了老纳粹的酒吧。埃米莉亚有时会在老纳粹那儿喝上一杯。这是她的一种自虐行为。白胡德把自行车靠在酒吧碎裂的由垃圾压制成的墙壁上。老纳粹的脸颊松弛下垂，深色的镜片遮住了眼睛。埃米莉亚今天并不在那儿。“早知道我就去找那个老妓女了。”白胡德心想。可惜他已经站在老纳粹的店里了。白胡德点了伏特加。他想：“如果他没有伏特加，我就走。”可老纳粹有伏特加。“其实我应该是喝矿泉水的那种人。”白胡德想，“我是运动员，就不应该当什么精神科医生，这份工作能毁了一个人。”他喝下了伏特加，打了个战。白胡德并不喜欢酒精，但有时他会泄愤似的故意喝酒，比如在接待完病人之后。他默念：“还有那个钱袋子，软塌塌、空荡荡。”这句话来自一首大学生歌曲。白胡德没唱过这首歌。他压根儿就没唱过什么大学生歌曲。但他的钱袋的确又软又空。

他自己也是又软又空。他，白胡德医生，每次在看诊之后，都是浑身发软，被掏空了一般，就和他的钱袋子一样。又有两个病人来向白胡德借钱。白胡德无法把他们拒之门外。他给他们治的就是没有能力应付生活的病。“这个纳粹也是又软又空。”他这样想着，又点了一杯伏特加。“马上又要重新开始了。”那个纳粹说。“什么？”白胡德问道。“就是，锵哒啦哒哒。”那个纳粹回答。他发出一连串声音，仿佛是在打鼓。“这些人现在又占了上风。”白胡德想，“不管发生什么，总能让这些人爬上去。”他喝下了第二杯伏特加，又经历了一轮颤抖。他付了钱。他想：“我要是去了那个老妓女的店就好了。”可惜他的钱不够他再去找老妓女了。

80

埃米莉亚正站在老妓女的站立式酒馆里。她原本打算回家的。她并不想喝醉了再回去，那样就又会听到菲利普的指责，有时甚至是他的哭声。菲利普近来也有些歇斯底里了。埃米莉亚有什么需要他担心的呢，真是疯了。“你看我这么能喝。”埃米莉亚总这样说。她知道菲利普把她两副截然不同的面孔比作杰基尔医生和海德先生。她何尝不想以杰基尔医生的面目去见他呢，一个亲切的好医生。她会告诉菲利普，从典当行又得到了些钱，卖国王杯子的钱、卖祈祷毯的钱也还剩一些，这样就又可以支付电费账单了。然后她还会告诉菲利普，她把那件首饰送给了别人。菲利普应该能理解她的举动。他也一定明白，为什么当她把项链戴在那个绿眼睛美国女孩的脖子上时，会突然感到如此地自由。但这其实很令人恼火。菲利普会马上告诉她："你应该赶快逃跑。你应该把项链挂在她脖子上然后转身就跑。"菲利普是个心理学家。这点很好，但也着实令人恼火。你无法对菲利普隐瞒任何事情，最好对他坦白一切。"为什么我没有逃跑呢？因为她的嘴唇尝起来如此特别，它的味道那么清新，就像草原一般无拘无束，我是喜欢女孩子吗？不不，我根本不喜欢女孩子，但也许我很乐意跟她调会儿情，把她当成一个漂亮的小妹妹，爱抚，亲吻，对她说'再来和我道声晚安'，她也会喜欢的，可恶的埃德温，每种人际关系都是那么可恶，要是我立刻转身逃走就好了，我今天的心情就会好很多，我就永远不会和这个美国女孩说那些话了，我现在恨她！"好在这一次愁苦并没有把埃米莉亚推到老妓女的身边。埃米莉亚本来能够抵御住投奔那个老妓女的冲动，但是她受到了诱惑。就在宾馆后面不远的地方，她撞见了那条拖着牵引绳的流浪小狗。"你这个可怜的小家伙，"她喊它，"你会被车轧到的。"她把狗引到自己跟前。狗从埃米莉亚身上闻到了其他动物的气息，便立即表现出了对一个容身之所的渴望。埃米莉亚在它看来是个好人，它的鼻子从来没有骗过它。埃米莉亚发现狗饿了，就牵着它去了老妓女的酒馆，给它买了一根香肠。既然已经在酒馆了，埃米莉亚就顺理成章地喝了一杯樱桃酒。她喝着又辣又苦的樱桃酒，她咽下这酒是为了冲淡生活的苦涩，日子是苦涩的，项链事件是苦涩的，和菲利普在一起是苦涩的，富克斯大街的家也是苦涩的。老妓女很和善，但她也是苦涩的。埃米莉亚和老妓女一起喝了起来。埃米莉亚请老妓女喝了一杯。老妓女仿佛一束结了冻的水流，她头上那顶硕大的帽子，就像喷泉的水花凝结而成的冰花环。她的手套上装饰着黑玉，随着她的每一个动作叮当作响，就像晃动的酒杯里相互撞击的小冰块。埃米莉亚颇为钦佩这个老妓女。“等我到了她这个年纪，我早就不会那么好看了，我不会有她一半好看，我也不会拥有一家站立式酒馆，我倒是会把钱全花在她的酒馆里，她攒下了很多钱，她从来不用花自己的钱喝酒，她总是花着男人的钱喝酒，我永远得花自己的钱喝酒。”小狗摇动着尾巴。它很聪明。从外表上不一定能看出来，但它就是很聪明。它发现自己能够触动人心，能打动这个准备收留自己的人类。它要征服这个女人。征服这个女人显然要比待在孩子们身边更有益处，小孩子就如同不可预测、反复无常的诸神。而这位新女神是个好女神。这条狗，就和心理医生白胡德一样，也认为埃米莉亚是个好人。埃米莉亚不会让狗失望的。她已经下定决心，要把它带回家。“你和阿姨待在一起。”她说，“相信我，亲爱的，我保证我们不会再分开了。”

81

理查德趴在意大利人站立式酒馆的柜台上。这是一个什么地方？门是开着的。他只是直接走了进来。他以为这是一家杂货店。他希望能在里面遇到个女孩子。“如果我在德国的第一个晚上就有一个德国女孩那该多好。”但眼下他误入了一片战场。酒瓶、玻璃杯、开瓶器成了堡垒和隆隆前进的坦克，香烟盒和火柴盒权当空军中队。这家站立式酒馆的意大利老板是一个怒气冲冲的战略家。他向这位年轻的美国飞行员演示了如何保卫欧洲。在一次成功的防守之后，他转守为攻，一举剿灭了东部势力。“拿些炸弹，”他喊道，“拿几颗炸弹，你们就能赢了！”理查德喝了一杯苦艾酒。他惊讶地发现，苦艾酒竟然这么苦，尝起来就像发苦的糖水。“也许这家伙是对的，”理查德想，“就这么简单，几颗炸弹，也许他说得对，为什么杜鲁门想不到这个主意？就几颗炸弹，为什么五角大楼里的人不这样做？”但理查德突然想到了些什么——他想起了历史课上学的，或者是在报纸里读到的，或者是在演讲中听到的。于是他说：“希特勒就是这么做的，日本人也是这么做的：只管进攻，一夜之间就发起进攻。”——“希特勒是对的。”意大利人说，“希特勒是一个伟人！”——“不，”理查德说，“他是一个可怕的人。”理查德脸色都发白了，他觉得这样与人争辩非常尴尬，但同时又确实非常生气。他来这儿不是为了与人争吵的，他也不知道该如何争辩。他不明白这儿发生了什么，也许这里的人们看待任何东西都跟他彻底不一样。但是他也不愿意任由他的美国原则被这里的人轻易地推翻，那是他引以为傲的原则。“我来这里不是为了重复那些希特勒曾做过的事。”他说，“我们永远不会像希特勒那样行事。”——“你们不得不这样做。”意大利人说。他气急败坏地把堡垒、坦克和空军中队乱扔一气。理查德结束了谈话。“我得去趟啤酒坊。”他嘴上说。他心里想：“这是一个让人难以立足的地方。”

82

不想成为战士的战士，无意杀人的凶手，曾在梦境中经历了安详死亡的受害者，他躺在圣灵医院的硬床上，他躺在粉刷得雪白的小房间里，一个修士的小单间，他躺在钉着受刑者的十字架下。蜡烛在他的头顶上燃烧，一个神父跪在他的病床旁，一个女人跪在神父身后，她的脸看起来比受供奉的上帝还要严厉，她的心肠硬如磐石，冷酷无情的宗教的女代表，死亡在这些人眼里也不过是一种罪孽，还有一个小女孩，站在他面前，直愣愣地看着他。越来越多的警察挤进了这间逼仄的房间，像是一群临时演员。街上呼啸着警笛声。警察把这个地区搜了个遍。德国警察和美国宪兵都在寻找高大的奥德修斯。死亡天使早已把手伸向了约瑟夫，警笛和他还有什么关系呢？这两个国家、两块大陆的警察又与他有什么相干呢？约瑟夫在工作的时候，总是避开警察。他们从来不会带来什么好消息，他们带来的不是征召令就是告诫书。最好没人问起约瑟夫。每次有人喊他，都是想从他这里要走什么东西，或者总是要他去做些令人厌恶的事情。现在他的死让整个城市陷入了暴乱。这并不是这个老行李工的初衷。他又一次清醒过来，说道："是那个游客。"这句话并不是控诉。他只是感到欣慰，打死他的是那个游客。他还清了债。神父赦免了他的罪。埃米在自己身前画了个十字，嘴里念念有词："宽恕我们的罪。"她就像一个恶狠狠的小转经筒。希勒贡达思索着：那里躺着一个老人，他看起来很亲切。他死了。死亡看起来也很亲切，死亡根本不可怕，它亲切而安静。但是埃米说老人是负着罪死去的，他的罪必须得到宽恕。埃米根本就不确定他的罪能否得到宽恕。上帝还没有决定宽恕他的罪，充其量只是出于怜悯而不再追究。上帝非常严厉，人在上帝面前没有权利，人在上帝面前也没有办法为自己申辩，一切都是罪。但如果什么都是罪，那么做什么也都无所谓了。希勒贡达做了坏事，那是罪，但如果她很乖，那仍然是罪。如果他是个罪人，为什么他还能活到这么老？如果他是个罪人，为什么上帝不早点惩罚他？而且这个老人为什么看起来那么亲切？这么说，人是可以隐藏自己的罪孽的。一个人到底是不是罪人，别人根本看不出来。谁的话也不能相信。希勒贡达的心里再次滋生出了一丝对埃米的怀疑：埃米是可信的吗？这个总是虔诚祈祷的埃米，虔诚或许是隐藏魔鬼的一副面具？要是希勒贡达可以和她的父亲谈谈这件事就好了，但她的父亲过于愚蠢，他说根本就没有魔鬼，也许他还认为，根本就没有上帝——噢，他完全不了解埃米，世界上是有魔鬼的。人总是受到它的摆布。那么多警察——他们是上帝的警察还是魔鬼的警察？他们抬走了死去的老人以惩罚他——是上帝想惩罚他，还是魔鬼想惩罚他？结果是一样的。这个死去的老人没有出路。他无处藏身。他无法为自己辩解。他没有办法再逃脱了。希勒贡达为老人感到难过。面对这一切他显得那么无能为力。希勒贡达走到死去的约瑟夫身边，亲吻了他的手。她亲吻了那只提过无数行李箱的手，一只布满了皱纹的手，布满了大地的沟壑,嵌满了污垢,嵌满了战争和人命。神父问道：“你是他的孙女？”希勒贡达泪流满面。她把头埋在神父的长袍里，痛苦地抽泣着。埃米中断了她的祈祷，生气地说：“她是演员家里的孩子，尊敬的神父。她的血液里流淌着谎言、模仿和伪装。请您惩罚这个孩子，请您拯救她的灵魂！”正当神父在震惊中停下了抚摸着希勒贡达的手，正当他打算开口回复这个保姆的请求，一个声音，从约瑟夫的病床下，从他的停尸床下，传了出来。在床底下沉默了许久的奥德修斯的手提箱又开口了。这次它说的是英语，轻柔、温和、摇摆不定，一个受过良好教育、带着优雅牛津口音的优美嗓音，一个语文学家的声音。这个声音介绍了埃德温的重要地位，提及了他在美国之家的演讲。这个声音把精神十字军战士埃德温先生的来访称作德国的幸事,他远道而来,为精神、为传统、为精神的不朽、为古老的欧洲做见证，这个欧洲自法国大革命以来——它引述了雅各布·布克哈特的话——就一直在自身的社会秩序和精神秩序中不断震颤，深陷一种持续抽搐和震荡的状态。埃德温是来消除震颤、治理混乱的吗？他是来——当然是在传统的意义上——竖立刻着新法律的新石碑的吗？神父回顾了约瑟夫的一生，他所辖教区里这个老行李工的死打破了他内心的平静，他被深深触动，他罕见地被保姆那阴沉的虔诚所触动，被她缺少任何一丝温暖和喜悦的石像面容所触动，被小女孩的啜泣所触动。她的眼泪打湿了他教袍的前襟。这位从事神职的先生漫不经心地听着那个讲英语的声音，死者床下的手提箱里传出的声音，他有一种感觉，那个声音谈论的是一位假先知。

83

施纳肯巴赫，沉睡者，被开除的职业学校教师，学养上有所欠缺的爱因斯坦，在美国图书馆的阅览室里度过了整个下午。他是半睡半醒拖着沉重的步伐走到美国之家的，一路上却好像受到了哪位天使的照拂，一次又一次地躲过了有轨电车、汽车和骑自行车的人。在图书馆的阅览室里，他用所有能找到的化学、药理学出版物把自己围在中间。他要了解美国最前沿的研究，他要看看，这个大国的科学家们在研发抗嗜睡药物方面进展得怎么样了。美国看起来有不少嗜睡成瘾的人，他们对如何保持清醒这个问题可谓钻研颇深。施纳肯巴赫要向他们取经。他边看边做笔记，他用蝇头小字把公式和结构全都照搬下来，他算个不停，他观察分子的含量。他思索着：化合物有左旋和右旋，而他必须搞清楚，他的生命，这包罗万象的生命中的一个部分，这由各种化学力量合成的具有自我意识的存在，这个一度被称作“施纳肯巴赫”最终又会被投入巨大蒸馏瓶的化合物，究竟是往左边旋转还是往右边旋转。陷于如此这般的思考，他的敌人，他的痛苦，睡眠，又把他制伏了。阅览室里的人认得施纳肯巴赫。他们不会去干扰他的睡眠，他们不会把他从敌人手里解救出来。女图书管理员常遇到奇怪的顾客。阅览室对于无家可归的人，对于来取暖的人，对于怪人，对于自然爱好者，尤其具有吸引力。自然爱好者光着脚来，裹着手工编织的亚麻布，披着长头发留着蓬乱的胡子。他们要找关于巫师和邪恶之眼的书，要找生食菜谱，以及关于死后生活和印度苦修的册子，他们埋头于天体物理学的最新出版物，他们是宇宙的精灵，以啃食根茎和坚果为生。女图书管理员说：“我一直希望，到我这里来的人会把脚洗一洗，但是他们从来不洗。”美国图书馆是一个慷慨的公共设施，完全免费，对每个人开放。它几乎就是华盛顿梦想中的小酒馆，黑人美国公民华盛顿·普莱斯想开在巴黎的小酒馆，一个不会把任何人拒之门外的小酒馆。

84

施纳肯巴赫睡着了。在他睡着的时候，人群把这栋大楼里的演讲厅填满了。那么多人都是冲着埃德温的讲座来的。大学生们来了，年轻工人们来了，一些艺术家也来了，他们蓄着大胡子，也不把贝雷帽从脑袋上摘下来，据说是由于存在层面的原因。神学院的哲学班也来了，一张张农民的脸，已经经历了转变，纷纷透出神性、严峻，或是返璞归真的气质。还来了两个有轨电车售票员、一位市长，以及一位法院执行官，后者把文人算作自己的潜在客户，所以走上了条歪路来到了这里。除此之外还来了很多穿着体面、大腹便便的人。埃德温的演讲是一场大型社交活动。那些穿着体面的人要么在电台或电影界任职，要么在广告行业工作，因为他们不够走运，没有成为人民的代表、政府部门的高官，或者干脆是部长、占领区军官、领事代理人。他们都对欧洲精神抱有极大的兴趣。城里的生意人看起来对它不那么感兴趣，他们没有选送代表过来。时装设计师们倒是出席了，阴柔娇美、香风缭绕的先生们带来了他们的模特娃娃，都是匀称健美的女孩子，倒是可以放心地交到他们手里。白胡德坐到了神父们中间，仿佛要用这个举动表明他们之间的同事关系。他想：“我们随时都可以提供精神病学和宗教上的援助，万无一失。”梅萨利纳和亚历山大也大驾光临。他们站在讲台的附近，被报刊摄影师的闪光灯照得雪亮。杰克和他们在一起。他穿了一条皱巴巴的美式夏季军裤和一件彩色条纹毛衣，头发蓬乱，好像刚被一阵闹铃惊醒，直接下了床就赶过来了。他身边是小汉斯，他的朋友，一个顶着淡金色头发、化了淡妆的十六岁男孩，穿着受坚信礼的蓝色西装，表现得相当规矩。他用泛着水光的眼睛冷冷地望着时装设计师和他的娃娃们，小汉斯，小汉斯，他是幸运的汉斯[1]——他一向很清楚，从什么人那里可以获取什么东西。这个时候，阿尔弗雷多——那个女雕塑家——也现身了。她那焦虑、劳累、失望的脸上，那张与金字塔碑文里的猫一样的锥形脸上，浮着红晕，仿佛她给了自己一巴掌，才鼓起勇气恢复精力奔赴今晚的活动。在梅萨利纳面前，阿尔弗雷多显得那么娇小，让人忍不住想象梅萨利纳把她抱起来的画面，这样她才能把四周的情形看得更加清楚。亚历山大忙着接受别人的祝贺。几个装腔作势的人和几个阿谀奉承的人上前祝贺他，心里则暗暗希望自己能顺带被闪光灯照相机拍进去一起上个报纸——亚历山大会晤矮子丕平，联

1 《幸运的汉斯》是《格林童话》中的一篇。汉斯用七年劳作得来的金块先后换了马、牛、猪、鹅、磨刀石，最后磨刀石滚到了池塘里。一无所有的汉斯感叹自己是多么幸福。

邦政府考虑增加文化投入资助学会。他们谈论《大公情事》，新德国制造出的更好的电影，关键在于剧本，文学家上了电影的前线。“这会是一部极其精彩的电影。”一位女士恭维道。她的丈夫主编《法庭信使》，女士衣裙里的吸血鬼，靠这个挣了足够多的钱，供他的妻子向那些个柔美的时装设计师定制衣装。“只是胡编乱造的东西。”亚历山大说。“您还那么会说笑话。”这位女士继续甜言蜜语。“当然。”她心想，“这当然是垃圾，不过他为什么说得那么大声？或许这部电影还真不是胡编乱造的东西？那它就肯定是一部严肃而无聊的垃圾了。”新现实主义已无人问津。马萨诸塞州来的女教师们坐在前排，人人手里握着笔记本。她们把被闪光灯包围的那两个人当成了欧洲精神生活的领袖。她们竟然这样幸运，连一部亚历山大的电影也没有看过。“这是个愉快的夜晚。”韦斯科特小姐说。“一场马戏。”伯内特小姐说。她们不约而同地偷偷关注着宽敞的大门，期待着凯的身影。她们都很为凯担心。埃德温穿过一扇专属的小门登上了讲台。摄影师们纷纷像射手一般单膝跪地，闪光灯火力全开。埃德温鞠躬致意。他闭上了眼睛，延宕着不得不把目光投向听众的那一刻。他感到有些头晕目眩。他感觉自己一个词也说不出来，喉咙里发不出任何声音。他出汗了。他因恐惧而流汗，也因幸福而流汗。人们蜂拥而至，只为聆听他的声音！他已在全世界奠定了自己的声名。他并不想高估自己，但是大厅里确实座无虚席，慕名而来的人们期待着他的演讲。埃德温已经把自己的生命奉献给了精神上的耕耘，他已触及了精神，他成了精神，现在轮到他把精神传递下去了——年轻的追随者们在每个城市里款待他，精神永远不会死去。埃德温把自己的稿子铺在了演讲台上。他把灯移到了合适的位置，清了清嗓子。但是那扇宽敞的大门又被推开了，菲利普和凯沿着通向大厅的阶梯走了下来。他们是在门口相遇的。凯被维持会场秩序的人拦住了去路，但是菲利普亮出了《新页报》的媒体证，那工作人员便像被施了法术一般立刻把门口让了出来。菲利普和凯在大厅边上的两把折叠椅上坐了下来，这是在戏剧演出时留给消防人员和警察的座位。不过埃德温的讲演并没有消防人员和警察到场。韦斯科特小姐碰了碰伯内特小姐，悄悄问道："您看到了吗？"——"是那个德国文学家，我想不起他的名字了。"伯内特小姐回答。"她一直跟他在一起，闲逛到现在。"韦斯科特小姐面露怒色。"如果她还没有进一步做过什么的话。"伯内特小姐言辞犀利。"真是可怕啊。"韦斯科特小姐呻吟了一声。她几乎要跳起来直接去找凯。她甚至有报警的冲动。但是埃德温又清了清嗓子，一片寂静降临在大厅上方。埃德温打算从古希腊与古罗马时代开始讲，他准备提到基督教，以及《圣经》传统和古典文艺的联系，他还要讲讲文艺复兴，对十八世纪的法国理性主义臧否一番。不过令人遗憾的是，扑向听众的并非他的言辞而只是噪声，咕噜咕噜、咔嚓咔嚓、沙拉沙拉，像年市上小丑的响板。埃德温站在讲台上，一开始并没有注意到大厅音响设备的故障。他感受到的是整个空间里的不安，一种让人无法集中精神的氛围。他就欧亚大陆向西伸出的半岛的重要意义又讲了几句，直到要求他大声点清楚点的跺脚声和喊叫声把他的声音淹没。埃德温感觉自己似乎站在高空的钢索上，走了一半，却发现眼下既不能向前也不能向后。这些人想要干什么？他们来这儿就为了嘲讽他吗？他沉默着，双手紧紧握住桌沿。造反了。技术造了精神的反，技术，精神的孩子，那莽撞的、堕落的、爱恶作剧的、冷漠麻木的后代。几个热心人冲上前去，把麦克风移开了。不过出故障的是大楼的音响设备。“没人能帮我。”埃德温心想，“我们都是无助的。我不得不仰仗这个又蠢又坏的喇叭。缺了这个让我显得无比可笑的发明，我还能出现在他们面前吗？不，我已经不敢那样做了，我们不再是人类了，不再是整全的人，我再也不能像狄摩西尼一样直接面对他们侃侃而谈了，我不得不让我的嗓音、我的思想穿过这些金属片和电线，挤过一层滤网。”

梅萨利纳问道："你看到菲利普了吗？"——"是的。"亚历山大回答，"我还得跟他讨论一下稿子。他肯定还是什么都没想出来。"——"废话。"梅萨利纳说，"他无论如何也写不出任何东西。不过那个女孩子，那个挺可爱的小姑娘。一个美国女孩。他在勾引她呢。你有什么想法吗？"——"没有。"亚历山大说。他打了个哈欠。他恨不得现在就睡过去。任由菲利普去勾引他感兴趣的人吧。"他倒是性欲旺盛。"亚历山大心里这样想着。"蠢货。"梅萨利纳轻骂了一句。大楼扩音器里轰隆隆的声响一直传到了阅览室，惊醒了施纳肯巴赫。他也想去听埃德温的演讲，他也对欧洲的精神有着浓厚的兴趣。他发现已经晚了，演讲开始了，便晃晃悠悠、跌跌撞撞地走进了大厅。有人把施纳肯巴赫当成了刚被人从地下室的睡梦中叫醒的机修工，便糊里糊涂地把麦克风递给了他。施纳肯巴赫发现自己突然被推到了大庭广众的面前。他睡得神志恍惚，以为自己还没被解除教师职务，正面对着自己所教的班级，于是他把始终填塞于内心的巨大忧虑对着麦克风喊了出来："别睡了！醒过来！时间到了！"

85

时间到了。海因茨窥视着啤酒坊和黑人士兵俱乐部之间的广场。广场上站着很多警察，广场上的警察未免太多了。俱乐部门口加强了宪兵的看守。这些宪兵是特别高大、特别健硕的黑人。他们穿戴着白色的护胫、白色的腰带和白色的手套，仿佛来自恺撒的努比亚军团。海因茨到现在也没考虑好，到底该怎么办，最好是一拿到美元就逃进废墟里。到了废墟里，那个美国男孩就别想再找到他了。“但是万一他想看狗呢？他显然会要先看狗，才肯把自己的钞票交出来。”糟糕的是，狗跑了。整桩生意都可能因此而告吹。但是海因茨要是因为狗溜了就退缩，那他一定会被人笑话的。海因茨决定先找个好地方躲起来。他拐进了通向百老汇酒吧的走廊。酒吧关闭了，入口处一片漆黑。酒吧老板早早做好了准备，逃去了真正的百老汇。那个新世界是安全的。待在旧世界里会死。去了新世界当然也会死，但是会死在更牢靠的安全保障之中。百老汇酒吧的老板把恐惧、债务、阴霾，以及赤裸的女孩留在了欧洲。他同样把坟墓也留了下来，一个巨大的坟墓，里面躺着他那些被打死的亲戚们。印着裸体女孩的画报贴在昏暗走廊里那脏兮兮的墙上，无人问津，日渐破败。女孩子们在微笑，卖弄风情地用小纱巾挡住自己的耻部。“美国佬的婊子”，有愤怒的人在上面写了字。女孩子们在微笑，她们保持着调笑的姿态，她们依然风情万种地拈着小纱巾。还有民族主义者在墙上刷了“觉醒吧，德意志”[1]。女孩子们在微笑。海因茨对着墙根小便。苏珊从酒吧昏暗的入口处经过。她在心里骂了一句：“这些到处撒尿的猪猡。”苏珊来到了黑人士兵俱乐部门口。黑皮肤的宪兵检查了她的证件。他们伸手接过了她的证件，手套白得耀眼。证件没有问题。一辆白人宪兵的警车鸣着警笛开到了俱乐部门口。白人宪兵们呼喊着他们的黑人同伴，带给他们新的消息。这些白人宪兵看起来不如他们的黑人同伴优雅挺拔。在黑人面前，他们显得卑微寒酸。苏珊消失在了俱乐部的门里。一个白人宪兵心想：“最美的姑娘都被黑鬼们抢去了。”

86

俱乐部里有支德国乐队在演奏。这个俱乐部很穷。一支美国乐队对他们来说太贵了，所以这会儿只能是德国乐队在演奏。德国乐队也不错。这是军乐指挥少尉贝伦德的乐队。乐队演奏各种各样的爵士乐，偶尔也会演奏霍亨弗里德伯格进行曲[2]或者

---

1 《冲锋队之歌》的歌词，纳粹的著名宣传口号。

2 普鲁士传统军乐中最著名作品之一，据说是为纪念普鲁士军队在第二次西里西亚战争的霍亨弗里德伯格战役中赢得胜利。

瓦尔德托费尔的西班牙圆舞曲[1]。进行曲很讨黑人士兵们的喜欢，瓦尔德托费尔就不那么受欢迎了。乐队指挥贝伦德感到心满意足。他很乐意在美军的各个俱乐部里演奏。他发现这样能挣不少钱。他是幸福的，弗拉斯塔带给他的幸福。他把视线转向了弗拉斯塔，她正坐在乐队旁的一张小桌子前，低头做着针线活。她不时地抬起头来看一眼乐队，与贝伦德先生相视而笑。他们共享着一个秘密：他们曾并肩站在整个世界的对立面，携手坚持到了最后。他们各自都背弃了自身所处的环境，背离了长久以来耳濡目染的观念，各自冲破了企图紧缚住他们的各种偏见。德国国防军军乐指挥少尉在波希米亚-摩拉维亚保护国邂逅了一个小个子捷克女孩，然后爱上了她。和女孩睡觉的人多得是，但他们都瞧不起那些陪自己睡觉的女孩。只有很少一部分人会爱上同自己睡觉的女孩。军乐指挥少尉爱上了弗拉斯塔。他一度试图抵御这份爱。他问过自己："跟这个捷克妞我能怎么样呢？"但是他爱上她了，爱情改变了他。爱情不仅改变了他，也改变了那个女孩，把她变成了一个全新的人。当布拉格满城像开放狩猎野生动物一样抓捕德国国防军的时候，弗拉斯塔把

1 瓦尔德托费尔（1837—1915），法国作曲家，一生创作了数百首圆舞曲，《西班牙圆舞曲》是其最知名的作品之一。

贝伦德先生藏在了柜子里，然后和他一起逃出了捷克斯洛伐克。弗拉斯塔宣布与过去的一切脱离关系，她与她的祖国脱离了关系；贝伦德先生也和很多东西脱离了关系，他与他至今为止的整个人生脱离了关系。他们感觉自己摆脱了束缚，他们自由了，他们很幸福。人竟然可以如此自由、如此幸福，他们过去从来没想过这会成为现实。乐队开始演奏迪克西兰爵士乐[1]。在军乐指挥少尉的指挥棒之下，他们演奏了爵士组曲里的第一支，用的是德意志的、浪漫的、演奏《自由射手》的方式。

苏珊觉得乐队很无聊。一群十足的笨蛋演奏一支过于拖沓的曲子。这支乐队演奏不了她称之为够劲儿的音乐。她需要混乱，她需要迷醉，她想要往混乱和迷醉中纵身一跃。所有的黑人看起来都差不多，这可真够糟糕的。谁能分得清楚？回头跟个错误的人走了也说不准。苏珊穿了一件条纹的丝绸上衣。上衣直接贴着她光裸的皮肤，就像一件男式衬衣。她其实可以任意找一个人，大厅里的任何一个人都会跟着她走的。但苏珊在找奥德修斯。她偷了他的钱，但是她可能是喀耳刻或者塞壬，也可能是瑙西卡，所以她必须把他找回来，不能放过他。她

1　一种于20世纪初期在新奥尔良发展起来的早期爵士乐风格，给人的感觉是激烈、兴奋、充满生机。

偷了他的钱，但是她不会出卖他。她永远也不会出卖他——她不会告发他，说他用石块砸死了约瑟夫。她其实并不确定，奥德修斯是否用石头砸死了约瑟夫，但她相信是这样的。约瑟夫的死并没有让苏珊太难过，“我们哪个人能不死”。但是她仍旧感到遗憾，奥德修斯打死的为什么不是另一个人。他应该打死亚历山大或者梅萨利纳。不过不管他打死的是谁，苏珊必须站在他这一边，“我们必须团结起来对付那些猪”。苏珊憎恨这个世界，她感觉自己被这个世界排挤，被这个世界蹂躏。谁与这个可恨的世界为敌，谁在它冰冷残酷的秩序上砸出一个洞，她就爱谁。苏珊是很忠诚的。她是一个可靠的战友。她值得信赖。根本用不着害怕警察。

87

海因茨紧紧贴在墙上，贴着那些赤身裸体的女孩。一个德国警察懒懒散散地从酒吧的入口处经过。在这个夜晚，倾巢而出的德国警察和美国警察仿佛被捅了窝的胡蜂。一个黑人杀死了一个出租车司机，也可能是一个搬行李的人。海因茨并不知道确切情况。老城里都在谈论这件事。有的认为被杀的是一个出租车司机，有的说是个搬行李的人。“不过一个搬行李的人又没有钱。”海因茨有点纳闷。他向通道外面张望，看见华盛顿那辆天际蓝的豪华轿车停在了黑人俱乐部的门口。华盛顿和卡拉下了车，走进了俱乐部。海因茨感到奇怪。华盛顿和卡拉已经很久没来过俱乐部了。卡拉不愿意再到那里去了，她拒绝再与那些出入俱乐部的妓女们为伍。眼下他们再次出现，那就说明一定发生了什么事。海因茨想象不出，到底发生了什么，但肯定是一件十分要紧的事。他的内心顿时被不安占满。这对情侣要去美国了吗？他也应该一块儿去吗？他不应该去吗？他到底想不想一块儿去呢？他不知道。他最好现在立刻回家，躺在床上好好思考这个问题：究竟要不要去美国。或许他会在床上哭起来，或许他只是读了一会儿老铁手[1],然后吃了巧克力。卡尔·迈[2]说的话可信吗？但华盛顿告诉过他，印第安人现在只存在于好莱坞了。他应该回家去吗？他应该上床睡觉去吗？就在这个时候，那辆看起来和飞机差不多的汽车驶过了广场。汽车在停车场管理员的指引下找到了位置。克里斯托弗和埃兹拉从里面钻了出来。埃兹拉不住地向四周张望。他来了。他来做这笔交

1　老铁手是德国作家卡尔·迈为其多部西部探险小说创作的虚构人物。

2　德国作家卡尔·迈（1842—1912），以异域探险小说而闻名，作品畅销全球。他笔下的故事主要发生在19世纪的中东、美国和墨西哥，其中三卷本关于印第安酋长温内图的故事最为著名。

易了。海因茨不能回去了。他不能上床去躺着了。要是这个时候再从这桩交易面前逃走，那他就是个十足的懦夫。克里斯托弗走进了啤酒坊。埃兹拉跟在他身后挪着步子，不时地左顾右盼。海因茨想：“我是不是要给他一个信号？”他考虑了一下还是作罢，现在还早，他父亲，那个有点年纪的美国佬，肯定得先坐下喝几口。

88

“这是个什么样的年轻小伙儿呢？什么样的年轻美国佬呢？”那位小姐在心里想着，“这是他在德国的第一个晚上，而我已经同他相识了。”这位小姐很漂亮，她有着深色的卷发和闪亮的牙齿。在大街上，是这位小姐给了理查德跟她搭话的机会。她看出来了，理查德很想跟她搭讪，却害羞得不知该怎么做。于是这位小姐向他提供了一点便利，主动挡住了他的去路。理查德也意识到了，她有意为他提供方便。他很中意她，但是他也有顾虑：“万一她有病呢？”在美国就有人警告过他了。在美国，人们会提醒驻外的士兵提防这些小姐。不过他转念一想：“我又不想跟她怎么样，再说她也可能根本没染上什么病。”她确实没有病。她也不是站街的女孩。理查德很走运。这位小姐是在火车站百货公司卖袜子的售货员。百货公司靠袜子盈利，这位小姐却赚不了几个钱，那微薄的收入还得上交给家里。她一想到整个晚上坐在家里听她父亲从收音机里挑选的音乐，就兴味索然——闪烁吧萤火虫[1]，永远都极其无聊的点播音乐会，大德意志帝国最坚实的遗产。当萤火虫在闪烁时，她的父亲通常会读报纸。他总说："希特勒还在的时候可不是这样的。那时候里面有一股生气。"她的母亲就会在一旁点头附和。她却想到了焚毁的老房子，确实有一种生气在里面呢，跳动的火焰里的生气。她想到了自己一直小心积攒着、到头来却付之一炬的嫁妆。她永远也忘不了嫁妆里的那个大衣柜。但是她不敢顶撞父亲——他是联合银行的看门人，一个受人敬重的男人。这位小姐想在袜子之后、在萤火虫音乐之后寻求点能让自己快活的事情。这位小姐想要生活。她想要自己的生活。她不想重复父母的生活。父母的生活是不值得模仿的。父母们是失败的。他们很穷。他们不快乐，不幸福，愁眉苦脸。他们愁眉苦脸地坐在压抑的小房间里，听着压抑的轻快音乐。这位小姐想要一种完全不一样的生活，一种不一样的快乐，如果有必要，也可以是一种不一样的痛苦。那

1　轻歌剧《吕西斯特拉忒》中广为传唱的歌曲《萤火虫》的歌词，作者是被誉为柏林轻歌剧之父的德国作曲家保罗·林克（1866—1946）。

些美国男孩在她看来就要比德国男孩可爱得多。美国男孩不会让她想起自己令人郁郁寡欢的家。他不会让她想到所有熟悉到反胃的东西：永无休止的限制，永无休止的精打细算，房屋短缺，种族仇恨，国家的隐忧，道德的不安。包裹着美国男孩的空气是广阔世界的空气。远方自有一种魔力，会让来自远方的他们显得更加美好。美国男孩友好、孩子气、无忧无虑。他们与德国男孩不同，他们没有受到命运、恐惧、怀疑、过往和无望前途的连累。这位小姐对百货商店店员的收入情况一清二楚。她知道这样一个店员必须忍受各种生活上的困苦才能买得起一套西装，一套毫无品位可言的流水线货色，穿着只会显得更加不幸。这位小姐会和这样一个过劳的、沮丧的、穿着马虎的男人结婚。这位小姐只想在今天忘记这件事。她想去跳舞。但是理查德想去啤酒坊。啤酒坊也很有趣。那就去啤酒坊吧。不过啤酒坊里也会演奏小萤火虫音乐。

89

大厅里被挤得水泄不通。民族共同体和国际共同体，人人向往，时时赞美，啤酒坊的怡人氛围沸腾起来了。啤酒从巨大的木桶里汩汩流出，堆起白沫。啤酒不停歇地奔涌着，不停歇地翻腾着泡沫。

打酒的人不再去拧龙头，他们直接用一升的啤酒杯切断酒柱，灌满后立即移开，而下一批杯子已经又伸到龙头下面了。没有一滴会被浪费。女招待们一次扛着八杯十杯一打杯子送到桌边。众人欢庆甘布林努斯[1]之神的节日。人们碰杯，喝干，放下空杯，等待再一次注满。来自南部高地的乐队开始演奏。所有成员都是穿着皮短裤的老先生，露着毛茸茸的泛红的膝盖。乐队演奏了“小萤火虫”，然后还演奏了“男孩看见小玫瑰”[2]。大厅里的所有人都跟着唱起来，他们把胳膊挽在一起，他们站了起来，他们跳到了长凳上，他们举起啤酒杯，拖长声音情绪饱满地咆哮，“荒野上的小玫瑰”。然后大家又坐下来，继续喝起来。父亲们喝酒，母亲们喝酒，小孩子们喝酒。白发老头们围着圆木桶站着，在横七竖八的啤酒杯里寻找着残留的几滴液体，然后贪婪地倒进喉咙里。人们谈论起出租车司机的谋杀案。一个黑人士兵杀死了一个出租车司机。他们谈论的就是约瑟夫的死，只不过谣言把行李工传成了出租车司机。女神法玛[3]看来是觉得行李工太穷了，构不成一桩谋杀案。气氛变得对美国人不太有利了。人

1 欧洲传说中的一位国王，被视为酿造啤酒的发明者。
2 奥地利作曲家舒伯特根据歌德的诗作《野玫瑰》创作的歌曲。
3 古罗马神话中的谣言女神，在现代德语中这个词就表示谣言或声誉。

们骂骂咧咧，嘀嘀咕咕，人们总得宣泄心中的不满。啤酒提升了德国人的民族意识。在其他国家也自有红酒或者威士忌来提升国家自豪感。在德国，啤酒就是让爱国之心起死回生的原料——一种麻木迟钝，并不使人澄明的迷醉。啤酒坊里零零星星的占领军成员，在这场好像发生在巫师坩埚里的骚动中彻底迷失了方向，但他们还是感受到了邻里般的友善。许多美国人都喜欢这个啤酒坊。他们觉得这儿气氛热烈又轻松舒适，比他们曾经读到过的、听到过的还要更加热烈、更加舒适。高地山民乐队演奏起了巴东维莱进行曲[1]，死去的元首生前最喜爱的进行曲。只要给乐队买上一轮啤酒，就能指定他们演奏这支曲子，这支伴随着希特勒踏进纳粹分子集会大厅的乐曲。它来自一段充满厄运的历史，一段尚不陈旧的历史。人们都从座位上站了起来，整个大厅像一只在高涨情绪中胀起来的乳房。站起来的并不是纳粹。他们只是喝了啤酒。是这里的气氛鼓动大家都站起来的。这就是寻欢作乐而已！何必那么严肃？何苦去想过往，去想那些被埋葬的、被遗忘的？连美国人都被这种氛围吸引住了。连美国人也站起来了。连美国人都在哼唱元首的进行曲，还用

1　巴伐利亚军乐作曲家格奥尔格·菲尔斯特（1870—1936）在一战初期于德法边境的巴东维莱创作的进行曲，一直被视为希特勒平生最喜欢的军乐。

脚掌和拳头打起了拍子。美国士兵和那些从他们面前逃走的德国士兵相互拥抱。这就是一种温暖的、纯粹出于人性的友善，没有政治上的目的，没有外交上的交易。禁止亲善，允许亲善，睦邻友好的一周。克里斯托弗十分陶醉。他心想："亨丽艾特为什么如此抗拒呢？她为什么不能选择遗忘呢？她应该到这里来看看，气氛多么融洽，人们多么友善。"埃兹拉观察着乐队，他还观察着人群。他的眉头紧锁，额头皱出了深深的纹路。他几乎要大喊出声了！他发觉自己置身于一片阴暗的森林。这里的每一个人都是一棵树。每一棵都是橡树。每一棵橡树都是一个巨人，童话里的邪恶巨人，挥舞着粗大木棒的巨人。埃兹拉意识到自己必须尽快离开这片森林，他已经无法忍受了，愈演愈烈的恐惧很快就会挣脱他的控制。那个男孩再不赶快带着狗出现，他就要忍不住尖叫起来了，他会大叫着仓皇而逃。贝伦德夫人挤过一排排的顾客。她在寻找理查德，那个年轻的美国亲戚，给她寄包裹的美国亲戚的儿子，没人能预料，或许又一个坏的时代来临了，冲突加剧，亲戚们得团结起来。多傻的男孩子，居然把她约到啤酒坊来！这里几乎每一张桌子边都坐着一个美国人。他们坐在那儿看起来和我们的士兵没有两样，就像是我们的国防军士兵——只不过他们坐没坐相，他们坐得过于舒服，一点谈不上有棱有角。

“太多自由会让人变得粗野。”贝伦德夫人心想。她对着一个美国年轻人说：“你是理查德吗？我是姨妈贝伦德！”可她收获的只有不解和嘲笑。几个人对她喊：“坐下吧，老太婆。”然后把啤酒杯推到她的面前。有个几乎跟酒桶差不多的粗壮家伙，伸手拍了一下她的屁股。“他们找来当兵的都是些什么人，他们打胜仗靠的只是他们的汽车和飞机。”贝伦德夫人急匆匆地从这一桌走到那一桌。她必须找到理查德！理查德可不能把从那个恶毒的女贩子那里听来的话传回家里去。贝伦德夫人必须找到理查德。她看到他坐在一个女孩子身边，那是一个黑色卷发、颇有姿色的轻佻女孩。两个人共用着一个啤酒杯喝酒，女孩的左手搭在男孩的右手上。贝伦德夫人心里琢磨：“这是他吗？有可能是，年龄看起来是符合的，但这不会是他，不可能是他，他要是和他的姨妈约在这里的话，是不会把他的小荡妇带过来的。”理查德也注意到，有个女人正在观察他。他吓了一跳，心想：“大概就是她了，那个长着鱼脸的女人，说不定就是那个生了黑人女儿的姨妈，我对此一点兴趣也没有，我可不想去掺和什么。”他转向那个女孩，把那位小姐搂进怀里，亲吻了她。小姐心想：“我得小心了，他可比我想象得有冲劲儿得多，我还担心他得等到把我送到家门口才会吻我呢。”小姐的嘴唇尝起来有啤酒的味道。理查德的嘴唇也是啤酒味儿的。这啤酒真不错。“他不是。”贝伦德夫人心想，“他不会有这样的行为举止，哪怕他是在美国长大的，他永远也不会这样做。”她在长凳上坐了下来，犹犹豫豫地给自己点了一杯啤酒。这杯啤酒是一项多余的开支。贝伦德夫人对啤酒没有什么喜好。但是她渴了，而且她太累了，没精力再和女招待周旋，再和整个大厅抗争，所以干脆点些什么算了。

90

卡拉和华盛顿去了黑人俱乐部，去庆祝他们的未来，没有人再会被拒之门外的未来。在这个晚上，他们相信了未来。他们相信，他们会亲历这个未来，在未来，不管是谁，怎么生活，都不会被拒之门外。卡拉懂音乐。在看到本人之前，她已经从爵士乐演奏的风格里辨认出了自己的父亲，曾经指挥过《自由射手》的军乐指挥少尉。要是这发生在昨天，卡拉还会感到尴尬，还会担心军乐指挥少尉看到自己和华盛顿走在一起。但是此刻，这样的邂逅用一种完全不同的方式打动了她。他们都是人。而人的想法是会变的。在演奏的间隙，卡拉去问候了父亲。贝伦德先生很高兴能看到卡拉。他虽然感到了一丝尴尬，但他克服了这种尴尬，并把弗拉斯塔介绍给了卡拉。弗拉斯塔也有些尴尬。他们三个人都感到尴尬，但是他们都没有用恶意去揣测彼此。“那里坐着的是我的男朋友。”卡拉指着华盛顿说，“我们要去巴黎。”军乐指挥少尉曾经也差点去巴黎。在战争期间他原本要被调派去巴黎，但是他最终去了布拉格。贝伦德先生心里暗暗琢磨：“卡拉爱上了一个黑人，这到底合不合适呢？”他不敢轻易得出结论，卡拉愿意和那个人共同生活，说不定那个黑人确实是个好人。有一瞬间，所有人的心里都注入了一丝怀疑的毒素，他们的脑海中闪过这样的念头：“我们每个人都沦落了，才会互相有了联系。”但是在这个晚上，他们是愉快的，他们获得了力量去克制那份怀疑，去杀死那些恶意的情绪。他们保持着友好，向彼此表达着爱意。贝伦德先生说：“现在轮到我给你一个惊喜了。你马上就要看到，你爸爸也会表演热辣的东西，一种真正的热爵士[1]。”他重新登上了演奏台。卡拉笑了起来。弗拉斯塔也微笑起来。可怜的父亲，他以为自己能演奏真正的爵士乐，但是真正的爵士乐只有黑人才会。贝伦德先生的乐队把镲片碰得锵锵作响，鼓也都敲起来了，然后小号的声音加了进来，非常响亮，倒也相当动听。苏珊找到了奥德修斯，他冒着风险跑到俱乐部来了。

1　迪克西兰爵士乐的别称。参见本书第 262 页注释 1。

为了她，奥德修斯冒着风险离开了自己的藏身之处，从警察眼皮子底下经过，来到了俱乐部，正如苏珊所料。他们凭借着一个词、一声呼喊接收到了对方的心意，他来到了她的身边。苏珊与奥德修斯纠缠到了一起，她是喀耳刻，是塞壬，也可能是瑙西卡。在军乐指挥少尉热烈的曲调里，舞蹈中的他们像一具合二为一的躯体在木地板上滑动，又像一条生了四足的蛇，蜿蜒蜷曲。两个人都沉浸在激越的情绪中。今天所经历的一切激荡着他们的内心。奥德修斯逃脱了，奥德修斯隐藏起了自己的身份，躲过了人们的追捕，足智多谋的奥德修斯躲过了密探，引诱了苏珊喀耳刻塞壬，也可能是她们引诱了他，或者是他征服了瑙西卡。这还不够刺激吗？这很刺激。他们两个人都因此而兴奋。四条腿的蛇，如此柔韧地盘绕着，令所有人惊叹不已。他们永远不会从这种缱绻里摆脱出来。这条蛇有四条腿和两个头，一张白色的脸和一张黑色的脸，但是那两个头颅永远不会回避对方的视线，那两条舌头也永远不会恶语相向——他们永远不会背叛彼此，这条蛇与这个世界是对立的一体。

91

他不是红蛇，他是猎鹿人。那个红头发的美国男孩才是红蛇。猎鹿人悄无声息着靠近红蛇。海因茨爬进了一栋已经成了废墟的办公楼。穿过被炸开的残壁，他能看见啤酒坊大厅里的情形。草原上波涛起伏，成群的美洲野牛在草丛中穿行。大厅的吊灯挂在巨大的车轮上，灯光在氤氲的酒气和人身上蒸腾出的热气里变得黯淡，仿佛笼罩在浓雾里。海因茨一个人也认不出。猎鹿人不得不离开蓝色的山脉，踏着隐秘的小径穿越了这片草原。他弯下身子，在桌子和长凳下穿行。他发现了一个敌人，意料之外的敌人。贝伦德夫人竟然坐在啤酒坊里，还喝着啤酒。海因茨并不喜欢他的外婆。贝伦德夫人总想着把他送进少年感化院。贝伦德夫人是个危险的女人。她在啤酒坊里干什么？她每个晚上都在这里吗？还是说她只有今天才来，就是为了逮住海因茨？她察觉到他正要发起一次军事行动了吗？海因茨不能让自己暴露，但是他忍不住想戏弄一下贝伦德夫人。这是一次勇气测试。他可不甘心就这样从她面前溜走。乐队开始演奏“狐狸你偷走了鹅”[1]。整个大厅的人又都站了起来。所有人互相挽着胳膊跟着乐队放声歌唱。贝伦德夫人被两个秃头商人挽着，正唱着“趁早把它交回来”。海因茨想把贝伦德夫人的啤酒倒掉。他从后方悄悄靠近贝伦德夫人

1　德语世界最著名的儿童歌曲之一，下文的两句歌词都出自其中。

和那两个肥胖的秃头商人。可等他真的站在贝伦德夫人身后了，却不敢把手伸向她的啤酒杯。他只是拿起啤酒杯旁边斟满了烧酒的小杯子，把烧酒全部倒进了啤酒里。然后他就溜走了。他又成了猎鹿人，到处寻觅着红蛇的踪迹。

92

埃兹拉出汗了。他开始颤抖。他感觉自己要窒息了。连他的父亲现在也成了巨人，成了德意志魔法森林里的一个德意志巨人。克里斯托弗和其他人并排站在一起，正唱到“否则就会被抓走，猎人带着他的枪”。他不知道歌词，他没法把词唱出来，但是他试图跟着哼唱，他的德国邻座也不断向他伸出援手，适时地碰他一下，把歌词拆成一个一个音节教给他：他——的——枪。克里斯托弗点点头，微笑着向邻座举起了啤酒杯，然后他们就点了香肠和小红萝卜，他们一块儿吃起了香肠和小红萝卜。克里斯托弗没有注意到，他的孩子正被恐惧折磨着。猎鹿人找到了他们。他捕捉到了红蛇的目光，向他传递了一个信号。事已至此，埃兹拉是躲不开这场战斗了。那个德国男孩就是森林巨人专门针对他而选派出的对手。他必须和他较量一番。他必须和他搏斗一场。如果他战胜了那个男孩，他就攻克了整片森林。“我到车里去。”埃兹拉说。克里斯托弗问他：“你要去车里干什么？待在这儿吧。”“我宁愿坐在车里。”埃兹拉说，“你马上也过来吧。我们要赶快回家。我们必须以最快的速度回家。”克里斯托弗心想：“埃兹拉说得也对，他不喜欢这里，这里确实不是小男孩该来的地方，他还太小，我得赶快喝干我的啤酒，把他送回宾馆，我还想喝酒的话可以自己再过来，等埃兹拉睡了我就可以回来继续喝我的啤酒。”他喜欢这里。他非常喜欢啤酒坊。他一想到可以回来继续喝啤酒，就感到非常愉快。

93

流言传到了贝伦德夫人的耳朵里。一个黑人杀人了，黑人都是罪犯，警笛尖啸，警察在搜捕那个黑人。“真是可耻。”贝伦德夫人说，“他们就和野兽一样。他们就像野蛮凶猛的野兽。从外表上就能看出来。我能告诉您很多故事。”贝伦德夫人左手边的商人暗暗怀疑她喝光了他的烧酒。他想：“你看，这个老女人，兴致挺高，偷偷喝了我的烧酒，还装作什么都没有发生。”不过他认为贝伦德夫人思想态度倒是很正派，要是她还想喝，像她这样一个思想正派的人，再给她点上一杯也无妨。贝伦德夫人想：“我不能告诉他们，我说不出口，可是我要是能说……”她在脑子里描绘了那两个生意人听完她的故事之后显露出的震惊和愤慨的表情。她在心里总结道：“父亲有一个外国婊子，女儿跟了一个黑鬼。”那个美国侄子呢？侄子溜走了。他捉弄了她。他根本就没有出现在啤酒坊。贝伦德夫人愤愤地从她的啤酒杯里深深地吸了一口。这些外国人在想些什么，根本就没人了解。就像用粗陶杯喝啤酒，根本看不出里面还剩下多少。贝伦德夫人已经把她的啤酒喝干了吗？确实，大厅、音乐、人群、歌唱、兴奋、愤怒、黑人的罪行——这一切都让人口干舌燥。另一个商人也认为贝伦德夫人品性不错。她的啤酒杯空了。他会请她再喝一杯啤酒。这个女人看起来还是不错的。最重要的是，她的思想是正派的。这才是关键。黑人到这里来干什么？这是一种玷污！这两个生意人从来就没有接待过黑人顾客。

94

“那条狗呢？”埃兹拉问，“我要看看它。”红蛇想看那条狗。猎鹿人最担心的事发生了。一切都可能因为那条该死的逃走的狗而失败。海因茨不得不为自己争取一些时间。他说：“请您到这栋楼来。我会给您看那条狗的。”两个孩子各自保持着生硬的态度，捍卫着自己的尊严。他们谈话的内容，听起来就好像是从一本为文人雅士编写的旅行手册里学来的句子。海因茨带着埃兹拉走进了毁坏的办公楼。他爬上了残墙。埃兹拉紧随其后。他并不惊讶海因茨会把他带进废墟。埃兹拉也想拖延些时间。他也没有确切的计划。他担心克里斯托弗是否能及时赶到汽车旁边。他必须及时上车，迅速驶离那里。一切都取决于克里斯托弗能不能及时赶到。他们坐在残墙上，观察着啤酒坊大厅里的人群。他们一度相处得颇为愉快。海因茨心想："我们可以做个弹弓，用石头砸破窗户，把石头射向草原，打那些美洲野牛。"埃兹拉心想："从这里看，那些巨人也没那么可怕了。"海因茨心想："再拖延也没有意义了。"他其实很害怕。他后悔自己掺和进这样的事里。可现在他已经卷入其中，只能进行到底了。他开口问道："您带着十美元吗？"埃兹拉点了点头。他想："较量开始了，我必须获胜。"他说："如果我把钱给您看，您会把狗叫来吗？"海因茨点了点头。他往墙的边缘挪了挪，这样到时候就可以更加轻松地跳下去了。拿到钱他就直接跳下去。他可以先跳到一道低矮的墙上，然后穿过废墟走进贝克街。美国男孩是追不上他的，他会困在废墟里，他会在废墟里耽搁很多时间，再也没法在贝克街找到他。埃兹拉说："如果您把狗叫来，我可以把它带到啤酒坊给我父亲看吗？"他心里想："我一拿到狗，我们就得赶快走，克里斯托弗必须立刻发动汽车。”海因茨说：“首先您得给我十美元。”他想：“你到底想怎么样，赶紧亮出来吧，我要的你已经看到了。”埃兹拉说：“首先得让我父亲看到狗。”——“您根本就没有钱。”海因茨喊起来。“我有钱，但得等到我父亲看到那条狗，我才能把钱给您。”——“虚伪的狗东西。”海因茨心里骂道。狡猾的家伙。红蛇比海因茨想象得还要狡猾。“除非我拿到钱，否则您得不到那条狗。”——“那我们就没什么好说的了。”埃兹拉说。他的声音在发颤。海因茨又叫起来：“您没钱！”他的声音里带有哭腔。“我有！”埃兹拉喊道，陡然提高的声音十分刺耳。“那您就拿出来！拿出来看看，蠢狗，狗东西，有的话就拿出来看看！”海因茨再也无法忍受这种紧绷的气氛。他放弃了体面的对话，一把抓住了埃兹拉。埃兹拉把他推了回去。两个男孩扭打起来。他们在废墟的断壁上扭打，他们的激烈撕扯和愤怒推搡松动了断壁，墙体开始碎裂。早已被大火烤干的灰浆，从石头的接缝中散落下来，墙壁连同战斗中的男孩轰然倒下。他们尖叫起来。他们大声呼救。他们用德语和英语大声呼救。广场上的警察听到了尖叫声。德国警察听到了尖叫声，美国宪兵听到了尖叫声。黑人警察也听到了尖叫声。美国警用吉普车的警笛尖啸着。德国巡逻车的警笛用同样的尖啸回应它。

95

警笛的尖啸穿透了啤酒坊大厅，点燃了啤酒之魂。法玛，编织灾祸的全能的女神再次抬起头，向众人宣传她的谎言。黑人犯下了一桩新的罪行。他们引诱一个孩子进入废墟并杀死了他。警察赶到了犯罪现场。残缺的孩童尸体已被找到。民众的声音与谣言结伴而行。法玛与众人异口同声：“我们还要无动于衷地旁观多久？我们还要放任这种事发生在我们头上几次？”很多人早就看黑人俱乐部不顺眼了。很多人一想到那些和黑人纠缠不清的女孩们、女人们就咬牙切齿。穿制服的黑人，他们的俱乐部，他们的女孩，这些不就是象征着失败、象征着屈服者的耻辱的黑色标志吗？这些不就是表示轻蔑、表示羞辱的清晰符号吗？众人一时还在犹豫。他们缺少一个元首。几个毛头小伙是最先行动的。然后所有人都跟了上去，面孔通红，呼吸粗重，情绪激动。克里斯托弗正要去找他的车。他问：“怎么了？为什么他们都在跑？”和克里斯托弗一起吃小红萝卜的那个人说：“黑鬼杀了一个孩子。你们的这些黑鬼！”他站起来，挑衅地注视着克里斯托弗。克里斯托弗喊道：“埃兹拉！”他跟着人群一起跑到了广场上，大声呼喊：“埃兹拉！”但他的呼喊被歇斯底里的吼叫声淹没了。他无法挤到自己的汽车旁边。他想："为什么广场上没有警察？"黑人俱乐部的入口无人看守。大玻璃窗后面的红色窗帘透着灯光，有音乐声从里面传出。贝伦德先生的乐队在演奏《哈利路亚》[1]。"不要再听黑鬼的音乐了！"民众的声音响起。"停，停。"贝伦德夫人也喊道。两个秃头商人搀扶着她。贝伦德夫人走得跌跌撞撞，但她的品性非常好。她必须得到支持。正派的思想必须得到支持。在乱哄哄的人群里，你永远不知道是谁扔出了第一块石头。而扔第一块石头的人也并不知道自己为什么要这样做，除非是有人收买。但总会有人扔出第一块石头。紧接着再扔石头就快得多、容易得多了。黑人俱乐部的玻璃窗被石头砸碎了。

96

"一切都破碎了。"菲利普想，"我们无法再相互沟通了，正在说话的不是埃德温，而是扩音器，连埃德温也得借助扩音器说话，或者说，扩音器，这些危险的机器人，同样把埃德温也俘虏了——他的话从它们的铁皮嘴里挤出来，变成了扩音器的语言，变成了人人都知道但没人能真正理解的一种世

---

1 应为 1955 年的音乐片《欢歌舞魅》(*Hit the Deck*)中的插曲。

界专用语。”菲利普每次听别人演讲，都禁不住想起卓别林，每个演讲者都让他联想到卓别林。每个人都以自己的方式成了卓别林。哪怕是最严肃、最悲痛的演讲，菲利普也总会被台上的卓别林逗笑。卓别林试图表达自己的思想，向听众传授知识，对着麦克风说出善意又睿智的话语，但那些善意又睿智的话语却如同阵阵军号，夹杂着声嘶力竭的谎言和蛊惑人心的口号，从喇叭筒里冲出来。麦克风前的卓别林只听得到自己的声音，他听到自己对着声音的滤网倾吐着善意又睿智的话语，他听到的是自己的思想，他谛听着自己灵魂的声音，但是他没有听到那些扩音器的咆哮，它们的简化表述和它们的愚蠢号令都躲过了他的注意。到了演讲结束的时候，卓别林相信，听众在他的引导下已经面带微笑地陷入了沉思。所以当人们跳起来，高呼万岁并扭打成一团的时候，他就全然不知所措了。埃德温的听众就不会大打出手。他们只是睡着了。他们睡着了，也就没有了动手的机会。那些没睡着的人是绝不会动手的，他们都是些温和的人。要是换一个卓别林，情况就会相反，野蛮人保持着清醒，温和的人打起了瞌睡，野蛮人还会粗鲁地吵醒那些爱好和平的人。在埃德温的讲座上不会有人被吵醒。不过这场讲座看来是要不了了之了。施纳肯巴赫是第一个睡着的人。白胡德把他从麦克风前带走了。他让施纳肯巴赫坐在了自己和神学院的哲学班之间。他心想："不管是他们还是我，都帮不了他，我们根本就无法和他对话。"施纳肯巴赫真的存在吗？对于施纳肯巴赫来说，整个大厅、读稿子的文学家以及他的听众，就是一个还没反应完全的化学物理过程。施纳肯巴赫的世界观是非人性的。它是完全抽象的。他所受到的师范教育灌输给他一种从外表看毫无破绽的世界观，经典物理学的世界观。在这幅世界图景里，一切都运行于完美的因果关系之中。上帝住在老朽的房子里，难免遭人讪笑，倒也未被驱逐。在这样一个世界上，施纳肯巴赫其实也可以安顿下来。他的同窗们都安顿下来了。他们在战争中倒下，留下了女人和孩子。施纳肯巴赫不想打仗。他也没有结婚。他开始思考，然后发觉传递到他手里的这个世界观已经漏洞百出。他先是看到有学者清楚地知晓并且公开宣称这样的世界观是错误的。为了远离军营，他又吞下了剥夺睡眠的药物，然后开始研究爱因斯坦、普朗克、德布罗意、金斯、薛定谔和约当。他现在窥见了另一个世界，在那儿，上帝的老朽房子被连根拔起，要么上帝根本不存在，要么上帝死了，就像尼采所说的，或者，也有可能，上帝一如既往地无处不在，但他不再是长着胡须的天父，他是无形的，而人类自古以来的恋父情结，从先知到弗洛伊德，到头来都只是智人自我折磨的谬误，上帝是一个公式，一个抽象概念，也许上帝就是爱因斯坦的引力理论，是一种在不断扩张的世界中保持平衡的技艺。无论施纳肯巴赫身处何处，上帝都是中心与外围，都是开始与结束，但他并没有什么特别，每个人都是中心与外围，都是开始与结束，每一个点都是如此，就连他眼中的眼屎，睡魔慷慨赠予他的沉睡沙粒[1]，也仍然是一个复合而成的东西，一个自成一体的微观宇宙，容纳着被卫星们围绕的原子太阳。施纳肯巴赫看到了一个微观物理的世界，它不断吸纳着最微小的物体，直至鼓胀爆裂，当然，它炸裂了，不断炸裂，向着无限辽远处延伸，散逸进了无法名状的、根本没有尽头的空间。沉睡的施纳肯巴赫处于永恒的运动和转化之中，他吸收各种力量，也释放各种力量。它们从太空最遥远的部分向他奔赴，又离他而去，它们超越光速移动，行进了数十亿光年。这一切取决于观察方式，没有办法解释，充其量可以写成几个数字，也许可以把它写在从药品包装盒上撕下来的纸片上，也许需要一个电子大脑才能求得一个大概的数字，真正的数字永不可知，也许人类的职责范围就到此为止了。埃德温谈到了经院哲学的《神学大全》。“降临吧，造物

1　根据德国民间传说，睡魔将有催眠作用的沙粒撒入人的眼睛，使人陷入梦境。在德语中，“沉睡沙粒”也是眼部分泌物的俗称。

主圣灵[1]，降临吧，造物主圣灵，造物主圣灵与我们同在，我们只在圣灵之中。”埃德温呼唤着荷马、维吉尔、但丁、歌德这些伟大的名字。他对着宫殿和废墟、教堂和学园起誓。他谈到了奥古斯丁、安瑟伦、托马斯、帕斯卡。他提到克尔凯郭尔，基督教只是一种映照，然而，埃德温说，这种映照也许是疲惫的欧洲最后的晚照，是世界上唯一温暖的光芒。时装设计师睡着了。他的娃娃们睡着了。扮演大公的亚历山大睡着了，他张着嘴，吞吐着空虚。梅萨利纳正在与睡眠做斗争，她想起了菲利普和那个可爱的绿眼睛女孩，盘算着到底有没有可能把埃德温拉到派对上。韦斯科特小姐忙着记笔记，她把不明所以但感觉十分重要的东西都记录下来了。伯内特小姐心想：“我饿了，每次听讲座，我都饿得要命，我一定是哪里出了问题——我一点也没有感到振奋，只是感觉肚子空空。”阿尔弗雷多，温柔敏感、风韵犹存的女同性恋，把脸颊贴在小汉斯的西装礼服上，正梦见一些极其不雅的事情。小汉斯则在心里琢磨：“她有钱吗？”他堪比一台小型计算机，只是还缺乏经验，不然他早就知道可怜的阿尔弗雷多没钱了，那他就会收回供她倚靠的手臂了。小汉斯是冷酷的。杰克想要记住埃德温所说的一切。

1 原文为拉丁语。

杰克就是一只鹦鹉，他喜欢学人说话。但是演讲着实太长了，令人困倦，又令人困惑。杰克的注意力只能时不时地集中一小会儿。他心神不宁。他在想小汉斯。小汉斯又在要钱了。可杰克自己也没有钱。凯感到头昏脑胀，刚才和埃米莉亚在一起时喝的威士忌正在起作用。她无法理解她的大诗人。他说的话优美而睿智，只是可能过于玄远，凯听不明白。凯泽博士大概可以听懂。凯别扭地坐在她的消防员座位上，德国文学家僵硬地坐在警察座位上，她靠在他的怀里。她想："也许这个德国文学家更好懂一些，他没有埃德温那样聪明，但他可能更多愁善感，德国的文学家都爱做梦，他们歌颂森林和爱情。"菲利普想："他们都睡着了，不过这一番演讲确实称得上博大深远，这个疯狂的人试图唤醒我们，这不恰好十分应景吗？他看来也是白胡德医生的病人了，他的这种竭尽全力的尝试感人肺腑，令人钦佩，现在我对他肃然起敬，他的演讲是一种徒劳的呼告，他一定也能觉察到这样的呼告是多么无力，也许正因为这样才更加触动我，埃德温就是那些令人动容的先知中的一个，孤立无援，受尽煎熬，他不告诉我们他看到了什么，他看到的无非是可怕的景象，他试图用一道面纱挡在众人与自己之间，只是有时会因为感受到了对面的恐惧而揭起面纱，但也许并不存在什么恐惧，也许面纱的另一边什么都没有，他只是自言自语，也许他还说给我听，也许说给神父听，一场占卜官之间的谈话，而其他人都睡着了。”他的手臂把凯搂得更紧了。她没有睡着。她温暖了他。她是温暖而鲜活的生命。菲利普一次又一次地从凯身上感受到了更为自由的存在。诱惑他的不是这个女孩本身，而是自由。他注意到了她脖子上的项链，月光般皎洁，嵌满珍珠、珐琅和钻石玫瑰。“这不适合她。”他想，“她从哪儿弄来的，也许她是从谁那里继承来的，她不应该戴首饰，这件老式首饰偷走了她的新鲜感，也许红珊瑚才适合她。”他觉得这条项链看着有些眼熟，但并没有认出这是埃米莉亚的首饰。菲利普对珠宝没有任何兴趣，他记不住它们的式样和造型；而且他有意避免去细看埃米莉亚的珠宝，他知道这些石头、珍珠和金子会招来眼泪，泪水使他压抑沮丧。埃米莉亚不得不卖掉她的珠宝，她把它们送去珠宝店的时候会哭泣，菲利普便靠着这些贵重物品和眼泪的收益而生活。这就是他存在的困境之一，没有埃米莉亚，他可以更轻松地生活，靠自己而活，但既然他爱埃米莉亚并与她一起生活，同她分享一张长桌、一张床榻，他就是在掠夺她所拥有的东西，他就像困在枝头的鸟一样，粘在了商务顾问遗产所保障的奢华的波希米亚生活方式上脱不了身，再也无法挥动起天生的翅膀在空中短暂地飞翔，自然赋予他的特性已经失落，独自寻觅食物的技能已被遗忘。那是一种桎梏，一种爱的桎梏，一种爱欲的束缚，而生活的轨迹让他对那笔烂账产生了依赖，那笔只剩下残骸的财富，这是另一种束缚，一种违背本意的束缚，它令人窒息地重重压在他对爱的感知之上。“我永远不会再有自由了。”菲利普想，“我一生都在寻找自由，但我迷失了。”埃德温提到了自由。他说，欧洲精神就是自由的未来，否则自由在世界上将不再有未来。埃德温在此反驳了美国诗人格特鲁德·斯泰因[1]的格言，一位他的听众完全不熟悉的诗人，据说海明威就是从斯泰因那里学会写作的。格特鲁德·斯泰因和海明威在埃德温看来同样地不讨人喜欢。他认为他们是文人、不务正业的人、二流思想家，他们则又把这份不敬如数奉还，反过来称他是死去的伟大时代里死去的伟大文学作品的吹捧者和精湛模仿者。“就像草地上的鸽子一样”，埃德温引用了斯泰因的话，她笔下的一部分文字还是附着在了他的记忆里，不过比起草地上的鸽子，他想的更多的是威尼斯圣马克广场上的白鸽，某些文明思想家眼里的人类就像这草地上的鸽子，他们竭力暴露人类存在

1 格特鲁德·斯泰因（1874—1946），美国先锋派诗人、剧作家，主要活跃于法国，在现代主义文学与现代艺术的发展中起到了重要作用。这部小说的标题《草中鸽》便来自她的剧本《三幕歌剧中的四位圣人》（*Four Saints in Three Acts*，1929）中的一段唱词。

的无意义和显见的偶然性，描绘脱离了上帝的人类，让人类在虚无中自由飘荡，毫无意义，毫无价值，无羁无绊，套索高悬头顶，成为屠夫的牺牲品，却对这种幻想出来的，脱离了上帝和神圣起源，只会招致苦难的自由沾沾自喜。但与此同时，每只白鸽却都认得自己的鸽舍，每只白鸽都在上帝的手中，埃德温说。神父们竖起了耳朵。埃德温跑到他们的领地上耕种了吗？他难道是个平信徒传教士吗？韦斯科特小姐停下了手中的笔记。埃德温现在说的话，她不是已经听过一遍了吗？这和伯内特小姐刚才在纳粹分子广场上表达的想法不是很相似吗？她不是也把人比作鸽子或者别的什么鸟类，把他们的存在说成是阴差阳错而且还岌岌可危吗？韦斯科特小姐惊讶地看着伯内特小姐。人类的存在岌岌可危并且纯粹出于偶然，这样的想法原来如此普遍，受人尊敬的文学家和不那么受人尊敬的教师同事都是这样认为的？韦斯科特小姐很困惑。她不是鸽子或者任何其他鸟类。她是一个人，一个女教师，她有一项职务，她能够胜任这项职务并且不断使自己更为称职，她负有职责，她也努力去履行自己的职责。韦斯科特小姐发觉伯内特小姐看起来很饿。伯内特小姐的脸上有一种奇怪的饥饿表情，仿佛是这个世界，是埃德温带来的醍醐灌顶让她饿得厉害。菲利普想："这会儿他转向了歌德，埃德温开始引用歌德的话，他引用了那句‘按照我们据以起始的法则’[1]，这样的做法几乎像一个德国作家，就像歌德一样，他也在这条法则中寻求自由——他没有找到它。”埃德温说完了他的最后一句话。扩音器不断发出仿佛咀嚼的声音和爆裂的声响。埃德温的演讲已经结束，而它们仍旧在咔嚓作响，无牙的嘴里那无内容的嘎吱声、噼啪声把观众从睡眠、梦境和游荡的思绪中扯了回来。

97

石头，都是石头，他们扔出石头，玻璃噼啪作响，落下的碎片惊扰了人群。年长些的人感觉自己仿佛回忆起了什么，他们似乎想起了另一种盲目，想起了若干年前的另一场行动，想起了另一些碎片。那时就是从碎片开始的，最后也以碎片告终。那最后的碎片便是自家的窗户。“停下来！我们会赔钱的。”他们大喊起来，“弄坏了什么东西，最后总得我们自己付账。”克里斯托弗挤到了前面。他并不知道发生了什么，但他已经推挤着穿过了人群。他登上一块石头高声呼喊：“大家冷静一些！”人们根本不知道他在说些什么，只是看到他舒展着双臂

1 引自歌德于1817年所作的《太古之言，俄耳甫斯》。

仿佛要庇护芸芸众生，便大笑着说，这不是圣克里斯托弗[1]吗？理查德·基尔希也向前面跑去。他的小姐提醒他："别去管这事，别掺和，这不关你的事。"但他已经跑出去了。他准备与克里斯托弗一起保卫美国，保卫他身后的黑色美国，这躲在破碎的窗户和翻滚的红色窗帘后面的幽暗的美国。乐队已经停止了演奏。女孩们尖叫起来。她们呼喊着救命，尽管并没有人想要伤她们性命。外面的冷风穿过破碎的窗户吹了进来，紧贴在黑人士兵们的身上，像一阵突如其来的麻痹。他们并不惧怕这些德国人。对他们穷追不舍的是他们的宿命。至死方休的迫害，到了德国也没有放过他们，让他们不见天日，让他们动弹不得。他们决心保卫自己。他们决心踏在俱乐部的地面上保卫自己。他们要去战斗，他们要在自己的俱乐部里战斗。但他们受到了身体麻痹的阻碍，面对着眼前这片人海却无法纵身一跃，这片白人的海洋，这片环绕着黑色小岛绵延几英里的白色海域。警车呼啸而来。到处是刺耳的呼喊。到处是口哨、尖叫和大笑。"跟我走。"苏珊说。她知道一条出路。她握住了奥德修斯的手。她领着他走过一段黑暗的通道，经过垃圾桶，穿过天井，站定在一堵倾颓的矮墙面前。苏珊和奥德修斯爬过了残墙。

1　天主教十四救难圣人之一，被尊崇为旅者的主保圣人。

他们摸索着穿过一片废墟，看到了一条废弃的小巷。“快！”苏珊说。他们冲进了小巷。他们的脚步声被警笛无休止的哀号淹没了。警察把人群推了回去。宪兵在俱乐部入口前拉起了一道警戒线。谁想离开俱乐部都必须接受检查。克里斯托弗感觉一只小手把自己从石头上拉了下来。埃兹拉站在他面前，西装被扯破了，手和脸都被划伤了。一个陌生的男孩站在埃兹拉身后，他的衣服也被扯破了，脸和手也被划伤了。埃兹拉和海因茨随着墙的倒塌一齐摔在了碎石上，双双摔得生疼。他们害怕得大声呼救。但他们听到了警笛声，便互相搀扶着从石堆上爬了起来，一起逃进了贝克街。他们穿过贝克街又来到了广场上。他们已经不再打对方的主意了。他们躲避着对方的视线。他们从童话故事和印第安人故事中清醒过来，突然感到了羞愧。“别问了。”埃兹拉对克里斯托弗说，“别问了，我想回家。没什么事。我从上面摔下来了。”克里斯托弗带着他拨开人群挤到了自己的汽车旁。华盛顿和卡拉从俱乐部里走了出来，正打算驱车离开。“他来了！”贝伦德夫人喊了一声。“那是谁？”秃头商人们大声问道。贝伦德夫人沉默了。她应该把她的耻辱高声喊出来吗？“是出租车案的凶手吗？”其中一个秃头抢先问道，随后舔了舔嘴角。“出租车案的凶手要逃走了。”另一个秃头直接喊了起来，“那个女人说这就是出租车案的凶手。她认识他！”这个秃头满脸是汗。人群中又翻腾起新一波的愤怒。破碎的窗户一度让他们清醒了过来，但从他们眼前经过的人形野兽又唤醒了他们的狩猎本能，唤醒了猎狗群的迫害狂热和杀戮欲望。口哨声四起，有人喊了声“凶手和他的婊子”，石头便又飞了起来。石头砸向了天际蓝的豪华轿车。它们击中了卡拉和华盛顿，它们也击中了正在这里保卫美国的理查德·基尔希。他选择站在受到威胁的人身边，以此来保卫象征着自由和博爱的美国。肆无忌惮地从人群里飞出的石块击中了美国和欧洲，它们令那常常受到召唤的欧洲精神蒙羞，它们把人类置于危险的境地，它们也击中了那个关于巴黎的梦，华盛顿的小酒馆梦，欢迎所有人的梦，但这个比任何一次投掷都更有力的梦却不会被它们扼杀。一个小男孩喊着“妈妈”奔向天际蓝的汽车，石头也击中了他。

98

小狗依偎在埃米莉亚身边。它还是害怕。它害怕富克斯大街别墅里的其他狗，它害怕猫和尖叫的鹦鹉，它害怕这栋房子里冷飕飕、死气沉沉的空气。但是那些动物并没有对它做什么。它们最终平静了下来。它们先是咆哮、嚎叫、尖啸，追着它嗅个不停，然后它们就平静下来了。它们知道新狗会留下来。它留下了，就是一个新伙伴，一个新同事。这栋房子里的动物有着充足的食物，哪怕人的食物短缺了也不会影响到它们。这冷飕飕、死气沉沉的空气，总有一天也会习惯的，而埃米莉亚还向它许诺了友好和温暖。但是埃米莉亚自己也感到冷。她一度怀着希望，菲利普会在家里等她，在她还是杰基尔医生的时候。她还没喝多，她想留住杰基尔医生。杰基尔医生想对菲利普好一点。但菲利普不在。他早已从她面前逃开了。亲切友好的杰基尔医生也无法讨得他的欢心。埃米莉亚多么痛恨这栋房子，她永远无法从这栋房子里彻底走出去。这栋房子就是坟墓，但它是活着的埃米莉亚的坟墓，她不能离开它。她多么痛恨菲利普挂在墙上的那些画！半人马带着嘲讽的微笑注视着她，马背上坐着一个裸体女人[1]，庞贝壁画的复制品。事实上，半人马的脸上没有任何表情，和庞贝壁画上的所有其他面孔一样毫无表情，但在埃米莉亚眼里，半人马就是在嘲笑她。菲利普不也诱拐了她吗？虽然不是在马背上，但他同样把年轻而赤裸的她从对财富的信仰，对财产之永恒正义的纯真信仰中劫走了，带入了知识、贫困、

1　古希腊神话中，在拉庇泰国王皮瑞苏斯的婚礼上，一群半人马企图劫走新娘希波达弥亚，引发了一场拉庇泰人与半人马的大战。

怀疑和内心斗争的国度。在另一个黑漆漆的画框中，挂着的是皮拉内西的一幅版画，古罗马引水渠的陈迹，一种对衰败和朽坏的警诫。埃米莉亚被腐败霉烂之物包围着，商务顾问遗产的残骸，死去的书，死去的精神，死去的艺术。这栋房子令人无法忍受。她不是还有朋友吗？她不是在活人中还有朋友吗？她不能去找梅萨利纳和亚历山大吗？梅萨利纳那里有音乐和饮料，梅萨利纳那里可以跳舞，梅萨利纳那里可以找到遗忘。“如果我现在去找梅萨利纳，”她对自己说，“等到回家的时候，我就是海德先生了。”“没什么不好，”她继续自言自语，“菲利普早就走了。他真想要做出改变，他就会留下了。我该在这里等他吗？我是寡妇吗？我要像隐士一样生活吗？如果菲利普这会儿在这里呢？又会怎么样呢？不会怎么样！没有音乐，没有舞蹈。我们会阴郁地面对面坐着。我们的爱始终就是一种情欲化的绝望。那么我为什么不喝酒呢，为什么不成为海德先生呢？”

99

菲利普带着凯出了大厅。临走的时候，他看到了埃德温最后的鞠躬。埃德温的脸长久地俯向地面，羞耻感令他双眼紧闭，仿佛他此刻收获的感谢和掌声——这些曾让他在暗地里对这个时代的演员和主角心生嫉妒的东西，全都成了令人厌恶的可见实体，诞生于纯粹的误解，无法理解招致的惨烈失败。与此同时，听众们却得到了解放，这些人对埃德温的话语毫不在意，眼下只是不断拍击着双手，试图把他灵魂的气息像恼人的蜘蛛网一样从自己面前一把挥走。那原本轻柔的、温柔的气息，经过了扩音器的过滤变得粗糙，等触及到那些听众，便已经失去了生命，已经死了，化为尘、化为土。这是一种耻辱，在埃德温眼里它就是嘲弄和耻辱，它象征着追名逐利的胜利，纯粹的习俗的胜利，不光彩的声誉经营和野蛮思想的胜利，所以他羞愧地闭上了眼睛。菲利普理解他。他在心里默默地说道："我不幸的兄弟，我可亲的兄弟，我伟大的兄弟。"埃米莉亚在这个时候会说："还有我可怜的兄弟，这一点你怎么不提？"——"当然。我可怜的兄弟。"菲利普会这样回答她，"不过这不重要。被你称之为可怜的是诗人的心，它被诗人这种存在的幸福、热爱和伟大所包裹，就好像被层层白雪包裹，抟成一个行将崩落的雪团。一个冰冷的形象，埃米莉亚，但埃德温，他的话，他的精神，他所传递的信息，虽然在这个大厅里并没有留下任何可见的影响，也没有引发任何可察觉的震荡，却称得上是一次雪崩，巨大的雪团滚落进我们这个时代的山谷。"——"然后摔得粉碎，”埃米莉亚会补充说，“带来一股寒气。”但埃米莉亚不在这儿，她可能在家里，已经用烧酒和葡萄酒召唤出了可怕的海德先生，他为财产的分崩离析而痛苦，面对财产的破碎借酒浇愁，用各种小规模的破坏和醉汉的神经质狂怒对抗时代的大崩坏。菲利普带着凯离开了演讲厅。他们躲开了女教师，他们摆脱了亚历山大和梅萨利纳。那几个妆容精致、衣着考究、相对富裕的美国女教师还站在演讲厅里，和畏缩的德国女教师一样可怜。她们在笔记本里写下了失去生命的词，列出一张死亡词汇的清单，在为精神竖起的墓碑上刻出标记。她们无法让这些词起死回生，也不会赋予它们任何意义。回宾馆的巴士在等待她们，宾馆里的冷餐在等待她们，寄往马萨诸塞州的信等着她们去写，我们参观了一个德国城市，我们听了埃德温的讲座，一切都非常美妙，等待着她们的还有宾馆的床铺，它们和旅途中其他地方的床铺并没有任何分别。有什么东西留下来了吗？梦留了下来，还有对凯的失望。吸引人的凯，不害臊的凯，她和德国文学家私奔了，没人知道那个人是谁，没人知道他叫什么名字。韦斯科特小姐觉得很有必要报警，但伯内特小姐反对，她吓唬她说，如果宪兵驾着警车拉响警笛寻找言而无信的小凯，那整件事可能真会演变成一桩丑闻。菲利普和凯背对着美国之家，它的前身是纳粹的元首行馆，整栋建筑透过一个个对称排列的窗口在黑夜中发着光，像是某种类型的博物馆，一座巨大的古代坟墓，或者一幢管理着古代遗产的办公楼，保管着古代的精神、英雄传说，以及诸神。凯并没有打算一直陪着菲利普，但她心里有什么东西正在怂恿不情不愿的她继续留在他的身边，如此强烈，那是一种对浪漫的渴望，对偏离日常的渴望，对体验的渴望，对特殊经历的渴望，对冒险的渴望，对年岁的渴望，对堕落和毁灭的渴望，对牺牲、奉献和伊菲革涅亚神话的渴望，那是一种固执，那是面对旅伴的厌倦，是面对陌生人的兴奋，是青春的急躁，是埃米莉亚的威士忌，是对韦斯科特和伯内特两位女士那约束重重的偏爱的厌烦。凯心想："他会带我去他的公寓，我就要亲眼见识一位德国文学家的公寓了，凯泽博士也会对此感兴趣的，也许这位德国文学家会在他的公寓里引诱我，埃德温倒没打算引诱我，我当然宁愿受到埃德温的引诱，但说实话埃德温的讲座真无聊，冰冷又无趣，我们旅行团里，除了我，再也没有人能回家告诉别人，受到一位德国文学家的引诱是一种什么样的体验。"她靠在了菲利普的手臂上。警笛声在整座城市里回响。凯想："这里果真如同一片丛林，这座城里肯定到处都有人在犯罪。"菲利普想："我可以和她一起去哪里呢？我可以带她回富克斯大街的家，但埃米莉亚可能已经喝醉了，这会儿她一定是海德先生，已经成为海德先生的她是没法款待客人的，我应该和这个美国女人一起去羔羊宾馆吗？宾馆那么破旧，那么逼仄，那样就真是把小羊羔带去了羔羊，我想从她身上得到什么吗？我想和她睡觉吗？也许我可以和她睡觉，对她来说就是旅途中的浪漫插曲，对她来说我差不多就是一个不怎么年轻了的男妓，格奥尔格关于黑门的诗[1]，我现在能体会到一个古老男妓的自负了吗？凯很有吸引力，但我心里清楚得很，我一点也不想要她，我想要的是另一个国度，我想要的是广阔，是远方，是另一根地平线，我要的是青春，是年轻的国度，我要无忧无虑，我要扑面而来的未来和正在流逝的当下，风也是我要的，既然我要的只是这些东西，那么其他的对我而言就是一桩罪行吗？”又走了几步，菲利普想：“那我就想要一桩罪行。”

100

他们躺在一起，白色的皮肤，黑色的皮肤，奥德修斯和苏珊，喀耳刻，塞壬，也可能是瑙西卡。他们纠缠在一起，黑皮肤、白皮肤，庇护他们的小

1 指德国诗人斯特凡·格奥尔格（1868—1933）创作的诗集《第七环》中的诗歌《黑门》：古罗马少年的亡魂重回特里尔城的黑门，他曾在此处卖身于恺撒的雇佣兵。

房间颤颤巍巍地架在几根横梁上，像一只悬浮在深渊边的小气球，楼房这一面的墙基已被炮弹彻底撕开，再也不可能重新立起来。小房间的墙上贴满了演员的画报，那些万众瞩目的、这个时代最有代表性的面孔，顶着愚蠢的精致造型和空洞的美貌，从墙上俯视着他们俩。他们躺在垫子上，黑白交织，像两只兽，像魔鬼和长腿的妖妇，毫无遮掩的白色与黑色，他们仿佛乘在一张木筏上，乘着木筏漂荡在交合的眩晕中，赤裸，美丽，狂野，他们清白无辜地乘在木筏上，向着无穷无尽驶去。

101

“一种无限！但这是一种由各种细小的有限拼合而成的无限，这就是世界。我们的身体，我们的形态，我们以为是自身的东西，它们都只是一些小点，极小的点。但是这些小点可不简单——它们就像发电厂，极小的发电厂，但是拥有极大的能量。可以把一切都炸毁！但对于极短的一瞬来说，对于我们的生命来说，这数亿的发电厂，就像散沙一样被风吹成某种形状，我们称之为自我。我可以把这个公式写给大家看。”施纳肯巴赫在半梦半醒中步履蹒跚地往家走。他靠在白胡德的手臂上。他可怜的脑袋像正在啄食的鸟头。“胡说八道。”白胡德心想，“不过我能怎么反驳他呢？听起来像是蠢话，不过或许也有些道理，我们不管在微观上还是宏观上都不再了解这个世界了，我们已经不再像熟悉自己的家一样了解这个世界了。这个施纳肯巴赫想用一个公式来解释这个世界，埃德温要怎么解释呢？他一种解释也拿不出，他的讲座让我发冷，它只会把人带入一条又冷又暗、找不到出口的死胡同。”

102

埃德温避开了所有人，像个老滑头一样摆脱了所有的邀请，连送他回下榻之处的领馆专车也被回绝了。踏过美国之家的台阶，踏过元首行馆那宽阔的大理石台阶，他溜进了夜色里，向着异域、向着冒险潜行。诗人是不会衰老的，他的心朝气蓬勃地跳动着。他走进了小巷。他漫无目的地任由自己的高鼻子在前面带路。他找到了火车站附近最昏暗的巷子，环绕着正义宫的绿地，老城里的羊肠小道，奥斯卡·王尔德的金蝰蛇的领地。埃德温在这一刻成了苏格拉底和阿尔喀比亚德[1]，他十分乐意成为拥

1 古希腊哲学家苏格拉底相貌丑陋，常通过与雅典青年交谈从而引导对方探求真理。对希腊历史有重要影响的雅典政治家阿尔喀比亚德是行为恣肆的美男子，苏格拉底的追随者和爱慕者。

有阿尔喀比亚德肉身的苏格拉底，可惜他其实是苏格拉底皮囊里的阿尔喀比亚德，尽管他还算得上身材挺拔、穿着体面。他们也在期待他的到来，贝内、卡雷、朔尔施，还有泽普，都在期盼着他，他们已经等他很久了。他们没有看到苏格拉底和阿尔喀比亚德，他们看到了一个老嫖客，一个老蠢货，一个有钱的老娘娘腔。他们不知道自己是美的。他们意识不到美本身经历了一次陷落，爱人者在其所钟爱之人的身上，在一个粗野的男孩的肉体上，可以去爱慕永恒之美的反照，去爱慕不朽，去爱慕柏拉图所尊崇的灵魂。贝内、卡雷、朔尔施，还有泽普，没有读过什么柏拉图，也没听说过什么“谁亲眼见证了美，谁就已经把自己托付给了死亡”[1]。他们眼前只有一个有钱又考究的老流氓，一桩滑稽的生意，虽然令他们费解，但是根据他们的经验，往往还算忍得过去。埃德温看着他们的脸庞，在心里感叹：“他们真是又骄傲又美丽。”他并不是没有看到他们的拳头，又大又残忍的拳头，只是他更愿意根据他们的脸来判断，那些骄傲又美丽的脸庞。

1　引自奥古斯特·冯·普拉滕（1796—1835）的诗作《特里斯坦》。

103

这是一场骄傲和美丽都没有出席的庆典。这是一场庆典吗？他们在庆祝什么？他们在庆祝虚无吗？他们说："我们在庆祝！"但是他们只是放纵着混沌的感官。他们喝香槟，他们让绝望滋生，他们用喧哗填满生活的空洞，他们凭午夜的音乐和尖利的笑声驱散恐惧。这是一场令人憎恶的庆典，在场的人全都感受不到任何欢庆的氛围，连一丝喜悦与欢愉也不存在。亚历山大睡着了，他张着嘴睡着了。阿尔弗雷多也睡着了，噘着嘴，神情失望，仿佛做着噩梦的小猫。梅萨利纳和杰克在跳舞。杰克不情不愿地在一场自由式摔跤中败下阵来。小汉斯在跟埃米莉亚谈论生意。他想要知道，占领区美金是否会被回收，他还想收购黄金旧料。他知道，埃米莉亚对做买卖相当在行。他的小计算机正噼里啪啦地卖力工作着。埃米莉亚喝多了。她喝了香槟，喝了火辣的金酒，还喝了高浓度的干邑白兰地和醇厚的普法尔茨晚收葡萄酒。她感到自己终于被酒精灌满了。她把所有酒混在一起喝下肚，又一次召唤出了海德先生，她恶狠狠又一丝不苟地塑造着这个角色。她喝酒就是为了和梅萨利纳对着干。她不和任何人跳舞，也不让任何人碰她。她是一个贞洁的酗酒者，只管让那些液体沿着喉管倾泻而下。社交跟她有什么关系？她到这里来就是为了喝酒。她只为自己活。她是商务顾问的女继承人。这就够了。女继承人遭了贼，他们把贼手伸向她的遗产。她受够了。她受够了这些人。她不想再多看他们一眼。她喝完就会离开。她已经喝够了。狂欢放纵引不起她的兴趣。她离开了。她要回家去，回到她的动物们身边。她打算回家去发作，回家去控诉。懦弱的菲利普根本应付不了海德先生，他只会一走了之，以此躲避她的雷霆之怒。而她只能对着看门人发泄怒火，她只能对着一扇扇紧闭的房门嘶吼，门背后住着的只有算计和冷漠。

104

他关上了房间的门，随后便注意到，她似乎觉得冷。这丑陋的单人客房，寒酸的空间里塞满了廉价的亮漆家具，这些出自工厂流水线的庸俗陈设，这难道就是诗意的居所，是一个德国文学家的栖身之处？他打量着她，心想："她看出来了，这就是一家廉价客店。"眼下不是他试着表现温存的时候，他得把她扑倒，就像放倒屠夫院子里的一头牛犊，他得把她扑倒，"这才是她在这家廉价客店里该得到的待遇"。但是他仿佛枯槁了、僵死了。他感觉到了自己的衰老，感觉到自己的心渐渐冷却。他心想:“我并不想当什么恶人，我本不是铁石心肠的人。”宾馆里的空气陈腐而酸苦。他打开了窗户，他们吸进了夜色里的新鲜空气。他们站在羔羊宾馆的窗边，呼吸着夜色。他们的影子跃上了街。这是爱的影子，一种倏忽而逝的幻象。他们看着埃卡特俱乐部的广告灯牌渐渐亮起，幸运的三叶草舒展开叶片。他们听见了警笛的尖啸。他们听见了一声呼喊，一个说着英语的尖厉声音在呼救，只是那喊声短而急促，转眼就陷入了死寂。“那像是埃德温的声音。”凯说。菲利普没有回应，但他知道，那确实是埃德温。他心想:“这对《新页报》来说是个大新闻了。”连《回声晚报》也会把这个遭到袭击的世界著名文学家送上头版。菲利普默默得出了结论:“我是一个糟糕的记者。”但他仍旧无动于衷地站在原地。他自问:“我还有哭的能力吗？我还有眼泪吗？要是埃德温死了，我会哭吗？”凯说:“我想走了。”她心里想的是:“他很穷，他多么贫穷，他局促又窘迫，因为他太穷了，这个房间多么寒酸，他是一个贫穷的德国人。”她摘下了那条项链，月光般皎洁，嵌满珍珠、珐琅和钻石玫瑰，老祖母的遗物。埃米莉亚把它送给了她，为的是随心所欲地做一件全无用处的事。凯就这样把埃米莉亚的尝试搁在了窗台上。菲利普看懂了这个动作:“她把我当成了一个忍饥挨饿的人了。”小个子女孩凯注视着窗外的三叶草，那渐渐亮起的霓虹灯，她心想："这就是他的森林，他的橡树林，他的德意志森林，这里就是他漫游和创作的地方。"

105

教堂的塔楼敲响了午夜的钟声。这一天结束了。一张日历翻过去了。人们写下了一个新的日期。编辑们打着哈欠。晨报的印版合上了。白天发生的事、说的话、撒的谎、打死的人、毁灭的东西，都被浇在了铅里，像一块扁平的蛋糕摊在排版工人的铅字板上。这块蛋糕外层硬邦邦，内层黏糊糊。时间就是它的烤炉。印刷厂的工人们把噩耗重新排版，不幸、匮乏、罪行，他们把喊叫和谎言按进每一栏里。大标题先排好了，国家首脑束手无策，大学者们惊骇失语，人类深陷恐惧，神学家们信仰丧失。写满绝望者行径的报道准备就绪，等待复制，乌黑的油墨池子把它们浸没。轮转印刷机开动了，辊筒把新一天的口号、愚行的信号、恐惧的疑问和恫吓的强硬命令全都压在白色纸带上。过不了几个小时，就有疲惫可怜的女人们取走这些大标题，这些口号、信号、恐惧以及微弱的希望，带给家里读报的男人们。瑟瑟发抖、愁眉苦脸的报贩们就会把占卜官的晨间高论贴到报亭的墙上。

新闻没法给人带来暖意。紧张关系，争端冲突，尖锐化，威胁。飞机在天空中嗡嗡作响。防空警报还保持着沉默，它们的铁皮嘴生锈了。防空洞早已被炸毁，防空洞会修建一新。死亡经营着演习比赛，威胁，尖锐化，争端冲突，紧张关系。来吧，温柔的小憩[1]。没有人能从这个世界中抽身。梦境沉重而不安。德国活在应力场里，东部世界，西部世界，破碎的世界，分为两半的世界，针锋相对，形同陌路，德国活在拼缝处，在断裂带，时间多么宝贵，只是一个间隙，弹指一挥的间隙，虚掷了，喘一口气的机会，该死的战场上喘息的间隙。

1　引自德国诗人弗里德里希·荷尔德林（1770—1843）的颂歌《傍晚的幻想》。

评 注

“这部小说的诞生堪称一桩不同寻常的事件。”1951 年，舍茨和戈费茨出版社（Scherz & Goverts）信心十足地宣告了小说《草中鸽》的问世，它的作者是沃尔夫冈·克彭，一个彼时尚未成名，或者也可以说是已被遗忘的作家。出版说明中如是写道：“这是战后最重要的文学创作，出自一位思想卓尔不群的作家之手，一部以 1951 年的德国大城市为背景的极具时效性的当代长篇小说。”[1] 出版社的广告语一般不会被载入文学史，出版宣传册的评语也不会左右作品的等级和地位。对作品的评判应当留给读者以及被我们称为“经典化”的漫长过程，这个过程绝不局限于某个热销周期，而是可能

1 Zit. nach: Hiltrud und Günter Häntzschel: »*Ich wurde eine Romanfigur*«. *Wolfgang Koeppen 1906-1996*. Frankfurt am Main 2006. S. 83.

长达几十年甚至数百年。今天，离《草中鸽》的问世已经过去了50多年，我们终于可以毫无保留地宣称，克彭的这部小说确实是德国战后最重要的文学作品之一。

出版社营造的作家形象或许不能当真，克彭本人大约永远也不会把自己标榜为“思想卓尔不群的作家”，这个评价看起来更适合那些以哲学思考为创作根基、具有明显的反思性特征的作家。就此而言，“思想上的卓越”这一印象的产生，并不是因为克彭本人以某种思想家的形象公开亮相，而是基于这样一个事实：他凭借《草中鸽》一书创造了一个在叙述技巧和结构布局上显出非凡掌控力的令人印象深刻的成功范例。与他的其他小说——早期的《伤心情事》（*Eine unglückliche Liebe*，1934）和《墙在晃动》（*Die Mauer schwankt*，1935），以及在《草中鸽》问世之后不久出版的两部小说《温室》（*Das Treibhaus*，1953）和《死于罗马》（*Der Tod in Rom*，1954）——相比，《草中鸽》展现出了作家在形式上最为大胆的一次文学探索。

这部小说通过众多人物的视角描绘了一天之内发生的一系列事件，也就是说，它的叙述并不局限于某个主角的单一视角。故事的发生地虽然始终没有点明，但读者很容易从中辨认出慕尼黑的身影。

全书包含 103 个（译者按：此版本中为 105 个）在时间上有部分重叠的叙述片段，选取了 30 多个人物作为当时社会的缩影，绘制出了一幅 50 年代初期的生活图景。小说的人物来自不同阶层的各个群体，但并不足以全面展现当时的慕尼黑人或者说德国人生活的横切面，其中不乏在社会意义上或者在外貌、举止等方面过于边缘的人物，所以这部作品的说服力并不首先体现在它的社会学意义上，而更多体现在叙述层面上。

这些边缘性人物包括“大公的扮演者”演员亚历山大和他的妻子梅萨利纳，容易让人联想到 T. S. 艾略特的美国文学家埃德温。埃德温在美国之家围绕着“西方精神”和“精神战胜物质”[1] 发表演说，却遭遇了扬声器的反叛，在隆隆噪声的阻隔下，无法将充满西方情怀与古典情愫的心声传到听众的耳朵里。

此外还有行李工约瑟夫，嗜睡的前职业学校老师施纳肯巴赫，极端虔信的保姆埃米，女孩希勒贡达，指挥贝伦德和他的妻子，精神科医生白胡德，逃学的未成年男孩维格尔、朔尔施、贝内、卡雷、泽普，以及若干美国人：被怀疑失手打死了行李工约瑟夫的黑人占领军士兵奥德修斯·科腾，梦想着

1　Siehe in diesem Band S. 46.

一个接纳任何人的公平世界的黑人占领军士兵华盛顿·普莱斯，随一个女教师旅行团来德国观光的年轻美国女孩凯，自诩为足以抵御各种意识形态诱惑的“理性骑士”的德裔美国空军士兵理查德·基尔希（贝伦德夫人的侄子），还有税务律师克里斯托弗·加拉格尔和他 11 岁的儿子埃兹拉。

如果非要在这一众人物中找出两个最接近主角的人物，那就要数作家菲利普和他的妻子埃米莉亚。但这对夫妇在整部小说中从头到尾没有打过一次照面。“菲利普失去了时间感”，这位一事无成、独来独往的作家在小说的开头得到了这样的评价。[1] 而埃米莉亚出身富裕家庭，是一个由于时代和历史原因被剥夺了财产的女继承人。她沉迷于无节制的酗酒，在家中通过大发脾气和破坏行为发泄愁苦。面对这些，菲利普只得又一次躲进宾馆过夜。

机缘巧合之下，这些人物在城市里的不同地点相遇：美国之家的演讲厅、啤酒坊、“黑人士兵俱乐部”、啤酒坊和俱乐部之间的广场。在美国之家，埃德温正在做一场旧大陆情调浓厚的令人昏昏欲睡的演讲。作为一场社交盛事，演讲吸引来了五花八门的听众，其中就包括亚历山大、凯、菲利普，以及一如既往睡眼惺忪的施纳肯巴赫。在啤酒坊和黑

1 Siehe in diesem Band S. 20.

人俱乐部附近的一处废墟里，男孩海因茨打算把一只捡来的小狗以十美元的价格卖给克里斯托弗的儿子埃兹拉。为此两个男孩骑在残墙之上争吵起来，继而扭打成一团。随着残墙的倒塌，打斗中的男孩双双摔倒在地并且开始大声呼救。于是谣言四起：俱乐部里的黑人把一个小男孩引诱进了废墟然后杀害了他。[1]人们相信奥德修斯与先前的凶杀案脱不了干系，现在又发生了黑人杀死男孩的事件，在种族仇恨的驱使下，人群用石块砸碎了黑人俱乐部的窗户。与此同时，美国之家演讲大厅的扬声器出现了故障，埃德温的演讲顿时变成一出可笑的闹剧。在这场失败的演讲中，他批判了那些强调人类存在之偶然性与无意义的观点，对神性秩序的存在表示了一定程度的向往："……某些文明思想家眼里的人类，就像这草地上的鸽子，他们竭力暴露人类存在的无意义和显见的偶然性，描绘脱离了上帝的人类，让人类在虚无中自由飘荡，毫无意义，毫无价值，无羁无绊，套索高悬头顶，成为屠夫的牺牲品，却对这种幻想出来的，脱离了上帝和神圣起源，只会招致苦难的自由沾沾自喜。"[2]

1 Siehe in diesem Band S. 208.

2 Siehe in diesem Band S. 214 f.

除开对“虚无主义”世界观的批判，埃德温演讲中的部分语句其实概括出了克彭这部小说的诗学：人们像草地上的鸽子一样相聚、偶遇、错过，始终受到暴力和绝望、仇恨和意识形态的威胁，时刻处于恐惧、孤独和存在之空虚的阴影下。我们有理由推测，克彭本人或许会把自己归类为埃德温不愿与之为伍的“文明思想家”中的一员。

在小说《草中鸽》中，任何一种赋予意义、寻求安慰的企图，任何一种对“形而上学庇护”的追寻，都不会得到回应，克彭本人无疑对此有着清晰的意识。从根本上说，克彭既不属于内心流亡的作家群体，比如汉斯·卡罗萨（Hans Carossa）、恩斯特·维歇特（Ernst Wiechert）、维尔纳·贝根格林（Werner Bergengruen），又区别于那些“形而上学的时代诊断者”[1]，比如赫尔曼·卡萨克（Hermann Kasack）、伊丽莎白·朗盖瑟尔（Elisabeth Langgässer）。事实上，克彭无法被简单地归入任何战后作家团体和文学流派，不论是流亡文学，还是所谓的年轻一代，比如四七社：五十年代初的不少作家属于这个团体，

---

1 Vgl. Erhard Bahr: *Metaphysische Zeitdiagnose: Hermann Kasack, Elisabeth Langgässer und Thomas Mann*. In: *Gegenwartsliteratur und Drittes Reich. Deutsche. Autoren in der Auseinandersetzung mit der Vergangenheit.* Hg. v. Hans Wagener. Stuttgart 1977, S. 133-162.

如英格博格·巴赫曼（Ingeborg Bachmann）、海因里希·伯尔（Heinrich Böll）、伊尔莎·艾兴格尔（Ilse Aichinger）、沃尔夫冈·希尔德斯海默（Wolfgang Hildesheimer）、君特·艾希（Günter Eich）。克彭在西德战后文学中始终是一种特立独行的存在，在这一点上，他或许与阿诺·施密特（Arno Schmidt）有几分相似。

小说《草中鸽》在50年代早期的文学图景中占据着独特的地位，又凭借其叙述上的拼贴手法等各种先锋尝试在克彭所有的作品中也显得独树一帜。但它既没有为克彭赢得最多的读者，也没有取得最高的销量。值得一提的是，总的来说，作家克彭从未在商业上大获成功，或者说从未达到通行意义上的功成名就。他并没有凭借一部接着一部的作品一步步走向成功，那种渐进的线性发展历程在他的文学生涯中是看不到的。总之，文学上的成功不属于作家克彭最突出的标志。还不到而立之年的青年克彭在那样一个反艺术、反人性的时代，写出了他的头两部小说：《伤心情事》和《墙在晃动》；在人生的最后几十年里，他计划创作四部小说，却没有交出任何一部书稿；而在这两个人生阶段之间，他留下了这部，用马塞尔·莱希-拉尼茨基（Marcel Reich-Ranicki）的话来说，

“令人惊讶的提纲挈领式的作品”[1]。

如果说克彭想要通过他的写作赢得声名、财富以及女性的爱慕——此处不妨考虑一下西格蒙德·弗洛伊德的说法——那么他显然并没有圆满地达成这些目标。他始终没有做到真正意义上的声名显赫，在经济上也总是有些捉襟见肘。他与出版商西格弗里德·翁泽尔德（Siegfried Unseld）在数十年间交换的书信以《请给我一句话……》为题结集出版[2]，其中披露了许多令人印象深刻甚至令人震惊的相关具体细节。至于女性对沃尔夫冈·克彭的爱慕，除去一些未经证实的流言，我们实在所知甚少。有据可依的爱情故事便是他在 1948 年娶了比自己年轻了 20 多岁的玛丽昂·乌尔里希（Marion Ulrich，1927—1984）。而妻子玛丽昂病态的成瘾行为和严重的心理危机为这段关系蒙上了一层阴影，也极有可能占用了克彭原本可以投入文学创作的精力。然而我们并不能够假设，这个始终被各种写作障碍折磨着的人，如果没有受到这段婚姻的影响，就会顺利地写出更多东西，反而有可能连他现存的重要作品都会不复存在，包括：小说三部

1 Marcel Reich-Ranicki: *Ein ungewöbnlicher Fall*. In: Ders.: *Wolfgang Koeppen. Aufsätze und Reden*. Zürich 1996, S. 24.

2 Vgl. »*Ich bitte um ein Wort...*«. *Der Briefwechsel Wolfgang Koeppen-Siegfried Unseld*. Hg. v. Alfred Estermann und Wolfgang Schopf. Frankfurt am Main 2006.

曲《草中鸽》《温室》《罗马之死》，自传性散文《青春》（*Jugend*，1976），游记《去往俄国和其他地方》（*Nach Rußland und anderswohin*，1958）、《美国行记》（*Amerikafahrt*，1959）、《法国之旅》（*Reisen nach Frankreich*，1961）。

克彭作为作家的道路可谓危机四伏，种种个人经历和历史事件千方百计地阻挠着他实现自己的文学抱负，使得他反复计划、反复预告的大部头小说始终停留在构想阶段。所以纵观他的整个作家生涯，五十年代早期或许可以算作他最好甚至可能是最幸福的创作阶段了。在这个时期，他几乎不间断地先后完成了三部小说。纠缠着他的写作障碍，不论确有其事还是仅为托词，在此期间都显得较为缓和，为他当时极为旺盛（相较于后来）的创造力腾出了足够的发挥空间。但令他的出版商和读者感到遗憾的是，这种创造力在他往后的人生阶段中再也没有重现。

我们显然无法得知，克彭为什么能在短短数年中接连写出三部非常重要的长篇小说。霍斯特·克吕格尔（Horst Krüger）在 1969 年把三部小说集结成一卷重新出版，并把它评价为“一座无可争议的、几近传奇的德国战后文学高峰”[1]。研究者试图找出各种答案，但他本人从来没有给出过确切的说法。关于《草中鸽》的诞生，我们只能从他的对谈和采访中收集起零星的线索。而且这部小说并没有手稿或者打字稿流传下来，因此成书过程也就无从复原了。

耶尔格·多林（Jörg Döring）为这部小说找到了一个可能的原型，尤其是在“场景设置和主题选择方面”[2]。那就是克彭在战后的最初几年里创作的电影剧本《在贝蒂那儿》（*Bei Betty*），不过这个剧本最终并没有被制作成电影。克彭本人没有提到自己在写剧本的过程中获得了有益于日后创作的灵感。“但是《草中鸽》重新处理了《在贝蒂那儿》涉及的主题和部分场景，还重现了克彭作为一个怀才不遇的电影编剧所遭受的挫败：作家菲利普想创作一部小说，但他迫于生计不得不交出一部电影剧本。”[3] 在1962年与霍斯特·比内克（Horst Bienek）的谈话中，克彭简明扼要地表示：

---

1 Horst Krüger: *Tauben im Gras / Das Treibhaus / Der Tod in Rom*. In: *Die Zeit* v. II. 4. 1969.

2 Jörg Döring: *Stehausschank vor Trimmerkulisse. Wolfgang Koeppens nachgelassener Filmentwurf* Bei Betty. In: *Jabrbuch der Internationalen Wolfgang Koeppen-Gesellschaft* 2, 2003. Hg.v. Günter Häntzschel und Ulrike Leuschner. München 2003, S. 244.

3 Ebd. S. 245.

“《草中鸽》是一个新的开始，是从一无所有中踏出来的第一步。那个时候没有人还记得我，只有亨利 · 戈费茨（Henry Goverts），只有他还能想起我曾写过点什么，然后他就成了我的出版商。”[1] 关于与亨利 · 戈费茨（1892—1988）的相识，克彭在另一场对谈中有所提及：“直到 1950 年才有出版商找到我，那就是亨利 · 戈费茨，他问我要一部长篇小说。于是我写了《草中鸽》。”[2] 在与马塞尔·莱希-拉尼茨基的电视对谈中，克彭回忆道：“然后有一天，那是在货币改革之后了，可能是 1949 年或者 1948 年，出版商亨利 · 戈费茨出现在了我的家门口。先前我与他并没有私交，但是我们有不少共同的朋友。亨利 · 戈费茨找到我，问我最近在忙什么，有没有什么作品可以交给他出版，能不能为他写些什么。于是我就坐下来，在两三个月里写出了《草中鸽》。”[3]

另一条关于小说创作的线索出现在克彭与作家、出版社编辑、内莉·萨克斯奖获得者马克斯·陶（Max Tau，1897—1976）的通信中，这些信件由

---

1 Wolfgang Koeppen: *Einer der schreibt. Gespräche und Interviews*. Hg. v. Hans-Ulrich Treichel. Frankfurt am Main 1995, S. 21.

2 Ebd. S. 175.

3 Wolfgang Koeppen: *Ohne Absicht. Gespräch mit Marcel Reich-Ranicki in der Reibe* Zeugen des Jahrhunderts. Hg. v. Ingo Hermann. Göttingen 1994, S. 149 f.

埃卡特·厄伦施拉格尔（Eckart Oehlenschläger）整理，如今保存在多特蒙德市立及州立图书馆手稿档案馆中的内莉·萨克斯档案中。他们的信件交换“从1951年8月5日持续到了1976年3月2日”，包含40余份由沃尔夫冈·克彭寄出的“信件、卡片、电报”。[1]在1951年8月5日的一封信中，克彭告诉陶，他本来正在创作一部中篇小说，可是与往常一样，创作又几近停滞，但戈费茨对他的作品表现出了极大的兴趣，使他深受鼓舞，转而动笔创作了《草中鸽》："那个时候我的经济状况糟糕得可怕。要不是亨利·戈费茨不知疲倦地来找我，不断逼迫我说服我，我肯定又是写不出任何东西……他是唯一一个还对我有所期待的人。有人三天两头跑到你家里来，希望能出版你写的东西，总是一件令人感到宽慰的事，所以尽管我状态还是很差，反复受到精神痛苦和歇斯底里的干扰，好歹还是写出了一部小说（虽然与计划的不同）。手稿是在七月里完成的。这是一部篇幅不大的长篇小说，标题为《草中鸽》。”[2]

这部小说在1951年的秋天出版，几个月后再

1 *Eckart Oehlenschläger: Nacbrichten von Koeppen-Rechercben*. In: *Wolfgang Koeppen – Mein Ziel war die Ziellosigkeit*. Hg. v. Gunnar Müller-Waldeck und Michael Gratz. Hamburg 1998, S. 14.

2 Zit. n. ebd., S. 15.

版。克彭向霍斯特·克吕格尔透露，这是他在纳粹时期之后第一次“自由地写作”[1]：“封冻的某些东西重新活跃起来，那就是愤怒和悲伤。然后它们终于爆发了。这是和整个世界的局势联系在一起的，当然也和我个人的经历有些关系。我一度想写几部厚书，但第三帝国建立了，在那样一个时代，再薄的册子也是不可能写出来的。”[2] 至于为什么不是在战后第一时间而是要到五十年代才创作出一部全新的小说，克彭更多地把原因归结到自身所处的环境和那段特殊的“关系”，他所指的就是自己与年轻妻子的婚姻关系：“就这样我落入了越来越糟糕的境地，被一些私事缠身，与另一个人建立起的关系仿佛一种束缚，消耗了我大部分的精力。直到有一天我又突然冒出了这样的念头：现在我得重新写点东西了。然后我就写了《草中鸽》。”[3]

位于格赖夫斯瓦尔德的沃尔夫冈·克彭档案馆保存着克彭与亨利·戈费茨交换的书信，但其中最早的信件写于 1951 年 8 月 3 日，也就是说是在手稿完成之后，所以这些信件中并不包含关于这本书诞生过程的信息。但是我们在这些信件里找

1 Wolfgang Koeppen: *Einer der schreibt*, a. a. O., S. 38.
2 Ebd. S. 30.
3 Ebd. S. 47.

到了一份写于1951年7月4日的出版意见，借此可以对这部小说在出版前的情况略作了解。这篇名为《针对沃尔夫冈·克彭〈草中鸽〉的看法》[1]的文章没有署名，文中列出了几点修改意见，比如作者应该“更加精简、清晰地把握及呈现前16页的内容，即为各个角色绘制出更精准的剖面图，为不同场景勾勒出更清晰的轮廓”，此外他还建议把“埃米莉亚-希丽贡达（原文如此）这条线”塑造得更为突出，并缩减“海因茨-埃兹拉关系中狗的主题”以及“厘清第2页至第5页亚历山大-梅萨利纳章节的多重线索，就像在7月2日的信件中已经提到的那样”。[2]这里提到的1951年7月2日的信仍旧出自亨利·戈费茨。他在信中确认收到了“您的小说《草中鸽》的最后100页”，声称与妻子一同阅读了手稿，并且十分有把握地告诉作者：“这是一部在文学上极其重要的著作，出自

1 文章的作者可能是汉斯·格奥尔格·布伦纳（Hans Georg Brenner）。他在1939年曾作为寰宇出版社的审稿人负责科彭第二部小说《墙在晃动》的新版本（新版本被命名为《义务》）。科彭在1951年8月3日写给戈费茨的信中提到：“根据布伦纳的建议，内心独白只用逗号来隔开分句”。(Archiv-Nr. 24497)

2 Konvolut Wolfgang-Koeppen-Briefe, Inventar Nr. 98.7402 im Wolfgang-Koeppen-Archiv. Stellungnahme zu Wolfgang Koeppen TAUBEN IM GRAS vom 4.7.1951, Archiv-Nr. 24492.

思想卓尔不群的作家之手”。[1]

赞美之余，写信人也指出了几处持保留意见的地方：这部小说的艺术手法在出版商以及他的妻子看来“略显夸张，收敛一些会更好。前后衔接得过于紧密的各种图景和想象，互相之间反而起到了削弱的作用。相互作用的诸多人物以一种急板的速度连番登场，尤其是在开头，缺乏让人稍作休息的弹奏间歇。而不必要的罕见标点用法、带括号的句子、插入的新闻标题，又加剧了这种混乱感。在读过30页之后，读者会感到疲劳，会在众多的人物和纷繁复杂的联想中陷入困惑，产生把书弃置一旁的冲动，那么他们就可能错过我们所处的这个战后时代里最重要、最真诚的德语书”[2]。戈费茨在他那不吝惜赞美之词的信中提出的这些批评，应该不会让克彭感觉难以接受，尤其是它们主要针对的是风格和布局上的独特性，并不涉及小说的核心。另外，克彭曾向《明镜》周刊表示，他一度打算让这部小说“从头到尾由一个句子组成”[3]。要是他真把自己最初的设想转化为现实，来自出版方的干预显然会更加强势。

---

1 Henry Goverts an Wolfgang Koeppen, Brief v. 2.7.1951, Archiv-Nr. 24457.

2 Ebd.

3 *Atempause auf dem Schlachtfeld*. In: *Der Spiegel*, v. 26.12., Nr. 52.

戈费茨在信中的改动建议算不上触及要害的干涉，主要是一些幅度不大的简化，目的在于“在不削弱效果的基础上，略微降低阅读的难度”[1]。但我们并不知道，克彭是否采纳了所有的修改意见。不过至少有一句被戈费茨批评为过于“俏皮”的句子并没有被克彭删去：“此刻正用葡萄酒浇灭新闻头条带来的口干舌燥。”[2] 尽管他在 1951 年 8 月 3 日的一封信里用相当公事公办的口吻写道：“对《草中鸽》手稿的改动都已经按照您的意愿以及与您协商的结果完成了。”[3]

在小说出版之后，克彭和大多数作者一样，免不了被各种担心和忧虑所困扰。从 1951 年 11 月 15 日的一封信中可以看出，最先出现的一些正面评价让他感觉如释重负，而出版社对这部小说的推广力度又让他忧心忡忡：“慕尼黑的凯泽书店、路德维希书店和奥默尔书店，都把‘鸽’展示在了橱窗里，布里纳大街的书店只是把它们放在了展示架上。而施瓦本地区最重要的书店——莱姆库尔书店——根本就没有我的书。”克彭还得知，“演员维基”在他“下榻之处的书店”里询问过这本书却没

---

1 Henry Goverts an Wolfgang Koeppen, Brief v. 2.7.1951, Archiv-Nr. 24457.

2 Ebd.

3 Wolfgang Koeppen an Henry Goverts, Brief v. 3.8.1951, Archiv-Nr. 24497.

有买到。[1]最后连《明镜》周刊都做出了如下判断:“慕尼黑的书店看来没有打算凭借沃尔夫冈·克彭的《草中鸽》谋取厚利。他们根本就不太情愿把这本书放进橱窗。在拥有金子般的心的慕尼黑人面前，它的毒绿色封面无异于一块抖动的红布。”[2]

这一切都可能令一个作家万分痛苦，不以写作为生的人多半无法体会。只有获得成功和认可才能使这种痛苦得到缓解，当然，这也少不了出版社为作者所做的广告宣传。为此克彭立刻建议他的出版商“从至今为止的各种评论中摘录个别段落，挑那些引人注目的句子，哪怕显得浮夸一些也无关紧要，然后印制成广告单或者宣传册”[3]。或者干脆弄一个腰封，把卡尔·科恩（Karl Korn）发表在 1952 年 10 月 13 日的《法兰克福汇报》上的书评里的表述印上去:“开创新纪元的小说。”不过根据克彭的说法，他提出这些建议并不是“因为我突然变得爱慕虚荣了，而是我真诚地向自己发问，到底什么才能促使人们掏出 11.80 马克买我的书……”[4]。

---

1 Wolfgang Koeppen an Henry Goverts, Brief v. 15.11.1951, Archiv-Nr. 24416. 25 年之后，在《青春》出版之际，科彭向西格弗里德·温塞德以及苏尔坎普出版社表达了相同的顾虑。Vgl. »*Ich bitte um ein Wort...*«, a. a. O., S. 291 f.

2 *Atempause auf dem Schlachtfeld*, a. a. O.

3 Wolfgang Koeppen an Henry Goverts, Brief v. 15.11.1951, a. a. O.

4 Ebd.

克彭对小说销售情况的忧虑并不是完全没有根据的。这部小说虽然再版了一次，但是根据出版社员工寇斯特博士（Dr. Köster）在 1952 年 7 月 1 日的一封信中的说法，它的销量“并没有朝着有利的方向发展”[1]。寇斯特写道：“您可以从结算中得知，我们到年底一共销售了 2582 册。1952 年的具体销售额还没有确定，但是我们预计最多不超过 290 册。”[2] 较差的销售情况，再加上不太乐观的预计销售量，动摇了戈费茨原来的打算，即预先向克彭支付计划出版项目的报酬。因而长期困扰克彭的经济问题仍旧没有得到彻底的解决，我们可以在档案中找到确切的相关数据。寇斯特在信中写道：“在去年的金额 2866.02 马克的基础上，新增的金额大约只有 320 马克，而我们在这一年里已经向您支付了有待根据销量结算的 1800 马克。新版本实际上还没有被提上议程，而且今年秋天新书的空缺使得我们不敢打包票，眼下能够重新激发《草中鸽》在市场上的活力。所以我们不得不在财务分配上根据可能的销售情况做一些调整。”[3]

克彭曾向出版社预告，自己会在 1952 年的秋

---

1 Köster an Wolfgang Koeppen, Brief v. 1.7.1952, Archiv-Nr. 24461.

2 Ebd.

3 Ebd.

天交出一部新的书稿，并且希望能够获得相应的预支稿酬，但是他在1952年7月31日致电寇斯特表示这本书“不可能在近期完成”[1]。这部试图“深入一个国会议员生活”[2]的长篇小说显然就是在《草中鸽》之后出版的《温室》，当时的标题还叫作《坟墓上的橄榄枝》。

不管是被定名为“橄榄枝”还是“温室”，这个出版计划在克彭和戈费茨的通信中只是被称作“那部篇幅不大的小说”[3]，这是因为克彭还准备向他的出版社交出一本“大部头小说”[4]，也就是信中常提到的“那本厚书”[5]或者“更厚的那本书”[6]。用他自己的话来说，这是一份内容丰富、“长达500页的书稿”[7]，同时也是一部卷帙浩繁的长篇小说的“（自

---

1 Ebd.

2 Wolfgang Koeppen an Henry Goverts, Brief v. 23.7.1952, Archiv-Nr. 24462.

3 Henry Goverts an Wolfgang Koeppen, Brief v. 2.8.1952, Archiv-Nr. 24463.

4 Wolfgang Koeppen an Henry Goverts, Brief v. 15.11.1951, Archiv-Nr. 24416.

5 Wolfgang Koeppen an Henry Goverts, Brief v. 10.7.1953, Archiv-Nr. 24428.

6 Wolfgang Koeppen an Henry Goverts, Brief v. 21.7.1953, Archiv-Nr. 24465 und 25.7.53 Archiv-Nr. 24430.

7 Wolfgang Koeppen an Henry Goverts, Brief v. 22.11.1951, Archiv-Nr. 24417.

成一体的）第一卷”[1]。在 1953 年 6 月 10 日的一封信中，克彭提到的页数是“大约 600 页”，并把内容描述为“相互勾连的多个家族故事，涵盖了大约从 1870 年到 1948 年的时间跨度”。[2] 克彭的构想听起来是一部跨越了好几代人的家族兴衰史，俨然是另一部《布登勃洛克一家》。根据他的计划，小说会在将近一年内完成，“最晚会在五四年的秋天出版”。此外，他在同一封信里还向戈费茨提到了关于“后续三部小说”的设想。第一部“发生在美国，讲述富人的故事”，第二部“发生在百货公司”，第三部“是一部篇幅相当大的小说，标题暂定为《非洲》，故事发生在非洲，带有乌托邦色彩”。[3]

信件里提到的三部小说最终都没有完成，卷帙浩繁的多卷本家族小说没有诞生，关于非洲的“篇幅相当大”的小说和关于百货商店的小说也都不见踪影。这对于我们这些已经了解克彭整个创作经历的读者来说，也并不是完全无法理解的。在之后的几十年里，克彭同样计划创作好几部小说，甚至向出版社做了预告，但最后也都不了了之。所以我们

1 Wolfgang Koeppen an Henry Goverts, Brief v. 15.11.1953, Archiv-Nr. 24416.

2 Wolfgang Koeppen an Henry Goverts, Brief v. 10.7.1953, Archiv-Nr. 24428.

3 Wolfgang Koeppen an Henry Goverts, Brief v. 25.7.1953, Archiv-Nr. 24430.

据此想象一下作家身处怎样一种如履薄冰、举步维艰的写作状态，就会对三部曲在50年代的顺利诞生感到更加诧异了。

很可能是《草中鸽》令人失望的销售情况削弱了作家的创作动力。但这部小说面世后获得的不少书评是非常友好的，其中不乏热情洋溢的赞美之词：鲁道夫·克莱默-巴多尼（Rudolf Krämer-Badoni）称之为“一项伟大的成就”[1]；沃尔夫冈·冯·爱因西德尔（Wolfgang von Einsiedel）认为克彭具有“双重视觉与双重听觉的天赋”[2]；瓦尔特·斯楚瑞伯格（Walter Schürenberg）为这部小说专门撰写了《当代小说的新希望》一文[3]；海因茨·舍夫勒（Heinz Schöffler）断言：“一位诗人书写了一部当代史”，并把克彭“根源上的印象主义式”的叙述方式称为德国文学现代性发展道路上的一块“大有希望的里程碑”，同时将他与“法国的儒勒·罗曼（Jules Romain）、美国的威廉·福克纳、德国的弗里多·兰珀（Friedo Lampe）”相提并论[4]；对格哈德·F. 黑林

1 Vgl. Rudolf Krämer-Badoni: *Wolfgang Koeppen: Tauben im Gras*. In: *Neue literarische Welt* v. 25.1.1952.

2 Vgl. Wolfgang von Einsiedel: *Ein dichterischer Zeitroman*. In: *Merkur* 6, 1952, S. 1183.

3 Vgl. Walter Schürenberg: *Neue Hoffnung für den Gegenwartsroman*. In: *Der Tagesspiegel* v. 18.11.1951.

4 Heinz Schöffler: *Ein Dichter schreibt Zeitgeschichte*. In: *Konturen* 1952/53, H. 1.

（Gerhard F. Hering）来说，《草中鸽》意味着“在当代德国文学与当代欧美文学接轨过程中开拓出的一块沃土”[1]；霍斯特·吕迪格（Horst Rüdiger）把这部小说称为“一部当今其他德国作家无法轻易模仿的杰作”[2]；汉斯·赫尔穆特·基斯特（Hans Hellmut Kirst）认为“克彭书写了世界性的文学”，并且把他赞誉为“当代德国文学中的爆炸性力量”[3]。

而可能让作者灰心丧气的激烈否定首先来自汉斯·施瓦布-费利施（Hans Schwab-Felisch）。他在《月份》杂志上如此评价了这部小说：“这本书纯属在一堆病态的东西和一片泥沼中嬉闹，它没有在对这些现象所做的分析中展现出任何力度，它的悲观主义也没有根本上的价值和意义，因此这本书缺乏生气，缺乏说服力，这是因为作者没有站在更高的立足点上来写作。”[4]

可能就是施瓦布-费利施这些挑衅意味浓厚的论断，促使马塞尔·莱希-拉尼茨基于1961年在《时

1 Gerhard F. Hering: »Viele Geschicke weben neben dem meinen«. *Wolfgang Koeppens »Tauben im Gras«*. In: *Die Neue Zeitung* v.15./16.12.1951.

2 Horst Rüdiger: *Deutscher Roman ohne Urwald*. In: *Der Standpunkt* v.18.1.1952.

3 Hans Hellmut Kirst: *Bis an den Abgrund*. In: Münchner Merkur v. 14. Dezember 195I.

4 Hans Schwab-Felisch: *Wolfgang Koeppen: Tauben im Gras*. In: *Der Monat*, 4, 1952, S. 427f.

代》周报上针对《草中鸽》发表了《克彭案例》一文，他甚至逐字逐句地引用了施瓦布-费利施对克彭的全盘否定，并且认为这种态度在当时对克彭作品的接受上是“有代表性的”[1]。莱希-拉尼茨基的这篇文章写于克彭的第三本游记《法国之旅》出版之际，这本书后来被克彭评价为自己最差的作品。莱希-拉尼茨基对《法国之旅》也相当失望，因此打消了为其撰写书评的想法，转而写了一些关于克彭创作历程的根本性思考，并且把克彭从小说创作到游记文学的转向称为一种“令人遗憾的发展”[2]。不过他没有把责任全部归咎于作者本身，他指出：“德国国内的环境和作品收到的直接反馈，把作为小说家的克彭推离了他原本的职责。撰写游记只是一种可能的规避方式。对于小说家来说，这是一条旁门左道，不管有多少人把它看成全新的可喜的大道，它最终会被证明是条走不通的死路。”[3] 如今我们并不认为，带有反动或者复辟倾向的环境是让克彭走上这条路的主要原因，尽管他因为自己的战后三部曲确实不得

---

1 Marcel Reich-Ranicki: *Ein ungewöbnlicher Fall*. In: Ders.: *Wolfgang Koeppen*, a. a .O.,S. 18. Zuerst erschienen unter dem Titel *Der Fall Wolfgang Koeppen. Ein Lebrbeispiel dafür, wie man in Deutschland mit Talenten umgebt*. In: *Die Zeit* v. 8. September 1961.

2 Ebd. S. 24.

3 Ebd.

不面对偶尔出现的敌意。让克彭深受其苦的首先还是他自身的写作障碍，以及三部曲完成之后他在小说创作上的反复受挫。而且整个50年代的形象随着时间的推移也已经产生了变化，它的反动和复辟色彩渐渐淡化，反倒是这十年间的现代化成就在历史书写中得到了越来越多的强调。另一方面，克彭作为一个对50年代战后修复持反对态度的社会与时代批判者的形象同样有所转变。研究者相信在他写于战后的作品中找到了一些与进步的社会批判及时代批判倾向并不完全一致的历史观念和社会观念，这些观念倒是与内心流亡作家群体的态度颇有相似之处，比如对历史的神话化和神魔化，以及一种以相同者的永恒轮回为出发点的历史观，如萨比娜·贝克尔（Sabina Becker）所言："《草中鸽》中的框架构想（环形结构）为这种判断提供了更有力的支持。"[1]

尽管克彭受到了个别评论家的抨击，但针对《草中鸽》的评价总体来说是正面的。而且十分戏剧性的是，恰恰是克彭最激烈的批评者，即前文提到的

---

1 Sabina Becker: *Ein verspäteter Modernist? Zum Werk Wolfgang Koeppens im Kontext der literarischen Moderne*. In: *Treibhaus. Jahrbuch für die Literatur der fünfziger Jahre*. Hg. v. Günter Häntzschel, Ulrike Leuschner und Roland Ulrich. Band 1. *Wolfgang Koep-pen & Alfred Döblin. Topographien der literarischen Moderne*. Hg. v. Walter Erhart. München 2005, S 114.

施瓦布-费利施，做出了一件绝大多数作家做梦也想不到的事：他在1966年撤回了自己在1952年对《草中鸽》所做的严厉批评。他承认自己当时的批评“充满牢骚”，带有一种“心胸狭窄的家庭女教师口吻”，[1]转而对小说的多个方面给予了肯定：“前10页到20页展现了一种充满艺术性的结构”[2]，“克彭原初的主题是联结的缺失”，“借助神话世界的元素”，“把德国民间故事和格林童话吸收进恐怖的现实世界”，[3]把慕尼黑这个城市展现为“一个大熔炉，新旧世界交汇的焦点”[4]，“恰当地使用了内心独白，以此把历史和当下、梦境和体验、原初记忆和现实际遇之间错综复杂的根系牢牢捆扎在一起”[5]。

评论家的自我纠正以及为作家恢复名誉的尝试，在一定程度上体现出了这样一种趋势：克彭的作品获得了越来越多的肯定和认可。根据1978年的《文化奖手册》，在由所有获奖最多的艺术家（包含所有门类！）构成的“获奖者金字塔”中，1971年从民主德国移居联邦德国的彼得·胡赫尔（Peter Huchel）位列第一，克彭以12项奖项的成绩与海

1 Ebd. S. 90.

2 Ebd. S. 92.

3 Ebd.

4 Ebd. S. 93.

5 Ebd.

因茨·皮翁特克（Heinz Piontek）并列第二。[1]虽然克彭的作品从未像海因里希·伯尔和君特·格拉斯（Günter Grass）那样广为流传，但它们同样经受住了所谓经典化过程的考验。马塞尔·莱希–拉尼茨基把《草中鸽》收录进了他在2002年出版的两卷本小说选集《经典》中。[2]被奉为经典这一幕可以说是兑现了卡尔·科恩在50年前的预言。曾把《草中鸽》称为“开创新纪元的小说”的科恩在1952年曾写道:“愿意聆听的人能从这部小说中听到一种对我们所面临的空前危机和当下困境的无声控诉：我们在1945年前后从精神和灵魂上的剧烈震荡中获得的东西，或许会在可疑的修复带来的极度狂喜中挥霍一空。”[3]

尽管卡尔·科恩对这部小说表达了毫无保留的肯定，但这并不代表他的评价就是最为确切的。乌尔里希·格莱纳（Ulrich Greiner）认为，他“低估”了小说在时代诊断上的冲击力，只是把它“对准了

---

1 Vgl. Karla Fohrbeck/Andreas J. Wiesand: *Handbuch der Kulturpreise und der individuellen Künstlerförderung in der Bundesrepublik Deutschland 1978*. Köln 1978, S. XLIII.

2 Vgl. *Der Kanon. Die deutsche Literatur. Romane*. Hg. v. Marcel Reich-Ranicki. Frankfurt am Main 2002.

3 Karl Korn: *Ein Roman, der Epoche macht*. In: *Frankfurter Allgemeine Zeitung* v.13.10.1951. Zit. nach: *Über Wolfgang Koeppen*. Hg. v. Ulrich Greiner, Frankfurt am Main 1976, S. 28.

日常普遍存在的东西”[1]。这句话让我们注意到了另一种可能性，即前文提到的神话-自然式的解读方式：克彭并不只是用心理的、政治的、日常现实主义的方式叙述他所处的那个时代，他同时也借助了对神话的引用和自然化的描绘。

对一部文学作品的发散性解读并不一定是由阅读者的各种片面性造成的，它也可能与每部作品自身有关。《草中鸽》是用自然-神话式的方式还是用时代诊断、社会批判的方式来解读，毫无疑问依赖于克彭的叙述形式。克彭对于50年代初联邦德国社会现实的文学洞察是双重的、立体的：当下的现实被自然-神话式的光束照透，而自然-神话式的元素同时也指涉当下的现实。比如在小说的开头和结尾，“飞机”是“预示灾祸的飞鸟”，发动机的噪声是“雷声”。[2] 又如“历史的河流”边坐着生活在1951年的慕尼黑行李工约瑟夫。[3] 小说中的世界，既是行文中拼贴进来的新闻标题所展现的当下的现实世界：“沙阿完婚，围绕孔雀宝座的阴谋，隐身幕后的俄国人，波斯湾的航空母舰”[4]，同时又充满了神话中的名称和形象：戈耳

---

1 Ulrich Greiner: *Wolfgang Koeppen oder Die Geschichte eines Mißerfolgs*. In: Ebd. S. 13.

2 Siehe in diesem Band S. 9.

3 Siehe in diesem Band S. 83.

4 Siehe in diesem Band S. 9.

工、美杜莎、潘神、奥德修斯、喀耳刻以及厄里倪厄斯。在某些情景下，小说中的人物会按照神话角色的约束行事："但苏珊是喀耳刻和塞壬，也许还是瑙西卡，她不得不跟随奥德修斯"[1]，这里的奥德修斯其实是一个名叫奥德修斯·科腾的黑人占领军士兵，苏珊则是一个妓女。而小说的标题是从格特鲁德·斯泰因的剧本《三幕歌剧中的四位圣人》中借用的隐喻。这些内容都可以被看成是克彭以自然-神话化的方法叙述当下现实的直接证据。但这并不意味着当下的一切就彻底屈服于自然-神话化的作用力之下。这种断言同样是错误的，如同把其中所有超越历史的成分全都与纯粹的当代性关联起来。克彭是一个自身所处的时代的批判者，也是一个"爱编故事的人"，是时代的诊断者，也是永恒轮回的召唤者，是善于戏仿的作家，也是以情动人的作家。事实上，他首先是一个小说家。

沃尔夫冈·克彭并不是一个技艺精湛的自我阐释大师，他不像托马斯·曼，能诱导众多阐释者，循着他自己设置的蛛丝马迹，完全根据作者的意图对作品进行诠释。不过克彭偶尔也会指出一个方向，希望读者循着这个方向来阅读和理解他的作品，比

---

1 Siehe in diesem Band S. 195.

如1956年他为由赫尔比希图书出版公司的“永不停歇”丛书出版的《草中鸽》口袋便携版本撰写的前言。逐字引用如下：

“《草中鸽》写就于实行货币改革后不久。这个时候，德国的经济奇迹在西边初露端倪。第一批新电影院、第一批新保险公司大楼，从废墟和临时搭建的店铺间拔地而起。占领军势力正盛，朝鲜和波斯把全世界置于恐惧之中，经济奇迹的太阳或许又会在东边，在血色中陨落。这个时候，新贵们还未在动荡中寻得安全感，黑市上的获益者四处寻觅着投资机会，储户们却在为战争付账。德国的新纸币在外观上酷似坚挺的美元，但是人们仍旧更加信任实物资产，各种需求有待补偿，肚子总算可以填饱，头脑里却还残留着饥饿和轰炸造成的混乱，所有的感官都在寻求欢乐，以免虚度了第三次世界大战到来前的时光。我描述的这个时期就是我们今天的本源，我想我用了一种具有普适性的方式把它呈现了出来。因为很多人相信在小说《草中鸽》里可以看到一面镜子，不少人还误以为从镜子里照见了自己，可实际上我在写作的时候并没有想到他们。另一些人甚至认为受到了我的冒犯和伤害，这着实令我感到错愕和恐慌。我从来没有妄自揣测他们是否处在书中描绘的窘境和低谷之中。我只是以一个作家的身份处理了这些人物，就像乔治·贝尔纳诺斯所说的，‘在心中过滤生活，从中提取出注入了香膏和毒药的隐秘核心’。[1]”

值得注意的是，克彭把货币改革之后刚刚成为历史的这几年称作“本源”，这个词一下子把这个时期变得如神话般渺远。此外，克彭自称用一种“具有普适性”的方式描述了这个时期，可见这部作品在他心目中的地位以及他对作品真诚性的重视。所以指责他用影射小说的元素丰富了《草中鸽》并且伤害了个别人的隐私，对他来说是无法接受的。

被称作“我们今天的本源”的这个时期，在某种程度上也因感觉受到冒犯而为自己鸣起了不平。在口袋便携本的前言里，克彭笼统地谈到了这个问题，同时为自己做了申辩，但我们并不清楚，所谓的“受冒犯、受伤害”具体涉及哪些人。不过在克彭的信件里，至少详细地记录着其中的一个案例：演员兼剧作家阿克塞尔·冯·安贝塞尔（Axel von

---

1 Wolfgang Koeppen: *Tauben im Gras*, Berlin-Grunewald 1956. 这句话出自贝尔纳诺斯的小说《在撒旦的阳光下》(法语原标题为 *Sous le soleil du Satan*)。这部小说于 1926 年出版，一年之后便有了德语译本。二战后的第一个德语译本是 1950 年出版的罗罗罗口袋书（rororo-Taschenbücher）第 16 册。在小说第一章《序幕》的开头，作者这样写道：“傍晚时分，最受与诗为友的人的青睐。(中略)这是诗人在心中过滤生活的时刻，是从中提取出注入了香膏和毒药的隐秘核心的时刻。” (Zitiert nach: G.B.: *Die Sonne Satans*. Aus dem Französischen von Friedrich Burschell und Jakob Hegner. Frankfurt am Main 1985, S. 9.)

Ambesser，1910—1988)。安贝塞尔在自负又愚蠢的演员及“大公扮演者”亚历山大身上看到了自己，在外号“欲望战马”的梅萨利纳身上看到了自己的妻子，还在希勒贡达身上看到了自己的女儿。[1]因而克彭在1951年末一封企图安抚当事人情绪的信里对书中的部分人物做了一番阐释:“您和您的家人没有出现在我的书中。您和您的家人并不是我书中某些人物的原型。我完全没有暗讽您家庭的意图。我在写这本书的时候根本就没有想到您。您对我产生了误解。(中略)我认为我笔下的亚历山大和您没有哪怕一丝一毫的共同点。他就算可能是电影演员ABC，也绝不可能是您。您不是合适的人选。您扮演过获得骑士十字勋章的英雄人物吗？我相信没有。您在45岁之后怀着自以为是的英雄豪情扮演过抵抗运动战士吗？我也没有在大银幕上看到过。我指的是那些演过这些角色或者正在扮演这些角色的演员，是受人崇拜的那些宝刀不老的演员，那些表现虚假感情的真实的演员。我所指的并不是您！”

关于希勒贡达，克彭在这封信中如是写道:“现在还剩下希勒贡达，这个出自堕落家庭的孩子。复仇女神看来真是张牙舞爪地紧追着作家不放！关于

---

1 Siehe in diesem Band S. 11.

女孩希勒贡达的故事来自我妻子的童年往事。那时照看她的保姆是一个极端虔诚的女人，让她吃了很多苦头。关于这个女人的回忆至今还折磨着她。书中的埃米就是这个冷酷无情又愁眉苦脸的虔诚保姆。我听说了，您的女儿是由一位较年长的保育员照看的。我是在自己的书出版之后才得知这件事的。在我写书的时候，对此根本一无所知。”

克彭还不遗余力地找来了文学史上的各种例子为自己洗刷罪名。他列举了一连串作品，这些作者的同时代人也都相信在作品里面读到了自己。他引述了奥古斯特·斯特林堡的《黑色旗帜》和《哥特式房间》（原文如此），后一部指的可能是《红房间》，马塞尔·普鲁斯特的《追忆似水年华》，当然还有托马斯·曼的家族史诗《布登勃洛克一家》。最后克彭以一种自嘲式的口吻追溯到了荷马身上：“我们再来看看别的例子！荷马也招来过这样的愤怒！那些人是多么气愤啊，他们把史诗里的戈耳工、佩内洛普、奥德修斯都认成了自己！”

最后他建议：“让戈费茨去打印一条腰封，然后在上面写下保证：安贝塞尔绝对没有出现在书里。”[1]

克彭的这封信保存下来的是原稿，并不存在打

---

1 Wolfgang Koeppen an Axel von Ambesser, Brief v.28.12.51, Archiv-Nr. 24487.

字复本，所以也就不能排除这封信只是一份草稿，实际并没有寄出的可能性。或许他担心自己那独特的幽默并不能平息安贝塞尔的怒火。

不论克彭的信有没有寄出，这样的冲突一直没有得到彻底的化解，始终困扰着作家。1952 年 1 月 29 日的《慕尼黑信使报》刊登了一篇匿名的日记体讽刺小品文，文章指责克彭实施了“文学游击战术”：“作家用一把锋利的尖刀挖大了锁孔，然后透过这个孔观察他的世界、他的人物和他们的所作所为，而这些人有权利在紧闭的大门后面做这些事。这就涉及作家这样做在道义上是否正当。（中略）要是恶意解读的话，那就可以把这种行为理解为文学上的游击战术。”[1] 克彭用 1952 年 5 月 15 日发表在《文学》上的一篇文章回应了这篇讽刺小品文。在这篇文章里，他谈到了自己的创作过程，不仅举了斯特林堡、普鲁斯特、托马斯·曼作为例子，还提到了歌德、巴尔扎克、司汤达、左拉、福楼拜、莫泊桑，“所有这些作家都被指控，把现实生活中的人作为原型来塑造小说人物”[2]：

---

1 Zit. n. Wolfgang Koeppen: *Die elenden Skribenten*. In:W. K.: *Gesammelte Werke Bd. 5. Berichte und Skizzen II*. Hg. v. Marcel Reich-Ranicki in Zusammenarbeit mit Dagmar von Briel und Hans- Ulrich Treichel. Frankfurt am Main 1986, S. 231.

2 Ebd. S. 232.

“我的书《草中鸽》十分荣幸地又在某些小群体里引起了流言蜚语，那些人错误地把自己当成了整个世界。不管是我听到的还是读到的，那些说法实在令我错愕，我似乎在书里描写了这谁那谁，把他们不为人知的一面向外翻了出来。可我其实只想抓取我们这个时代里的某一天，根据自己的所见所感，描绘这个时代和身处其中的人们。我没有把任何具体的人和生活中具体的事件作为原型，我要描述的是具有普遍性的现象，我要寻找的是一些共通的东西，关于存在的本质，关于整个时代的气候，关于某一天的温度。我看来是成功地把握住了流行和典型，比我自己预想的做得更好，不然的话，为什么会有好几个人，好几个所谓的原型，自告奋勇来竞争我小说中的角色呢？况且，如果把这部小说看作一个舞台剧本的话，其中一些人根本不能胜任我的角色。他们并不具备那些人物身上的特质，他们不是合适的演员人选。”[1]

克彭不仅为自己描述时代的方式做了辩护，他还声称自己会继续坚持“在生活的草场上、在时代的圆周内嬉闹玩耍”，不让自己拘束在“文献的斗室”里，只能回头去烹饪“一盆田园色拉”或者“民

1 Ebd. S. 234.

族的酸菜”。[1]作家是不是能通过他的文章和那些自认为被涉及的人重修旧好，我们不得而知。很有可能并没有。至少安贝塞尔看起来仍旧很生气，因为克彭在 1954 年 5 月写信给戈费茨：“安贝塞尔的火气仍然没有消。有一次我在大街上遇到他，他对我摆出的那副面孔简直像要冲上来咬我。太令人头疼了。”[2]

我们无法从任何记录中得知，克彭与安贝塞尔之间的矛盾是如何产生的。这件逸事除了作为茶余饭后的谈资，还证明了一个事实：一种旨在塑造样本的叙述企图是多么容易被牵扯进当下的现实。它是否能摆脱素材上的逸事性质所带来的纠缠，还是始终受到素材上的偶然性和每一桩相应的当代事件的牵制，终究取决于作品本身的文学品格。对于这个问题，评论家给出的答案是站在作品这一边的。“谁没有读过这部小说，”马塞尔·莱希-拉尼茨基直截了当地写道，“就不能认为自己了解 1945 年之后的文学。”[3]

在这一点上，有两个因素确立了这部小说的地位：一是它在以非历史性、虚构性为底色的时代诊

1 Ebd. S. 235.

2 Wolfgang Koeppen an Henry Goverts, Brief v. 10.5.1954, Archiv-Nr. 24442.

3 Marcel Reich-Ranicki in *Frankfurter Allgemeine Sonntagszeitung* v. 14.5.2005.

断上所表现出的冲击力，莱希-拉尼茨基称之为“社会批判性的控诉”[1]，二是它所展现的独特的文学现代性。

《草中鸽》的时代诊断特质当然不能与精准的政治分析或预测混为一谈。人们大可以指责小说“把当代史上的空缺列成了一张清单”[2]。小说在开头和结尾把战后的几年描述为下一场战争到来前的准备期，而事实上灾难并没有降临，至少没有降临在德国以及欧洲。事实证明，在小说中被作者悲观地宣告为“该死的战场上喘息的间隙”[3]，或许更应该被认作“西欧历史上持续时间最长的和平时期”[4]，如阿尔伯特·迈尔（Albert Meier）所言。

但我们并不是要抱怨克彭没有在小说的最后做出正确的预测。况且一旦我们想到冷战期间东西矛盾的尖锐化，想到穿过柏林建起的墙，还有古巴危机或者军备竞赛，就会发觉克彭的忧虑并不是毫无根据的。小说中体现出的作者对历史和时代的直觉，并不仅仅是一种面对战后当下现实和不确定的未来

---

1 Marcel Reich-Ranicki: *Wolfgang Koeppen*, a. a. O., S. 18.

2 Albert Meier: *Pessimismus von links. Wolfgang Koeppens* Tauben im Gras *im Kontext des bundesrepublikanischen und italienischen Nacbkriegsromans*. In: *Jabrbuch der Internationalen Wolfgang Koeppen-Gesellschaft*, Band 2, 2003, S. 136.

3 Siehe in diesem Band S. 228.

4 Albert Meier: *Pessimismus von links*, a. a. O., S. 136.

所做出的反应，同时也渗透着对已经过去的事和刚刚所经受的灾难的反思。这一点不仅体现在《草中鸽》中强调灾难性后果的时代定性上，也体现在他笔下的很多角色身上。

所有这些角色构成了所谓的“群魔之都”[1]。1951 年的某一天，1951 年的 2 月 20 号或者 1951 年 2 月 20 号之后的任何一天，[2] 群魔在慕尼黑汇聚：德国人和美国人，黑人和白人，穷人和富人，好人和坏人，无辜的人和有罪的人，年老的纳粹和年轻的凶手，科学家和艺术家，著名的和无名的，典型的和边缘的，憎恨人类的和热爱人类的。

《草中鸽》被认为是克彭在叙述上最为先锋、最具现代性的长篇小说。约瑟夫·夸克（Joserf Quack）把它的写作过程称作“克彭作品中在叙述技巧上最富有创造性的发明”[3]。这里所指的首先是马赛克拼接技术，也就是通过不同的连接和叠化技巧把多段叙述序列组合在一起。

克彭凭借着这种叙述方式，把自己置于文学现代性的传统之中，同时也以一个——迫不得已——

---

1 Wolfgang Koeppen: *Einer der schreibt*, a. a. O., S. 23.

2 ANDRÉ GIDE GESTERN VERSCHIEDEN lautet eine Schlagzeile des »Abendechos« (siehe S. 98). André Gide starb am 19. Februar 1951.

3 Josef Quack: *Wolfgang Koeppen. Erzähler der Zeit*, Würzburg 1997.

迟到的现代派作家的身份而闻名于世。他把《草中鸽》称作“一场积压了许久、太晚才实现的风格实验的成果”[1]:“如果希特勒没有出现，如果《交易所信使报》没有停刊，我可能也会离开编辑部，然后埋头于小说创作，就像我一直希望的那样。不过，我或许就会在我的第一部小说里，最迟在第二部，尝试新的风格，在表达上寻求新的突破。但是在糟糕的年代里,这些都没有发生。并不是因为我胆怯!我相信我的《伤心情事》可以证明，我不是这样的人。但是在一个连空气都受到污染的环境里，任何一种文学性的生活都无法存活，这就会让人失去勇气。最终只剩下沉默。那些失去的岁月！”[2]

关于文学上的偶像，克彭提到过多斯·帕索斯、德布林和福克纳。[3]但是他们只是作为“偶像的影子”[4]稀薄地发挥着作用。这可能意味着,克彭确实阅读过这些作家的作品，凭着直觉向他们借鉴了一些东西，但并不代表他怀有明显的在所有作品中贯彻现代性的企图。而且他在各种公开场合曾提起过多位在叙述技巧上给予自己启发和灵感的作家，并不仅限于帕索斯、德布林和福克纳。

---

1 Wolfgang Koeppen: *Einer der schreibt*, a. a. O., S. 22.

2 Ebd. S. 22 f.

3 Vgl. ebd. S. 48.

4 Ebd.

他承认自己是乔伊斯和普鲁斯特的忠实读者，对他们十分推崇。他在与克劳斯·黑贝尔（Claus Hebell）的一场对谈中这样回忆道："我可能是德国最早购买《尤利西斯》的读者之一。"[1] 虽然他与乔伊斯在叙述和叙述技巧上有着明显的差异，但属于埃米莉亚的那段穿插着内心独白的思想重现[2]，确实可以看成是向莫莉·布卢姆内心独白段落的致敬，而把所有情节集中于一天之内、把故事发生的场景限定在一个城市之中，这样的构思也可以认为是仿照了《尤利西斯》的做法。克彭对普鲁斯特的钦慕，则更多来自存在的层面而不是叙述技巧或者布局。"我至今仍然十分推崇普鲁斯特的这部伟大作品，尽管我偶尔会问自己，尤其是在带着抑郁或不快的心情重新拿起他的书时，这样一个 1910 年的附庸风雅的社会还能带给我什么？但我总是被它吸引，叙述者孤独的灵魂，我能感觉到它，不论他把怎样的人物置于自己的舞台之上。"[3] 而且"普鲁斯特的叙述出神入化，每一个句子都是一次通往内心、通向万物的旅程。每一个以这种方式写作的作家，都在借用自己所写的东西来探讨自己的生平。他创作

1 Ebd. S. 136.

2 Siehe in diesem Band S. 33-37.

3 Wolfgang Koeppen: *Einer der schreibt*, a. a. O., S. 136.

出来的所有东西都源自于他的生活。”[1]

如此看来，沃尔夫冈·克彭并不否认自己的作品带有自传色彩，虽然在这方面他一贯十分谨慎。我们仿佛从作家本人手里得到了一张通行证，可以理直气壮地去他的作品里探寻他的生活轨迹。我们也可以换个问法：作者到底在《草中鸽》里的哪些地方现身了？首先我们可以推测，他出现在了作家菲利普这个角色身上，尽管经过了转化和虚构。克彭曾在别处提出过异议，拒绝别人把自己与菲利普混为一谈，但这并不能促使我们全盘推翻我们的推测。作家们总是倾向于把自身的经历用于自己的小说然后又否认其中的自传性元素。我们可以把这种行为称为不够坦诚。但更主要的原因或许在于，部分作家并不觉得自身的生活和经历在严格意义上仅仅属于他们自己。“推测我就是书里的菲利普，这是完全没有根据的。”克彭在 1951 年 8 月 5 日写给出版商的信里这样说。他还补充道：“我感知和思考的方式，包括我的生活方式，都和菲利普不一样。但并不排除读者还是会看到一幅朦胧的肖像……”[2]

这幅朦胧的肖像在不止一处显出了与作者本人相似的轮廓。比如说菲利普应邀创作一个剧本，但

---

1 Ebd.

2 Wolfgang Koeppen an Henry Goverts, Brief v. 5.8.51, Archiv-Nr. 24415.

他更愿意创作小说。比如说他出生在“马祖里的某个地方”[1]，这很容易让人联想到，克彭在高中毕业前一直生活在奥特尔斯堡，因此克彭自己的童年回忆就和菲利普的童年回忆在东部重合了。此外，小说中还提到，菲利普的第一本书“早在扩音器的咆哮和武器的噪声里销声匿迹了”[2]，这正与克彭初登文坛的作品《伤心情事》相呼应。

在格奥尔格·舒佩纳（Georg Schuppener）逐条列出的各种对应中[3]，尤为突出的一点是菲利普作为时代见证者和作家的自觉。他把自己视为“怪人”，视为置身事外的观察者。克彭同样如此，他在毕希纳奖获奖感言中把自己称为“观众”“安静的体验者”“沉默者”以及“观察者”[4]。此外，菲利普像克彭一样，是一个在写作上反复受挫的作家，他甚至徒劳地尝试用一台录音机去克服这种障碍。“他说着把磁带倒了回去，菲利普顿时听到自己的声音（中略）。这个声音让他感到陌生。（中略）菲利普被自己的声音以及这个声音吐出的话语

---

1 Siehe in diesem Band S. 21.

2 Siehe in diesem Band S. 104.

3 Vgl. Georg Schuppener: *Gespiegelte Wirklicbkeit. Autobiographisches in* Tauben im Gras. In: *Wolfgang Koeppen – Mein Ziel war die Ziellosigkeit*, a. a. O., S. 169-178.

4 Wolfgang Koeppen: *Rede zur Verleibung des Georg-Büchner-Preises*. In: Wolfgang Koeppen: *Gesammelte Werke Bd. 5*, a. a. O., S. 253.

吓坏了，吓得落荒而逃。"[1]在和克里斯蒂安·林德（Christian Linder）的谈话中，克彭也曾透露："我前不久给自己买了一台录音机。我想着，如果我在一个失眠的夜里突然想起了什么，就可以对着磁带说话，然后说不定能在另一个早晨从里面找出一些值得写下来的东西。直到今天我还相信，这是有可能的，只是我一旦拿起麦克风放到嘴边，就发不出任何声音了……"[2]此时采访者立刻追问："那就和《草中鸽》中的菲利普一 样了？"克彭却用一贯的模棱两可的态度来回答："是，也不是……"[3]

除去克彭在个性特征和个人经历上与菲利普这个作家角色的相似之处，我们还可以在小说中找到作者的其他踪迹，在另一个位置感受到作家本人的在场。那就是叙述者的声音，也就是一种专属于克彭的语调。这个特征鲜明的声音没有被小说角色的丰富性和多样性所削弱，始终可以被清晰地辨认出来。尽管慕尼黑 2 月里的这一天所发生的事如迷宫一般错综复杂，充满了机缘巧合，牵涉到形形色色的人物，但克彭没有任由自己作为叙述者的声音淹没在这些材料和人物之中。他在《草中鸽》中描绘的这幅战后图景，是与他自身语言的节奏、速度、

1 Siehe in diesem Band S. 59.

2 Wolfgang Koeppen: *Einer der schreibt*, a. a. O., S. 76.

3 Ebd.

音调密不可分的，当然也取决于他作为叙述者的“灵魂”和“主体性”。所以克彭在口袋便携本的前言中引述了贝尔纳诺斯的比喻，表示了对这种想象的认同——写作就是从自身的生活中过滤出香膏和毒药。在这个意义上，克彭用小说《草中鸽》描绘出的巨幅社会画像，既由很多人的声音和生活痕迹交织而成，同时又产生自那个唯一的根源，即沃尔夫冈·克彭本人作为叙述者和作家的生存体验、语言感觉和时代直觉。